다자이 오사무 × 청춘

다자이 오사무 × 청춘
太宰治　青春

김욱 옮김

다자이 오사무 단편집

나약한 게 아니라
괴로움이　　　너무 무거운 거야

다자이 오사무

당신도 알지?
내가 나약한 게 아니라,
괴로움이 너무 무거운 거야.
이건 투정이야. 원망이지.

〈오바스테〉 중에서

일러두기
[1] 일본어를 비롯한 외래어 표기는 국립국어원의 외래어
    표기법을 기준으로 했다.
[2] 일부 표현을 현대식으로 변형했으며, 무게, 거리 등 옛날식
    단위 또한 가급적 현대식으로 환산해 표기했다.

차례

그는 예전의 그가 아니다

彼は昔の彼ならず

1934년 10월 잡지 ≪세기(世紀)≫에 처음 발표된 작품이며, ≪다자이 오사무 전집 1≫(1988년, 지쿠마쇼보)에 수록된 글을 원문으로 하여 번역했다.

자네에게 이곳 생활을 알려 줄까 해. 알고 싶으면 우리 집 빨래 너는 곳으로 오라고. 거기서 몰래 가르쳐 줄 테니까.

　우리 집 빨래 너는 곳 전망이 제법 괜찮지? 교외의 공기는 싶으면서도 가벼운 것 같지 않아? 집들도 드문드문 있지. 조심해. 자네 발밑에 있는 판자가 썩어 가는 것 같으니까. 좀 더 이쪽으로 와. 봄바람이야. 이렇게 귓불을 간지럽히며 지나가는 게 마파람의 특징이거든.

　주변을 둘러봐. 교외에 있는 집들의 지붕은 좀 들쭉날쭉하지? 자네도 분명 긴자나 신주쿠의 백화점 옥상 정원 나무 울타리에 기대서 뺨을 괴고, 시내에 늘어선 백만 개의 지붕들을 멍하니 내려다본 적이 있을 거야. 그 백만 개의 지붕들은 하나같이 같은 크기에 같은 형태에 같은 빛깔을 띠고, 서로 부대끼며 겹쳐지고, 그 끝은 끝내 병균과 자동차 먼지로 인해 불그스름하게 혼탁한 거리의 안개 속으로 가라앉아 버리지. 자네는 그 지붕 아래 백만 명의 판에 박힌 생활을 떠올리며, 눈을 감고 깊은 한숨을 내쉬었겠지. 보다시피 교외의 지붕들은 그와는 달라. 저마다 제 존재 이유를 느긋하게 주장하고 있는 듯하단 말이지. 저 길쭉한 굴뚝은 모모노유라는 목욕탕의 것인데, 푸른 연기가 바람 부는 대로 북쪽으로 고요히 흘러가고 있어. 저 굴뚝 바로 아래에 있는 빨간 기와집은 어느 유명한 장군의 집이지. 그 언저리에서 매일 밤 요쿄쿠(일본 고전 연극 노카쿠의 시가와 문장에 가락을 붙여 부르는 것—옮긴이 주)의 선율이 들려와. 빨간 기와집에서부터 메밀잣밤나무 가로수가 남쪽으로 굽이굽이 뻗어 있고, 가로수 길 끝자락에는 하얀 벽이 희미하게 빛나고 있어. 전당포 창고야. 서른을 갓 넘긴 아담하고 영리한 여주인이 운영하고 있지. 그이는 나와 길에서 스쳐 지나가도 나를 못 본 척해. 상대방의 명예를 생각해 주는 거지. 창고 뒤편, 날개 뼈대처럼 잎사귀를 펼친 지저분한 나무 대여섯 그루 보이지? 종려나무야. 저 나무가 뒤덮고 있는 낮은 함석지붕은 미장이네 집이고. 미장이는 지금 감옥에 들어가 있어. 부인을 때려 죽였거든. 아침마다 누리는 자부심에 아내가 흠집을 냈기 때문이라나. 미장이는 매일 아침 우유를 반 컵씩 마시는 사치스러운 즐거움이 있었는데, 그날 아침에 부인이 실수로 우유병을 깨뜨렸나 봐. 부인은 그 일을 대수롭지 않게 생각했지. 하지만 미장이는 그걸 용서할 수 없었던 거야. 부인은 그 자리에서 숨을 거뒀고, 미장이는 감옥에 갔고, 미장이의 열 살 먹은 아들은 일전에 역 매점에서 신문을 사서 읽고 있더라. 내가 봤어. 하지만 내가 알려 주려는 생활은 이런 흔해 빠진 이야기가 아냐.

이쪽으로 와 봐. 동쪽 전망은 더 볼 만하거든. 집들도 꽤 드문드문 떨어져 있고. 우리 시야를 가로막고 있는 저 작고 검은 숲, 삼나무 숲이야. 숲 속에는 이나리 신을 모신 신사가 있어. 숲 끝의 저 환한 곳은 유채꽃 밭인데 그 앞쪽으로 백 평쯤 되는 공터 보이지? 저기 용이라는 녹색 글자가 적힌 종이 연이 조용히 흔들리고 있잖아. 그 연이 늘어뜨리고 있는 기다란 꼬리를 보라고. 꼬리 끝에서 아래로 똑바로 선을 그어 보면, 공터의 동북쪽 구석으로 떨어져. 어, 자네 이미 그 우물을 바라보고 있네. 아니, 우물물을 펌프로 길어 올리는 젊은 여자를 바라보고 있잖아. 좋아. 난 처음부터 자네에게 저 여자를 보여 주고 싶었거든.

새하얀 앞치마를 두른 저 여자는 마담이야. 물을 다 길어서 양동이를 오른손에 들고 휘청휘청 걷고 있지. 어느 집으로 들어갈까. 공터 오른편에 굵은 죽순대 이삼십 그루가 무리 지어 자라 있지. 저기 봐, 여인은 저 죽순대 사이를 지나 홀연히 모습을 감출 거야. 저것 봐, 내 말 맞지? 사라졌잖아. 하지만 걱정 마. 난 저 여자가 어디로 갔는지 알고 있으니까. 죽순대 뒤쪽에 희미하게 붉은 곳 보이지? 저기 홍매화가 두 그루 있거든. 꽃봉오리가 부풀어 오르기 시작한 게 틀림없어. 저기 불그스름한 안개 아래로 검은 일본 기와지붕이 있어. 저 지붕이야. 저 아래에 방금 그 여자랑 그 여자의 남편이 살고 있어. 딱히 신기할 것도 없는 지붕 아래에 내가 알려 주고 싶은 생활이 있지. 여기 앉을까.

저 집은 원래 내 거야. 한 평 반짜리, 두 평짜리, 세 평짜리까지 방이 세 칸이지. 구조도 좋고 채광도 나쁘지 않아. 열세 평 남짓한 뒷마당이 딸려 있는데, 홍매화 두 그루 말고도 제법 큰 배롱나무도 있는가 하면, 철쭉나무도 다섯 그루쯤 있지. 작년 여름에는 현관 옆에 남천촉도 심었어. 집세는 십팔 엔. 비싼 편은 아니야. 이십사오 엔쯤은 받고 싶었지만 역에서 조금 머니 그럴 수는 없지. 비싼 편은 아니야. 그런데도 일 년치가 밀렸어. 집세는 애당초 고스란히 내 쌈짓돈으로 쓸 생각이었는데, 덕분에 지난 일 년간 나는 이런저런 인간관계에서 영 어깨를 펴지 못했지.

지금 세입자에게 집을 빌려준 건 작년 삼월이었어. 뒷마당의 철쭉에 새싹이 돋기 시작했을 즈음이었지. 그 전에는 옛날에 수영 선수로 유명했던 어느 은행원이 젊은 아내랑 단둘이 살았어. 은행원은 원래 심약해서 술도 안 마시고, 담배도 안 피웠지만 여자를 좋아했지. 그 문제로 날마다 부부싸움을 했어. 그래도 집세만큼은 밀리지 않고 제때 줬으니, 나는 그이에 대해서는 나쁘게 말하고 싶지 않아. 은행원은 삼 년 조금 더 살았어. 나고야 지점으로 좌천됐거든. 올해 연하장에는 유리라는 여자아이 이름과 부부 이름을 나란히 썼더라. 은행원 전에는 서른 살쯤 되는 맥주 회사 기술자에게 세를 줬어. 어머니와 여동생까지 셋이서 살았는데, 가족이 모두 무뚝뚝했지. 기술자는 차림새에 별 신경을 안 쓰는지 늘 파란 작업복 차림이었는데 훌륭한 시민이었던 모양이야. 그의 어머니는 흰 머리카락을 짧게 자른 기품 있는 부인이었지. 스무 살쯤 되는 여동생은 작고 마른 편에 화살 깃무늬 옷을 즐겨 입었어. 그런 집안을 점잖다고 하는 거겠지. 반년 정도 살다가 시나가와 쪽으로 옮겨 갔는데, 그 뒤 소식은 나도 몰라. 당시에는 불만도 좀 있었지만, 지금 생각해 보면 그 기술자도 그렇고, 수영 선수도 그렇고, 좋은 세입자였어. 운 좋게 좋은 세입자를 만난 거였지. 그런데 지금 세 번째 세입자 때문에 완전히 마이너스가 돼 버렸어.

지금쯤 아마 저 지붕 아래에서 이불에 누워 천천히 호프 담배나 피우고 있겠지. 그렇다니까. 호프를 피운다고. 돈이 없는 게 아니야. 그런데도 집세를 안 내. 처음부터 잘못됐지. 그날 해 질 녘에 기노시타라는 이름을 대며 그가 우리 집으로 찾아왔어. 현관 문턱에 우두커니 서서 자신은 서예를 가르치는 사람인데 집을 빌려주면 좋겠다, 그런 이야기를 묘하게 사근사근하게 착착 감기는 말투로 하더라고. 마른 체격에 키가 아주 작은, 길쭉한 얼굴의 청년이었지. 어깨에서 소매까지 주름을 반듯하게 잡은 새 구루메카스리(남색 바탕에 무늬가 들어간 후쿠오카현 구루메시의 전통 옷감—옮긴이 주) 겹옷을 입고 있었어. 분명 청년으로 보였어. 나중에 알았는데 마흔둘이라더라. 나보다 열 살이나 더 먹은 거야. 그러고 보니 그 남자 입가나 눈 밑에 늘어진 주름이 많아서 청년이 아닌 듯 보이기도 했지만, 그래도 마흔둘은 거짓말 같아. 아니, 그 정도 거짓말은 그 남자에게는 별것도 아니었을 거야. 처음 우리 집에 왔을 때부터 이미 엄청난 거짓말을 했으니까. 나는 그의 부탁에 집이 마음에 들면 그렇게 하라고 대답했어. 나는 지금까지 세입자의 신원에 대해 꼬치꼬치 따진 적이 없거든. 실례되는 일이잖아. 보증금에 대해서 그는 이렇게 말하더라고.

"보증금은 두 달치 월세입니까? 그렇습니까. 아뇨, 실례지만 그럼 오십 엔만 드리겠습니다. 아니에요, 저희는 갖고 있으면 써 버리거든요. 예금 같은 거니까요. 호호. 내일 아침 바로 이사하겠습니다. 보증금은 인사드리러 올 때 가져오겠습니다. 그래도 될까요?"

이렇게 말이야. 안 된다고 할 수는 없잖아. 그리고 나는 남의 말을 곧이곧대로 믿는 주의야. 속으면 속인 사람이 나쁜 거지. 그래서 나는 상관없다, 내일이든 모레든 편할 대로 하라고 했어. 남자는 응석을 부리듯 미소 지으면서 공손히 인사를 하고는 조용히 돌아갔지. 그리고 나서 그가 남긴 명함을 보니까 주소도 없이 기노시타 세이센이라고만 납작한 서체로 인쇄돼 있고, 오른쪽 위에는 자유천새류 서에 교수라고 펜으로 지저분하게 덧쓰여 있더라. 나도 모르게 헛웃음이 나왔지. 이튿날 아침, 그 부부는 트럭으로 가재도구를 두 번이나 실어 날라 이사했는데, 보증금 오십 엔에 관해서는 결국 말이 없었어. 주기는 하려나.

이사한 그날 오후, 세이센이 부인과 함께 우리 집에 인사를 하러 왔어. 노란 모직 재킷에 각반까지 차고 여성용으로 보이는 옻칠 나막신을 신고 말이야. 내가 현관으로 나가자마자 "아, 이사가 이제 겨우 끝났습니다. 차림새가 좀 이상하죠?"

그러더니 내 얼굴을 들여다보며 씩 웃는 거야. 나는 왠지 멋쩍어서 고생하셨다, 건성으로 대답하면서도 미소를 지었어.

"저희 집사람입니다. 잘 부탁드립니다."

세이센은 제 뒤에 조용히 서 있던 조금 덩치 큰 여자를 향해 과장스레 턱을 까닥했어. 우리는 인사를 나눴지. 여자는 삼 잎 무늬의 푸르스름한 거친 비단 겹옷에 역시 거친 비단에 붉은색으로 염색한 짧은 겉옷을 걸치고 있었어. 나는 아랫볼이 불룩한 마담의 보드라운 얼굴을 힐끗 보고 흠칫했어. 낯익은 얼굴도 아닌데, 가슴을 푹 찔린 듯 인상 깊었거든. 색소가 빠진 것처럼 하얗고, 한쪽 눈썹이 쑥 올라간 반면 다른 한쪽 눈썹은 얌전했어. 눈은 약간 갸름한 편이고 얇은 아랫입술을 살짝 깨물고 있었지. 처음에 나는 화가 났나 보다 생각했어. 그런데 금세 그렇지 않다는 걸 알았지. 마담은 인사를 하고는 세이센에게 감추듯 큼직한 봉투를 현관 마루에 살짝 놓으며, 약소합니다만, 하고 낮지만 단호한 어조로 말했어. 그러고 나서 한 번 더 천천히 머리 숙여 인사하더라고. 인사할 때도 역시 한쪽 눈썹을 올리고 아랫입술을 깨물고 있었어. 나는 이게 이 사람의 평소 습관이겠거니 했어. 그러고 나서 세이센 부부는 떠났지만, 나는 한참이나 멍했어. 그리고 불쾌한 감정이 솟아올랐지. 보증금 건도 있고, 무엇보다 뭔가 눈 뜨고 당한 듯한 짜증에 견딜 수가 없더라고. 나는 현관 마루에 쭈그리고 앉아, 창피하리만치 커다란 그 봉투를 집어 들고 안을 들여다봤어. 글쎄 메밀국숫집의 오 엔짜리 상품권이 들어 있더라. 잠깐 동안 나는 도무지 무슨 영문인지 알 수 없었어. 오 엔짜리 상품권이라니, 어이가 없다. 불현듯 꺼림칙한 의심에 사로잡혔지. 혹시나 보증금이랍시고 준 건가? 이런 생각이 들었거든. 그렇다면 이건 지금이라도 당장 되돌려 줘야만 한다. 나는 참을 수 없이 속이 울렁거리는 걸 느끼면서 봉투를 품에 넣고, 세이센 부부를 뒤쫓다시피 집을 나섰어.

세이센도 마담도 아직 새집에 돌아와 있지 않았어. 귀갓길에 장을 보러 어딜 들렀나 보다 생각하면서, 나는 조심성 없이 활짝 열린 현관문을 지나 태연히 집 안으로 들어가고 말았지. 여기서 몰래 기다리자고 생각했어. 평소 같아선 나도 이런 난폭한 생각을 하지는 않았을 텐데, 아무래도 품속의 오 엔짜리 상품권 때문에 정신 상태가 다소 정상이 아니었던 것 같아. 나는 현관의 한 평짜리 방을 지나 세 평짜리 거실로 들어갔어. 이 부부는 이사를 많이 다녀서 익숙한지 벌써 살림살이를 대충 정돈해 뒀고, 도코노마에는 두세 송이 붉은 꽃이 피어난 명자나무 토기 화분도 놓았더라고. 간이 표구한 족자에는 '북두칠성' 네 글자만 적혀 있었는데 문구도 그렇지만 서체가 진짜 우스꽝스러웠어. 풀 바르는 솔 같은 걸로 쓴 것처럼 획이 과장되게 굵은 데다 먹이 엉망진창으로 번져 있었거든. 낙관 같은 건 없었지만 나는 한눈에 세이센이 썼다고 단정 지었어. 다시 말해 이게 자유천재류일 테지. 나는 안쪽 작은방으로 들어갔어. 서랍장이며 화장대가 제대로 자리를 잡았더라고. 목이 가늘고 다리가 거대한 벌거벗은 여인의 데생 한 장이 둥그런 유리 액자에 담겨, 화장대 바로 옆 벽에 걸려 있었어. 거기가 마담의 방이겠지. 아직 새것 티가 나는 뽕나무 화로, 이와 짝을 이루는 갈색의 아담한 뽕나무 찻장도 벽 쪽에 나란히 놓여 있었고. 불을 피운 화로 위에는 쇠주전자가 올려져 있었는데 나는 일단 그 화로 옆에 앉아 담배를 피웠어. 이제 막 이사한 새집은 사람을 감상적으로 만드는 모양이야. 저 액자 속 그림을 놓고 부부가 나눴을 이야기나 이 화로의 위치를 두고 벌였을 논쟁을 상상하니까, 역시 생활이 바뀌었을 때의 의욕적인 마음가짐이 느껴지더라고. 그렇게 담배를 한 대 피우고는 바로 일어났어. 오월이 되면 다다미를 갈아 줘야지, 이런 생각을 하면서 현관에서 밖으로 나와 현관 옆 사립문을 지나 마당 쪽으로 돌아가 큰방의 툇마루에 걸터앉아 세이센 부부를 기다렸지.

부부는 마당의 배롱나무 줄기가 저녁노을에 붉게 물들기 시작했을 즈음에야 돌아왔어. 예상대로 장을 봤는지 세이센은 빗자루 하나를 어깨에 짊어지고, 마담은 이런저런 물건을 담은 양동이를 무거운 듯 오른손에 들고 있더라. 사립문을 열고 들어온 부부는 금방 나를 발견했지만, 그리 놀라는 기색도 없었어.

"아, 집주인께서 오셨군요."

세이센은 빗자루를 짊어진 채 미소 지으며 살짝 고개를 숙였어.

"오셨어요."

마담도 다시 눈썹을 치켜올린 채, 그러나 아까보다는 좀 더 편하게 살짝 하얀 이를 드러내고 웃으며 인사했어.

나는 내심 곤혹스러웠지. 보증금 이야기는 오늘은 하지 말자. 메밀국숫집 상품권에 관해서만 한마디 나무라야겠다고 생각했어. 하지만 이 역시 실패했지. 나는 도리어 세이센과 악수를 나누고, 게다가 황당하게도 결국 엔 서로를 위해 만세를 외치기까지 했거든.

　세이센이 권하는 대로 나는 툇마루에서 거실로 들어 갔어. 세이센과 마주앉아 어떤 식으로 이야기를 꺼내야 좋을지, 그것만 생각했지. 내가 마담이 내온 차를 한 모금 홀짝거렸을 때, 세이센은 가만히 자리에서 일어나더 니 옆방에서 장기판을 들고 왔어. 자네도 알다시피 나는 장기를 잘 둬. 그래서 한 판쯤은 두어도 좋겠다고 생각 했지. 손님과 제대로 이야기를 나누기도 전에 말없이 장 기판을 꺼내 오는 것, 이건 장기 좀 둔다고 우쭐거리는 사람이 보이는 흔한 태도거든. 그렇다면 한번 코를 납작 하게 만들어 주마. 나도 미소를 지으며 말없이 장기 말 을 두었어. 세이센이 장기를 두는 방식은 신기했어. 엄 청나게 빠른 거야. 덩달아 빨리 두다 보면 어느 틈엔가 궁(宮)을 잃고 말았지. 그런 식이었어. 말하자면 기습적 이었달까. 나는 몇 판을 내리 졌는데, 그러면서 점점 열 광하기 시작한 것 같아. 방이 좀 어스름해져서 툇마루로 나가 계속 뒀어. 결국 십 대 육 정도로 내가 졌지만, 나 도 세이센도 녹초가 되고 말았지.

　세이센은 승부 중에는 전혀 말이 없었어. 반듯한 책상

다리를 하고 앉아, 거만한 자세로 가만히 보고 있었지.

"엇비슷하군요."

그는 장기 말을 상자에 집어넣으면서 진지하게 중얼거렸어.

"좀 누울까요? 아아아. 피곤하네요."

결례인 줄 알지만 나는 다리를 뻗었어. 뒤통수가 지끈거렸지. 세이센도 장기판을 옆으로 물리고, 툇마루에 몸을 쭉 뻗어 누웠어. 그리고 턱을 괸 채 땅거미가 지기 시작한 마당을 바라보다가 "아아! 아지랑이!" 하고 나지막이 외쳤지. "신기하네요. 보세요. 이맘때 아지랑이가."

나도 툇마루에 배를 붙이고 엎드려, 마당의 축축한 검은 흙 위를 봤어. 그때 퍼뜩 정신이 들었지. 아직 용건 한마디도 채 꺼내지 않았으면서, 장기를 두거나 아지랑이를 찾는 얼빠진 내 모습을 깨달은 거야. 나는 허둥지둥 자세를 고쳐 앉았어.

"기노시타 씨, 좀 곤란해요." 하면서 예의 봉투를 품에서 꺼냈지. "이건 받을 수 없습니다."

세이센은 어째서인지 깜짝 놀란 듯 표정을 바꾸고 몸을 일으켰어. 나도 흠칫했지.

"차린 건 없지만"

마담이 툇마루로 나와 내 얼굴을 살폈어. 방에는 전등이 흐릿하니 켜져 있었지.

"그렇구나. 그래." 세이센은 조바심을 내듯 몇 번이고 고개를 끄덕이며 미간을 찌푸리고는 뭔가 먼 곳을 보는 듯했어. "그럼 일단 식사부터 하시죠. 이야기는 그다음에 천천히 나눠요."

나는 이 상황에서 식사 대접 같은 건 받고 싶지 않았지만, 어쨌거나 이 봉투 건은 매듭짓고 싶어서 마담을 따라 방으로 들어갔어. 그게 잘못이었어. 술을 마신 거야. 마담이 한 잔 권했을 때, 이거 큰일이군, 생각했어. 하지만 두세 잔 마시다 보니 점차 차분해지더라고.

처음에는 세이센의 자유천재류를 놀려 줄 작정으로 도코노마에 걸린 족자를 돌아보며 이게 자유천재류입니까, 하고 물었어. 그러자 세이센은 술기운에 조금 붉어진 눈가를 한층 더 붉히면서 겸연쩍게 웃음을 터뜨렸지.

"자유천재류? 아, 그건 거짓이에요. 직업이 없으면 요즘 집주인들은 세를 주지 않는다는 얘기를 들었거든요. 그래서 그런 거짓말을 한 거예요. 화내지 마세요." 그렇게 말하더니 다시 숨이 넘어가라 웃어젖혔어. "이건 골동품 가게에서 발견한 거예요. 이런 황당무계한 서

예가가 있구나 하고 놀라서, 삼십 전인가 얼마를 주고 샀죠. 문구도 아무 의미 없는 북두칠성뿐이라 마음에 들었어요. 저는 색다른 걸 좋아하거든요."

세이센이란 남자는 아주 오만한 인간임에 틀림없다고 생각했어. 오만한 사내일수록 자신의 취미를 비꼬고 싶어 하는 법이니까.

"실례지만, 무직이세요?"

다시 오 엔짜리 상품권이 신경 쓰이기 시작했어. 분명 좋지 않은 꿍꿍이가 있을 거라고 생각했지.

"그렇습니다." 잔을 들이켜면서도 그는 여전히 히죽거렸어. "하지만 걱정 마세요."

"아니요." 나는 최대한 거리를 두려고 애썼어. "분명히 말씀드리는데, 이 오 엔짜리 상품권이 상당히 신경 쓰입니다."

마담이 내 잔에 술을 따르며 말문을 열었지.

"그러게나 말이에요." 작고 통통한 손으로 옷매무새를 가다듬더니 미소를 지었어. "기노시타가 잘못했어요. 이번 집주인이 젊고 선량하다느니, 그런 실례되는 말을 해서, 저기, 억지로 그런 이상한 상품권을 준비한 거랍니다. 정말이에요."

"그러셨군요." 나는 무심코 웃음을 흘렸어. "그러셨군요. 저도 놀랐습니다. 보증금," 거기까지 말하고는 입을 다물었지.

"그러셨군요." 세이센이 내 말투를 흉내 냈어. "알겠습니다. 내일 가져갈게요. 은행이 쉬는 날이라서요."

그러고 보니 그날은 일요일이었어. 우리는 이유도 없이 이구동성으로 웃음을 터뜨렸지.

나는 학창시절부터 천재라는 말을 좋아했어. 롬브로소나 쇼펜하우어의 천재론을 읽으며 남몰래 천재에 해당하는 사람을 찾았지만 좀처럼 찾지 못했어. 고등학교에 입학했을 때, 까까머리를 한 젊은 역사 선생님이 전교생의 이름과 출신 중학교를 모두 다 외운다는 소문을 듣고 천재가 아닐까 하고 유심히 봤는데, 그런 것치고는 수업이 어설프더라고. 나중에 알게 된 사실이지만, 학생들의 이름과 출신 중학교를 외우는 게 이 선생님의 유일한 자랑이었고, 이를 위해서 뼈와 살과 내장이 망가질 정도로 무리했었대. 그런데 세이센과 마주앉아 이야기를 나누다 보니, 골격이며 머리 모양, 눈동자 색깔, 그리고 목소리 톤이 롬브로소나 쇼펜하우어가 규정한 천재의 특징과 너무나 흡사한 것 같은 거야. 실제로 그 당시에는 그런 생각이 들었어. 창백하고 여윈 얼굴, 작은 키에 짧은 목. 연극 대사처럼 과장된 비음 섞인 목소리.

술기운이 어느 정도 돌았을 때, 나는 세이센에게 물었어.

"아까 직업이 없다는 식으로 말씀하셨는데, 그럼 무슨 연구라도 하고 계세요?"

"연구요?" 세이센은 장난꾸러기처럼 어깨를 으쓱하며 커다란 눈을 동그랗게 떴어. "뭘 연구한다는 거죠? 저는 연구 싫어요. 적당히 제 생각에 맞는 주석을 다는 거 아닌가요? 저는 싫습니다. 저는 창조하는 쪽이에요."

"뭘 만드시는 거예요? 발명을 하시는 건가요?"

세이센은 키득거리며 웃기 시작했어. 노란 재킷을 벗고는 셔츠 차림으로 말을 이었지.

"재미있는 말씀을 하시네요. 맞아요. 발명이에요. 무선 전등을 발명합니다. 온 세상에서 전봇대가 사라지면 얼마나 속이 시원할까요. 무엇보다 사무라이 영화를 찍을 때 아주 도움이 되겠네요. 저는 배우예요."

그러자 마담이 두 눈을 게슴츠레 뜨고는 세이센의 기름이 번들거리는 얼굴을 가만히 올려다보더군.

"그만해요. 많이 취했어요. 늘 이런 헛소리만 늘어놓

으니, 제 속이 말이 아니랍니다. 신경 쓰지 마세요."

"뭐가 헛소리란 말이야. 시끄러워. 집주인 양반, 나는 정말 발명가예요. 인간이 어떻게 하면 유명해질 수 있을까, 이걸 발명했죠. 이거 봐. 그쪽도 귀가 솔깃하죠? 이거야. 요즘 젊은 사람들은 모두 다 유명(有名)병에 걸렸어요. 약간 자포자기해서 비굴하기까지 한 유명병 말이에요. 너, 아니, 당신, 조종사가 돼서 세계 일주 기록, 어떻습니까? 죽을 각오로 눈을 질끈 감고 서쪽을 향해 어디까지나 날아가는 겁니다. 눈을 뜨면 군중이 산더미처럼 모여 있겠죠. 지구의 총아가 되는 겁니다. 딱 사흘만 참으면 돼요. 어때요? 시도해 볼 마음 들지 않아요? 패기도 없는 녀석이네. 호호호. 아니, 실례했습니다. 그게 아니라면 범죄는요? 걱정 마세요, 잘될 겁니다. 체격만 좋으면 별거 아닙니다. 살인을 저질러도 좋고, 강도짓을 해도 좋고, 조금 번거로운 범죄일수록 좋죠. 괜찮습니다. 안 들키니까. 공소시효가 지났을 때 당당하게 나오면 됩니다. 인기인이 될 거예요. 하지만 이건 사흘 동안의 비행에 비하면 십 년 정도 참아야 하니, 당신 같은 근대인들에게는 조금 맞지 않죠. 좋아요. 그럼, 그냥 당신에게 맞는 얌전한 방법을 알려 드리죠. 당신처럼 음흉하고, 소심하고, 의지도 없고, 행동도 안 하는 녀석들에게는 추문이라는 좋은 방법이 있거든. 일단은 이 동네에서는 유명해질 수 있지. 남의 부인하고 야반도주해 보는 건 어때? 응?"

나는 상관없었어. 술에 취한 세이센의 얼굴이 아름다워 보이더라고. 흔한 얼굴이 아니었어. 문득 푸시킨이 떠올랐지. 어디선가 본 적이 있는 얼굴이라고 생각했는데, 분명 그림엽서 가게에서 본 푸시킨의 얼굴이었어. 풋풋한 눈썹 위에 늙고 깊은 주름이 몇 줄이나 새겨진, 그 푸시킨의 죽은 얼굴이었다고.

나도 취기가 올라오는 것 같았지. 결국 나는 품에 넣어 둔 상품권을 꺼내 그걸로 메밀국숫집에서 술을 배달시켰어. 그렇게 우리는 술잔을 더 기울였지. 사람과 처음 만났을 때의 그 바람기 같은 설렘이 우리를 긴장시켰고, 무지한 웅변으로 더 많은 것을 상대에게 알리고 싶어 하는 듯한 초조함을 우리는 서로에게서 느꼈던 것 같아. 우리는 여러 차례 거짓된 감격에 젖어 연방 잔을 주고받았어. 정신을 차렸을 때 마담은 보이지 않았지. 잠이 들었던 모양이야. 그만 돌아가야지, 하고 생각해 일어나면서 악수를 청했어.

"자네가 좋아." 나는 그렇게 말했어.

"나도 자네가 좋다." 세이센도 그렇게 답했던 것 같아.

"좋아. 만세!"

"만세."

분명 그런 대화였을 거야. 나는 취하면 만세를 외치는 나쁜 버릇이 있거든.

술이 잘못이야. 아니, 역시 내가 분위기에 잘 휩쓸리는 성격이기 때문이었겠지. 그때부터 우리 둘의 이상한 교제가 시작됐어. 진탕 취한 이튿날 아침, 나는 여우나 너구리에게 홀린 것처럼 멍한 기분이었어. 세이센은 아무래도 보통내기가 아니야. 나도 이 나이까지 아직 독신으로 매일같이 슬렁슬렁 놀면서 보내는 까닭에 친척들에게 괴짜 취급을 당하고 있지만, 그래도 내 머리는 어디까지나 상식적이었어. 타협적이었다고. 일반적인 도덕을 지키며 살아왔지. 말하자면 건전한 것이었어. 그에 비하면 세이센은 아무래도 한 수 위인 것 같았지. 결코 좋은 시민이 아니었어. 나는 세이센의 집주인으로서 그의 정체가 밝혀질 때까지는 조금 멀리하는 게 여러모로 좋지 않을까, 그런 생각도 들어서 그로부터 사오 일 동안은 모른 척하고 있었어.

그런데 이사 온 지 일주일쯤 지났을 때, 세이센과 다시 만나게 됐지. 바로 대중탕의 욕탕 안에서였어. 내가 안으로 들어서자마자 여기, 하고 크게 외치는 소리가 들렸지. 오후의 대중탕에는 다른 사람이라고는 아무도 없었어. 세이센 혼자 탕에 몸을 담그고 있더라고. 나는 당황해서 탕 옆 수도꼭지 앞에 쪼그리고 앉아 비누칠을 해서 무수히 많은 거품을 냈어. 상당히 당황했던 거야. 퍼뜩 정신이 들었지만, 나는 일부러 천천히 물을 틀어 손바닥에 묻은 거품을 씻어 내고 나서 탕에 들어갔어.

"지난번에는 감사했습니다." 역시나 부끄러운 생각이 들었어.

"별말씀을요." 세이센은 태연한 낯으로 대꾸했어. "이건 기소가와 강 상류입니다."

나는 세이센의 눈동자 방향을 보고 그가 탕 위의 페인트 벽화에 관해 이야기 중이라는 걸 알았지.

"페인트 그림이 더 좋습니다. 진짜 기소가와 강보다는요. 아니요, 페인트 그림이니까 좋은 거죠." 그는 그렇게 말하며 나를 돌아보고는 미소 지었어.

"그렇죠." 나도 미소를 지었지. 사실 그의 말뜻을 알아듣지 못했기 때문이었어.

"이 정도도 고생깨나 했을 겁니다. 양심적인 그림이네요. 이 그림을 그린 페인트 가게 녀석은 이 목욕탕에는 절대 오지 않을 거예요."

"오지 않을까요? 자기 그림을 바라보면서 천천히 물에 몸을 담그고 있는 것도 나쁘지 않을 것 같은데."

나의 그런 말이 세이센에게 모욕감을 불러일으켰는지 그는 글쎄요, 라고 말하고는 제 손등을 가지런히 펴고 열 개의 손톱을 바라봤어.

세이센은 먼저 욕탕에서 나갔어. 나는 탕에 몸을 담그고 탈의실에 있는 세이센을 별 생각 없이 봤지. 그날은 회색 명주 겹옷을 입고 있더라고. 난 그가 너무 오래 자기 모습을 거울에 비춰 보고 있는 걸 보고 놀랐어. 이내 나도 목욕탕에서 나왔는데, 세이센은 탈의실 구석 의자에 가만히 앉아 담배를 피우면서 나를 기다려 줬지. 나는 왠지 모르게 답답한 기분이 들었어. 같이 대중탕을 나오면서 그는 이렇게 중얼거렸어.

"벌거벗은 모습을 보지 않고는 마음을 놓을 수 없어요. 아니, 남자와 남자 사이에 말입니다."

그날, 나는 권유하는 대로 다시 세이센의 집을 찾았어. 중간에 세이센과 헤어져 일단 내 집에 들러 머리 손질 등을 조금 한 뒤에 약속대로 곧장 세이센의 집으로 갔지. 하지만 세이센은 없었어. 마담 혼자뿐이었지. 저녁 햇살이 드리운 툇마루에서 석간을 읽고 있었어. 나는 현관 옆 사립문을 열고 작은 마당을 가로질러 마루 끝에 섰어. 계십니까, 했지.

"네." 그녀는 신문에서 눈을 떼지 않고 대답했어. 아랫입술을 꽉 깨무는 모습이 언짢아 보이더라.

"아직 목욕탕에서 돌아오지 않았어요?"

"네."

"이런. 목욕탕에서 마주쳤거든요. 놀러 오라고 하셨는데."

"그 사람 말은 믿을 게 못 된다니까요." 부끄러운 듯 웃고는 석간 페이지를 넘기면서 말했어.

"그럼, 저는 가 보겠습니다."

"어머, 조금 기다려 보세요. 차라도 한잔 드시면서요." 마담은 석간을 접어 내 쪽으로 건넸어.

나는 툇마루에 앉았지. 마당에는 홍매화 꽃봉오리가 부풀어 있었어.

"기노시타를 믿지 마세요."

다짜고짜 귀에 대고 속삭이는 목소리에 나는 화들짝

놀랐어. 마담은 나에게 차를 권했지.

"이유가 뭡니까?" 나는 진지하게 물었어.

"안 되니까요." 마담은 한쪽 눈썹을 찡그리며 작은 한숨을 내쉬었어.

나는 하마터면 실소를 흘릴 뻔했지. 세이센이 평소에 이상한 자긍심에 사로잡혀 게으름을 피우는 것처럼, 이 여자도 뭔가 특이한 재능을 가진 남편을 보필하는 고생을 은근히 자랑하는 게 틀림없다고 생각했거든. 상쾌한 거짓말을 한다 싶어 나는 내심 우스웠어. 하지만 그 정도 거짓말에는 나도 지지 않았지.

"헛소리도 천재의 특징 중 하나래요. 그 순간순간의 진실만을 말하는 거죠. 표변(豹變)은 무변(無變)하다는 말도 있잖아요. 나쁘게 말하면 기회주의자라고 할 수 있죠."

"천재라니. 그럴 리가요." 마담은 내 남은 찻물을 마당에 버리고 새로 따라 줬어.

나는 막 목욕을 마친 탓에 목이 말랐거든. 뜨거운 엽차를 마시며 어떻게 천재가 아니라고 단언할 수 있는지 추궁했지. 애초부터 조금이라도 세이센의 정체를 알아내려고 애썼던 거야.

"허세예요." 그렇게 답했어.

"그렇군요." 나는 웃어 버렸어.

그 여자도 세이센과 마찬가지로 아주 영리하거나 아주 어리석거나 둘 중 하나였을 거야. 어쨌거나 말이 통하지 않을 거라고 생각했어. 하지만 나는 마담이 세이센을 꽤나 사랑한다는 사실만큼은 확실히 알았어. 황혼녘 안개에 흐릿해지는 마당을 바라보면서 나는 마담에게 약간의 타협을 암시했어.

"기노시타 씨는 역시 생각이 있으신 거겠죠. 그렇다면 진정한 휴식 같은 건 없을 거예요. 게으름을 피우는 게 아니에요. 목욕을 할 때도, 손톱을 깎고 있을 때도요."

"어머나, 그러니까 잘 보살펴 주라는 말씀이신가요?"

내 귀에는 상당히 발끈한 투로 들려서 약간은 비웃음을 담아 뭐 싸우기라도 했느냐고 반문했어.

"아뇨." 마담은 우습다는 듯 대꾸했어.

싸운 게 틀림없어. 게다가 지금은 세이센을 애타게 기다리고 있는 거지.

"실례했습니다. 아, 다시 올게요."

땅거미가 져서 배롱나무 줄기만 부드럽게 드러나 보였어. 나는 마당 사립문에 손을 얹고 돌아보며 마담에게

다시 인사했지. 마담은 오도카니 툇마루에 서 있다가 정중하게 인사를 건넸어. 나는 속으로 이 부부는 서로 사랑하는구나, 라고 쓸쓸하게 중얼거렸어.

서로 사랑한다는 건 알았지만, 세이센이 어떤 사람인지는 도무지 알 수 없었어. 요즘 유행하는 허무주의자인 걸까, 아니면 예의 공산주의자인가, 아니면 그저 돈 많은 척하는 사람일까, 어느 쪽이든 나는 이런 사내에게 세를 준 걸 후회하기 시작했어.

그러던 중, 내 불길한 예감이 슬슬 맞아떨어졌지. 삼월이 지나도, 사월이 지나도, 세이센에게서는 아무 기별이 없었어. 집을 세놓는 데 관한 각종 증서들도 하나도 주고받지 않았고, 보증금도 물론 그대로였지. 그러나 나는 다른 집주인들처럼 증서 따위를 까다롭게 따지는 걸 싫어하는 편이었고, 또 받은 보증금을 굴려서 이자를 받는 것도 싫었어. 세이센도 말했듯이 예금 같은 거라, 그 일은 딱히 상관없었어. 하지만 집세를 주지 않는 건 정말 곤란했지. 그래도 나는 오월까지는 모르는 척하고 넘어갔어. 그건 나의 무심함과 너그러움에서 비롯된 거라고 말하고 싶지만, 사실 나는 세이센이 두려웠어. 그를 떠올리면 왠지 모를 거북함을 느꼈거든. 만나고 싶지 않앉아. 어차피 만나서 이야기를 나눠야 한다는 걸 알고 있었지만, 그래도 순간을 모면하기 위해 내일, 내일, 하며 미뤘지. 결국 내 의지박약 때문이야.

오월 말, 나는 드디어 결심하고 세이센을 찾아가기로 했어. 아침 일찍 집을 나섰지. 나는 늘 그렇듯 한번 마음 먹은 일은 한시라도 빨리 처리하지 않으면 마음이 편치 않거든. 가 보니 현관문은 아직 닫혀 있었어. 자고 있는 것 같았지. 젊은 부부의 휴식을 방해하는 것도 내키지 않아서 나는 그대로 되돌아왔어. 짜증을 내며 정원수를 손질하다가 점심 무렵이 돼서야 다시 집을 나섰어. 아직도 문이 닫혀 있더라고. 이번에는 나도 마당 쪽으로 돌아갔어. 마당의 철쭉 다섯 그루는 저마다 벌집처럼 엉겨서 피어 있었지. 홍매화는 꽃이 지고 푸르른 잎을 펼쳤고, 배롱나무 가지 사이에 거스러미처럼 여린 새잎이 돋아 있었어. 덧문도 닫혀 있더라. 나는 가볍게 두세 번 문을 두드리며 기노시타 씨, 기노시타 씨, 하고 나지막이 불렀어. 집 안은 조용했어. 나는 덧문 틈으로 몰래 안을 들여다봤지. 나이를 불문하고 인간이라면 누구나 엿보는 취미가 있는 법이니까. 컴컴해서 아무것도 보이지 않았어. 하지만 누군가가 거실에서 잠자는 기척이 나더라고. 나는 덧문에서 몸을 떼고 다시 부를까 말까 고민했지만, 결국 그대로 집으로 돌아왔어. 훔쳐봤다는 후회가 나를 주눅 들게 하고 되돌아오게 만들었지. 집으로 돌아오니 마침 손님이 와 있어서, 그와 두세 가지 이야기를 나누는 새에 날이 저물고 말았어. 손님을 보내고 나는 세 번째 방문을 시도했어. 설마 아직까지 자고 있지는 않겠지 생각했지.

세이센의 집에는 불이 켜져 있었고, 현관문도 열려 있었어. 인사를 건네자, 누구세요, 하고 세이센이 잠긴 목소리로 물었어.

"접니다."

"아아, 집주인이시군요. 들어오세요." 거실에 있는 모양이었어.

집 분위기가 왠지 음산하더라고. 현관에 서서 거실 쪽으로 고개를 기울여 들여다보니, 세이센은 솜옷 차림으로 이부자리를 허둥지둥 정리하고 있었어. 어스름한 전등 불빛 아래 세이센의 얼굴은 놀라우리만치 나이 들어 보였지.

"벌써 주무십니까?"

"네? 아니요. 괜찮아요. 종일 자요. 정말. 이렇게 누워 있는 게 가장 돈이 안 드니까요.”

그렇게 말하는 동안 방을 다 치웠는지, 종종걸음으로 현관문으로 나왔어.

“안녕하세요, 오랜만이에요.”

그는 내 얼굴도 제대로 쳐다보지 않고 바로 고개를 떨어뜨렸어.

“집세는 당분간 못 낼 것 같아요.” 대뜸 이렇게 말하는 거야.

나는 발끈했지. 일부러 대답을 하지 않았어.

“마담이 집을 나갔어요.” 현관 장지문에 기대 조용히 웅크리고 앉았어. 전등 불빛을 뒤에서 받은 탓에 세이센의 얼굴은 온통 새카맣게 보였지.

“왜요?” 나는 흠칫했어.

“제가 싫어졌나 봐요. 다른 남자가 생겼겠죠. 원래 그런 여자예요.” 평소와 달리 말투가 시원시원했어.

“언제쯤요?” 나는 현관 마루에 앉았어.

“글쎄요, 지난달 중순쯤이었을까요. 들어오시죠?”

“아니요. 오늘은 다른 볼일이 있어서요.” 나는 좀 꺼림칙한 기분이 들었어.

“부끄럽습니다만, 그동안 여자 친정에서 보내 주는

용돈으로 생활했어요. 그런데 이렇게 돼서."

조급하게 말을 이어가는 세이센의 태도에서 한시라도 빨리 손님을 돌려보내려는 꿍꿍이를 알아챌 수 있었지. 나는 일부러 소맷자락에서 담배를 꺼내 성냥이 없느냐고 물었어. 세이센은 말없이 일어나 부엌으로 가서 대용량의 커다란 성냥갑을 가져왔지.

"왜 일하지 않는 거예요?" 나는 담배를 피우면서 지금부터 천천히 이야기를 해 봐야겠다고 남몰래 결심했어.

"일할 수 없기 때문이에요. 재능이 없는 거겠죠." 여전히 시원시원한 말투였어.

"농담이시죠."

"아니요. 일할 수 있으면 얼마나 좋겠어요."

나는 세이센이 생각보다 솔직한 기질을 가지고 있다는 걸 알았어. 짠하다는 생각도 들었지만 이대로 그에게 동정하면 집세는 어떻게 되겠어. 나는 의욕을 불태웠지.

"그러면 곤란하지 않겠어요? 저도 곤란하고요. 당신도 언제까지 이렇게 있을 수는 없으니까요." 나는 피우려던 담배를 흙바닥에 던졌어. 붉은 불꽃이 시멘트 바닥에 확 흩어졌다 꺼졌지.

"그렇죠. 그건 어떻게든 해 볼게요. 믿는 구석이 있어요. 감사하게 생각해요. 조금만 더 기다려 주실래요? 조금만 더."

나는 두 번째 담배를 물고 다시 성냥을 그었어. 아까부터 신경 쓰였던 세이센의 얼굴을 성냥 불빛으로 어렴풋이 들여다볼 수 있었지. 얼떨결에 불붙은 성냥을 떨어뜨렸어. 악귀의 얼굴을 보았기 때문이야.

"그럼, 다시 들르겠습니다. 없는 걸 받을 수는 없죠." 나는 당장 그 자리에서 벗어나고 싶었어.

"그래요. 일부러 와 주셔서 감사합니다." 세이센은 얌전하게 말하더니 일어서더라. 그러더니 혼잣말처럼 중얼거렸어. "마흔두 살이니 일백수성(一白水星)이겠군. 액운이 낀 해니까 몸조심하는 게 좋겠어."

나는 구르듯이 세이센의 집에서 빠져나와 정신없이 집으로 향했어. 하지만 조금 진정이 되자, 왠지 황당한 꼴을 당했다는 생각이 점점 치밀어 올랐지. 또 한 방 먹었구나. 세이센의 단호하고 명료한 말투도, 마흔두 살어쩌고 혼잣말처럼 중얼거린 것도, 모두 참을 수 없을 정도로 작위적이고 사기꾼처럼 느껴지기 시작했어. 나는 아무래도 좀 무른 것 같아. 이런 늘어진 성격으로는 임대업을 하기는 힘들겠구나, 싶었지.

나는 그로부터 이삼 일 동안 세이센에 관한 생각만 했어. 나도 아버지 유산 덕에 이렇게 하루하루를 게으르게 보내면서 딱히 일을 해야겠다는 의욕도 들지 않아서, 세이센의 말을 이해하지 못하는 바도 아니었지만, 세이센이 진정 지금 한 푼의 수입도 기대할 수 없는 생활을 하는 거라면 그것만으로도 이미 평범한 정신이라고는 할 수 없잖아. 아니, 정신이라고 하면 대단하게 들리겠지만, 어쨌거나 제법 뻔뻔한 근성이라고 할 수 있지. 이쯤 되면 어떻게든 녀석의 정체를 밝혀내지 않고서는 안심할 수 없었어.

오월이 지나고 유월이 됐지만 역시나 세이센으로부터는 아무 소식도 없었지. 나는 다시 그의 집을 찾아가야만 했어.

그날 세이센은 스포츠맨처럼 목깃이 달린 와이셔츠에 흰 바지를 입고 뭔가 쑥스러워하는 표정으로 나왔어. 집 안 전체가 환한 느낌이었지. 안내를 받아 거실로 들어갔더니, 한쪽 구석에 언제 장만했는지 회색 벨벳의 중고 소파가 놓여 있었고, 다다미 위에도 연두색 카펫을 깔아 놓았더라고. 실내 분위기가 확 달라져 있었어. 세이센은 나에게 소파에 앉으라고 권했어.

마당의 배롱나무는 이제 진홍색 꽃망울을 터뜨리기
직전이었지.

"매번 죄송합니다. 이번에는 걱정 마세요. 일을 구했
거든요. 이봐, 데이 짱."

세이센은 나와 함께 소파에 앉더니 옆방을 향해 말을
걸었어.

세일러복을 입은 자그마한 여자가 작은 방 쪽에서 쏙
나오더라. 둥근 얼굴에 건강한 뺨의 소녀였어. 눈동자도
두려움을 모르는 듯 맑고 깨끗했지.

"집주인이셔, 인사드려. 안사람입니다."

나는 어이가 없었어. 방금 전 세이센이 부끄러워하며
짓던 미소의 의미를 알 것 같았지.

"하시는 일이 뭡니까?"

소녀가 다시 옆방으로 들어가자, 나는 조심스러워하
지도 않고 일에 대해 물어봤어. 오늘만큼은 홀리지 않겠
다는 마음의 준비를 단단히 하고 있었지.

"소설입니다."

"네?"

"사실 옛날부터 저는 문학을 공부하고 있었어요. 요
즘에야 겨우 싹이 트기 시작했죠. 실화를 쓰려고요." 그

는 천연덕스럽게 말했어.

"실화라고요?" 나는 끈질기게 물었지.

"즉, 없는 것을 실제로 있었던 것처럼 이야기를 만들어 내는 거죠. 별거 아니에요. 어느 현 어느 마을 몇 번지라든가, 다이쇼 몇 년 몇 월 며칠이라든가, 그 당시 신문을 통해 보았겠지만, 같은 문구를 잊지 않고 넣고, 나머지는 반드시 없는 이야기를 쓰는 거죠. 한마디로 소설이요."

세이센은 새로 맞이한 아내에 대해 역시나 다소 찜찜했는지, 내 시선을 피하듯 기다란 머리카락의 비듬을 털거나 무릎을 몇 번이고 폈다 꼬았다 하면서 웅변을 늘어놓았어.

"정말 괜찮으세요? 저도 곤란해서요."

"괜찮아요. 괜찮습니다. 그럼요." 그는 내 말을 가로막듯 괜찮다고 연거푸 말하며 쾌활하게 웃더라. 나는 그말을 믿었어.

그때 방금 전의 소녀가 은쟁반에 홍차를 받쳐 들고왔어.

"이거 보세요." 세이센은 찻잔을 받아서 내게 건네며자기 찻잔을 받아 들고는 뒤를 돌아봤어. 도코노마에는 북두칠성 족자는 사라지고 한 자 높이의 석고 흉상이 하나 놓여 있더라고. 흉상 옆에는 맨드라미꽃이 피어 있었고. 소녀는 귓불까지 붉어진 얼굴을 녹슨 은쟁반으로 반쯤 가린 채 다갈색 눈동자의 커다란 눈을 더욱 크게 뜨며 그를 노려봤어. 세이센은 그 시선을 한 손으로 떨치는 시늉을 했지.

"저 흉상의 이마를 보세요. 지저분하죠? 정말 못 말린다니까요."

소녀는 눈에 담을 수도 없을 만큼 재빨리 방에서 뛰쳐나갔어.

"무슨 일이에요?" 나는 영문을 알 수 없었지.

"아니, 데이코의 옛날 애인 흉상이라는군요. 하나뿐인 혼수품이죠. 저기다 키스를 합니다." 그는 태연하게 웃고 있었어.

나는 불쾌한 기분이 들었어.

"불쾌하신 것 같네요. 하지만 세상은 이런 식으로 돌아가요. 어쩔 도리가 없죠. 보고 있으면 감탄이 나올 정도로 매일 새 꽃으로 갈아놔요. 어제는 닭의장풀이었어요. 아니, 아마릴리스였던가, 코스모스였던가."

이 수법이야. 이런 장단에 또다시 넘어가면 전과 같

이 눈 뜨고 당하게 되는 거야. 그걸 깨닫고 나는 심술 맞게 마음을 먹고 상대하지 않았어.

"됐고요. 일은 시작하셨어요?"

"아, 그건," 홍차를 한 모금 마시더라고. "슬슬 시작했습니다만, 저는 사실 문학 서생이니까요."

나는 찻잔 내려놓을 곳을 찾으며 말했어.

"하지만 당신의 '사실'은 믿을 수가 없거든요. '사실'이라는 말로 또 한번 거짓말을 덧칠하는 것 같아서요."

"아, 이건 뼈아프네요. 그렇게 '사실'을 들이대려는 건 아니에요. 저는 말이죠, 옛날에 모리 오가이 아시죠? 그 선생님 밑에 있었어요. ≪청년≫이라는 소설의 주인공이 바로 저예요."

이건 나 역시 생각 못했어. 나도 그 소설은 오래전에 한번 읽은 적이 있고, 그 아련한 로맨티시즘은 오래도록 내 마음을 사로잡고는 놓지 않았거든. 그렇지만 거기 등장하는 모든 면에서 너무도 깨끗한 주인공에 모델이 있다는 건 몰랐어. 노인의 머리로 만들어 낸 청년이기에 이토록 깨끗한 거겠지. 진짜 청년은 시기질투도 많고, 타산적이라 더욱 숨 막히는 존재인데, 하고 내가 불만스럽게 여겼던 그 수련 같은 청년이 바로 이 세이센이었다고? 흥분할 뻔했지만, 금세 정신 차리고 경계했어.

"처음 듣네요. 외람되지만, 그 주인공은 좀 더 얌전한 도련님 같았는데요."

"너무하시네요." 세이센은 내가 들고 있던 홍차 잔을 조심스럽게 가져가 자기 찻잔과 함께 소파 밑에 내려놨어. "그 시대에는 그걸로 족했죠. 하지만 지금은 그 청년도 이렇게 되어 버렸어요. 저만 그런 건 아니라고 생각해요."

나는 세이센의 얼굴을 다시 봤어.

"추상적으로 그렇다는 말씀이세요?"

"아뇨." 세이센은 의아하다는 양 내 눈을 들여다봤어. "제 이야기를 하는 것입니다만?"

나는 또다시 연민에 가까운 정을 느꼈어.

"뭐, 오늘은 이만 가 보겠습니다. 꼭 일을 시작하세요." 그렇게 말하고는 세이센의 집을 나섰지만, 돌아오는 길에 세이센의 성공을 기원하지 않을 수 없었어. 그건 청년에 대한 세이센의 말이 왠지 모르게 내 몸에 달라붙어 스스로도 의아할 정도로 의욕이 꺾인 까닭이기도 했고, 새로 결혼한 세이센을 보니 왠지 모르게 그의 행복을 빌어 주고 싶은 마음이 들었기 때문일지도 몰라.

돌아오는 길에 나는 생각했지. 그 집세를 받지 못했다고 해서 내가 특별히 생활이 궁해지는 건 아니다. 그저 용돈이 부족해지는 정도다. 이번에는 그 불우한 늙은 청년을 위해 내가 불편함을 감수해야겠다.

나는 아무래도 예술가라는 존재에게 마음을 뺏기는 결점을 갖고 있는 것 같아. 특히 그 남자가 세상으로부터 정당한 평가를 받지 못할 때 더욱 가슴이 설레는 거지. 세이센이 정말 지금 싹을 틔우고 있는 것이라면, 집세 같은 일로 그의 마음을 번잡스럽게 해서는 안 될 일이잖아. 지금은 일단 가만히 놔두는 것이 좋다. 그의 출세를 즐겁게 기다리자. 그때 문득 입에서 튀어나온 'He is not what he was(그는 예전의 그가 아니다).'라는 말이 무척 바람직하게 느껴졌어. 중학교에 들어갔을 때 영문법 교과서에서 이 문장을 발견하고 나는 마음이 술렁거렸어. 또 이 문장은 내가 중학교 오 년 동안 받은 교육 중 지금껏 잊을 수 없는 유일한 지혜인데, 찾아갈 때마다 뭔가 새로운 경이와 감흥을 주는 세이센과 이 문법의 예문으로 쓰인 구절을 함께 떠올리며, 나는 세이센에 관해 비정상적인 기대를 갖기 시작했어.

그러나 나는 이 결의를 세이센에게 알리는 일은 주저

됐어. 그건 집주인의 근성이라고 할 수 있을 거야. 어쩌면 내일이라도 세이센이 지금까지 밀린 집세를 고스란히 가져올지도 모른다. 그런 은근한 기대도 있었기 때문에 나는 세이센에게 선뜻 집세를 받지 않겠다고 말하지 않았던 거야. 그게 세이센을 격려하는 밑거름이 된다면, 즉 서로에게 좋은 일이라고 생각했기 때문이지.

칠월이 끝나갈 무렵, 나는 다시 세이센을 찾았는데, 이번에는 얼마나 좋아졌을까, 또 어떤 발전과 변화가 있을까 기대하며 갔어. 막상 가 보니 어처구니가 없었지. 변한 게 하나도 없더라고.

나는 그날 바로 마당에서 거실 툇마루 쪽으로 돌아갔는데, 세이센이 속옷 한 장만 걸치고 툇마루에 책상다리를 하고 앉아, 큰 찻잔을 가랑이 사이에 넣고 그걸 토란 비슷한 짧은 막대기로 열심히 휘젓고 있더라고. 나는 뭘 하고 있느냐고 물었지.

"오셨어요. 연한 차예요. 차를 만들고 있어요. 이렇게 더울 때는 이게 최고죠. 한잔 드실래요?"

나는 세이센의 말투가 어딘가 달라졌다는 걸 알아차렸어. 그러나 그걸 의아해할 때가 아니었지. 나는 그 차를 마셔야만 했어. 세이센은 억지로 찻잔을 내 손에 들

려 주더니, 옆에 벗어 놓았던 격자무늬의 멋스러운 유카
타를 앉은 채로 재빨리 입었어. 나는 툇마루에 앉아 하
는 수 없이 차를 마셨지. 마셔 보니 적당히 씁쓰름해서
맛있더라고.

"차는 왜…… 풍류를 즐기시는 건가요."

"아뇨. 맛있어서 마시는 거죠. 실화를 쓰는 게 싫어졌
거든요."

"흐음."

"쓰고 있습니다." 세이센은 허리띠를 묶으며 도코노
마 쪽으로 무릎걸음으로 다가갔어.

도코노마에는 일전의 석고상은 없었고, 대신 모란 무
늬의 주머니에 담긴 샤미센(일본의 전통 악기—옮긴이 주)
같은 것이 세워져 있었지. 세이센은 도코노마 구석에 있
는 대나무 문갑을 뒤적거리더니 이내 작게 접힌 쪽지를
들고 왔어.

"이런 글을 쓰고 싶어서 문헌을 수집하는 중이에요."

나는 찻잔을 내려놓고 그 쪽지 두세 장을 건네받았
어. 여성 잡지를 잘라낸 것 같았는데, '사계절 철새'라는
제목이 인쇄돼 있었지.

"저, 이 사진 괜찮죠? 이건 철새가 바다 위에서 짙은

안개에 휩싸였을 때 방향을 잃고 빛을 보고 무작정 직진하다가 등대에 부딪혀서 추락해 죽어 버린 사진이에요. 수천만 마리의 시체들이죠. 철새란 참 슬픈 새예요. 여행이 생활이니까요. 한 곳에 가만히 있을 수 없는 운명을 타고난 거죠. 저는 이걸 일원 묘사로 표현해 보려고 해요. 저라는 젊은 철새가 그저 동쪽에서 서쪽, 서쪽에서 동쪽으로 오가다가 늙어 버린다는 주제죠. 동료들이 점점 죽어 가는 거예요. 총에 맞거나, 파도에 휩쓸리거나, 굶주리거나, 병에 걸리거나, 둥지가 따스해질 틈도 없는 서글픔. '앞바다 갈매기에게 물때를 물으면'이라는 노래가 있죠? 제가 언젠가 당신에게 유명병에 관해 말씀드린 적이 있는데, 사실 사람을 죽이거나 비행기를 타는 것보다 훨씬 편한 방법이 있습니다. 게다가 사후 명성이라는 부록까지 붙어 있어요. 걸작을 하나 쓰는 거죠. 바로 이거예요."

나는 그의 장광설 그늘에서 또 겸연쩍음을 얼버무리려는 의도를 알아챘어. 예상대로 부엌 쪽에서 그 소녀가 아닌, 까무잡잡한 피부에 여위고 일본식으로 머리를 올린 낯선 여자가 몰래 이쪽을 훔쳐보고 있는 걸 얼핏 봤지.

"그럼, 그 걸작을 쓰세요."

"가시려고요? 차 한잔 더 하세요."

"됐습니다."

나는 돌아가는 길에 다시 한번 생각에 잠겨야 했어. 이 사태는 재앙이라 불러야 해. 세상에 이런 허풍쟁이가 있을 수 있을까. 이제는 비난을 넘어서 어처구니가 없더라고. 문득 나는 그가 한 철새 이야기가 떠올랐지. 느닷없이 나와 그가 닮았다는 생각이 들었어. 진짜 어디가 닮았다는 게 아니야. 왠지 같은 체취가 느껴졌다고 해야 하나. 자네나 나나 철새다, 그렇게 말한 것 같기도 했고, 그게 나를 불안하게 만들었어. 그가 나에게 영향을 미쳤을까, 내가 그에게 영향을 미쳤을까, 어느 한쪽은 뱀파이어다. 둘 중 하나가 모르는 사이에 상대방의 감정을 조금씩 갉아먹고 있는 건 아닐까. 내가 그의 변화를 기대하며 찾아가는 마음을 그가 알아차리고, 나의 기대가 그를 옭아매고, 더욱더 변화해야만 한다고 애쓰는 건 아닐까. 이런저런 생각을 하면 할수록 세이센과 나의 체취가 서로 얽혀서 서로 반사하는 것 같았고, 가속도가 붙듯 나는 그에게 집착하기 시작했어. 세이센은 곧 걸작을 쓸 수 있을까? 나는 그의 철새 소설에 대단한 관심이 생겼지. 조경업자에게 부탁해 남천촉을 그의 현관 옆에 심어 준 것도 그 무렵이었어.

팔월에 나는 보소 쪽 해안에서 약 두 달을 보냈어. 구월 말까지 그곳에 있었지. 돌아오자마자 그날 오후에 나는 말린 가자미를 선물로 들고 세이센을 찾아갔어. 그만큼 나는 그에게 남다른 친근감을 느끼며 열의를 쏟고 있었지.

마당을 통해 들어가자 세이센은 기쁜 얼굴로 나를 맞이했어. 머리카락을 짧게 깎아서인지 한층 젊어 보이더라. 하지만 얼굴빛은 어딘지 모르게 험악해진 것 같았지. 그는 남색 홑옷 차림이었어. 나도 왠지 그리워져서 그의 여윈 어깨에 기대다시피 해서 방으로 들어갔어. 방한가운데에 밥상이 있고, 그 위에 한 다스 남짓한 맥주병과 컵 두 개가 놓여 있더라고.

"신기하네요. 왠지 오늘 오실 거라는 생각이 들었거든요. 정말 신기하죠. 그래서 아침부터 이렇게 준비해 놓고 기다리고 있었어요. 신기하네요. 앉으세요."

이내 우리는 천천히 술잔을 기울였지.

"어때요. 일은 다 됐어요?"

"그게 안 됐어요. 이 배롱나무에 유지매미가 한가득 달라붙어서, 아침부터 저녁까지 시끄럽게 울어 대서 미쳐 버릴 지경이었거든요.”

나는 무심코 웃음을 터뜨렸어.

“아니, 정말이에요. 괴로워서 머리도 이렇게 짧게 잘라 보고, 여러모로 고심했어요. 그래도 오늘은 잘 오셨어요.” 그는 거무튀튀한 입술을 우스꽝스럽게 살짝 내밀고, 맥주를 거의 단번에 들이켰어.

“계속 여기 계셨어요?” 나는 입에 댔던 맥주잔을 내려놓았어. 컵 안에 파리매 비슷한 작은 벌레 한 마리가 거품 위에서 버둥거리고 있었거든.

“네.” 세이센은 탁자 위에 팔꿈치를 대고 컵을 눈높이까지 들더니, 부글거리는 맥주 거품을 멍하니 바라보며 덤덤하게 말했어. “달리 갈 곳도 없어서요.”

“그렇군요. 선물을 좀 가져왔어요.”

“고마워요.”

하지만 뭔가 생각에 잠긴 듯, 내가 건네는 건어물에는 눈길도 주지 않고, 역시나 자신의 컵을 보고 있었어. 눈빛이 멍했지. 벌써 취한 건가. 나는 새끼손가락으로 거품 위의 벌레를 치우고는 말없이 맥주를 꿀꺽꿀꺽 마셨어.

“가난하면 욕심이 많아진다는 말이 있잖아요.” 세이

센이 질척거리는 투로 말했어. "정말 그런 것 같아요. 청빈한 삶이 어디 있어요. 돈이 있으면 그럴까요."

"왜 그러세요. 시비를 다 거시고."

나는 편히 앉아 짐짓 정원을 바라봤어. 일일이 상대한들 소용없다고 생각했기 때문이지.

"배롱나무 꽃 아직 피어 있죠? 꺼림칙한 꽃이에요. 벌써 세 달은 피어 있어요. 지고 싶어도 질 수 없다니 참 눈치도 없지."

나는 못 들은 척하며 밥상 밑에 있던 부채를 집어 들어 파닥파닥 부치기 시작했어.

"저는 또 혼자가 됐습니다."

나는 돌아봤어. 세이센은 혼자 맥주를 따르고는 혼자 마시고 있었어.

"전부터 물어보고 싶었는데, 어떻게 된 거예요. 당신은 어처구니없게도 바람기가 많은가 봐요."

"아니에요. 다들 도망가 버려요. 어쩔 수 없죠."

"너무 뜯어내서 그런 거 아닌가요. 언젠가 그런 얘기를 했잖아요. 실례지만, 당신 여자 돈으로 살아온 거죠?"

"그렇지 않아요." 그는 탁자 밑의 니켈 담뱃갑에서 담배를 한 개비 꺼내 차분하게 담배를 피우기 시작했어.

"사실 시골에서 보내 준 돈 있어요. 아뇨. 저는 종종 아내를 바꾸는 게 맞다고 생각해요. 저 옷장부터 화장대까지 모두 내 거예요. 아내는 몸만 달랑 우리 집에 왔다가 언제든 다시 그대로 나가죠. 이것도 내가 발명한 거예요."

"바보 같은 소리." 난 서글픈 심정으로 맥주를 마셨어.

"돈만 있으면요. 돈이 있으면 좋겠어요. 내 몸은 썩었어요. 십오 미터쯤 되는 높은 폭포수를 맞으며 정화하고 싶어요. 그러면 당신처럼 좋은 사람하고도 더 많이 마음을 터놓고 어울릴 수 있을 테니까요."

"그런 건 신경 쓰지 않아도 돼요."

집세 따위는 신경 쓰지 않는다는 말을 하고 싶었지만, 하지 못했어. 그가 호프 담배를 피우고 있다는 걸 알아챘기 때문이기도 해. 돈이 아주 없는 것도 아니구나, 싶었지.

세이센은 내 시선이 그의 담배에 쏠리는 걸 알았고, 또 그걸 바라보는 내 심정도 금방 알아차린 것 같았어.

"호프는 좋아요. 달지도 않고 맵지도 않고, 아무 맛이 없어서 좋지. 무엇보다 이름이 참 좋아." 혼자 그런 변명 같은 말을 하더니, 이번에는 불현듯 말투를 바꿨어. "소설을 썼습니다. 열 장 정도. 그 뒤를 못 쓰고 있어요." 그러고는 담배를 손끝에 끼운 채 손바닥으로 콧방울에 묻은 기름을 천천히 닦아 냈어. "자극이 없어서 안 되는 줄 알고 이런 시도까지 해 봤어요. 열심히 돈을 모아 십이삼 엔쯤 됐을 때 카페에 가서 제일 멍청하게 써 버렸죠. 회한의 정에 의지한 셈이이에요."

"그래서 썼어요?"

"못 썼어요."

나는 웃음을 터뜨렸어. 세이센도 웃으며 호프를 마당으로 홱 던져 버리더라.

"소설이란 참 시시해요. 아무리 좋은 작품을 써도 이미 어딘가에서 백 년 전에 더 훌륭한 작품이 나와 있잖아요. 더 새로운, 더욱 미래의 작품이 백 년 전에 이미만들어진 거죠. 기껏해야 흉내만 낼 뿐이고요."

"그럴 리가요. 후세 사람일수록 실력이 좋을 것 같은데."

"어디서 그런 황당한 확신을 가지셨나요? 함부로 그런 말하면 못써요. 좋은 작가는 뛰어난 독자적인 개성을 가졌죠. 뛰어난 개성을 만들어 내야 해요. 철새는 그걸 못하죠."

해가 뉘엿뉘엿 저물고 있었어. 세이센은 부채로 연방 정강이에 달라붙는 모기를 쫓았지. 바로 근처에 수풀이 있어서 모기도 많았거든.

"하지만 무성격은 천재의 특징이라고도 하던데요."

내가 시험 삼아 그렇게 말하자, 세이센은 불만스레 입을 삐죽거렸지만, 얼굴 어딘가가 분명 히죽 웃고 있었어. 나는 그걸 발견했지. 술이 확 깼어. 역시 그렇구나. 이건 분명 내 흉내를 낸 거야. 언젠가 내가 이곳의 첫 번째 마담에게 천재의 헛소리를 가르쳐 준 적이 있었는데, 세이센이 그 말을 들은 게 틀림없어. 그게 암시가 돼서 지금까지 세이센의 마음에 끊임없이 작용했고 그 행동을 간섭해 온 게 아닐까. 지금까지 어딘지 모르게 보통 사람과 달랐던 세이센의 태도는 모두 내가 그에게 별생각 없이 건넨 말의 기대를 저버리지 않으려고 애쓴 결과인 것 같았지. 이 남자는 무의식적으로 내게 어리광을 부리며 내 아첨꾼 노릇을 하고 있던 게 아닐까.

"당신도 어린애가 아니니까 바보 같은 짓은 이제 그만하세요. 나도 이 집을 그냥 내버려둔 게 아니라고. 땅값도 지난달부터 다시 조금 올랐고, 거기에 세금과 보험

료, 수리비 등으로 지출이 꽤 있어. 남에게 폐를 끼치고 아무렇지도 않은 표정을 지을 수 있다는 건 비상식적으로 오만한 정신 상태를 가졌거나 거지 근성을 가졌거나 둘 중 하나겠지. 이쯤에서 어리광은 그만하지." 나는 그렇게 말하고 일어섰어.

"아아. 이런 밤에 내가 피리라도 불 수 있다면 좋았을 텐데." 세이센은 혼잣말처럼 중얼거리며 나를 배웅하러 툇마루로 나왔지.

나는 마당으로 내려가려 했지만 어두워서 신발이 어디 있는지 알 수 없었어.

"전기가 끊겼습니다."

나는 간신히 나막신을 찾아 신고 세이센의 얼굴을 살며시 들여다봤어. 세이센은 툇마루에 서서 별이 빛나는 맑은 밤하늘의 끄트머리가 신주쿠의 전등 불빛으로 불이 난 듯 붉어진 것을 물끄러미 바라보고 있었어. 그때 떠올랐지. 처음부터 세이센의 얼굴을 어디선가 본 것 같은 기분이 들어서 신경이 쓰였는데, 그제야 기억이 난 거야. 푸시킨이 아니었어. 예전 세입자였던 맥주 회사 기술자의 어머니, 흰머리를 짧게 깎은 노인의 얼굴과 꼭 닮아 있었어.

시월, 십일월, 십이월, 나는 이 세 달 동안은 세이센을 찾아가지 않았어. 세이센도 물론 나를 찾아오지 않았고. 한 번 목욕탕에서 마주친 적이 있을 뿐이었지. 밤 열두 시가 가까워서 목욕탕도 문을 닫으려던 즈음이었어. 세이센이 알몸으로 탈의실 바닥 위에 앉아 발톱을 깎고 있더라. 방금 목욕을 마치고 나왔는지, 여윈 양 어깨에서 김이 모락모락 피어오르고 있었지. 나를 보고도 딱히 놀라지 않았어.

"밤에 손톱을 자르면 사람이 죽는다고 하잖아요. 이 목욕탕에서 누군가가 죽었어요. 요즘 제가 손톱과 머리카락만 자라요."

그는 히죽 웃으며 그렇게 말하더니 손톱을 쓱쓱 잘랐는데, 손톱을 자르자마자 갑자기 허둥지둥 솜옷을 껴입고 거울도 보지 않은 채 서둘러 돌아갔어. 나로서는 그 역시도 천박한 느낌이라, 그저 경멸의 감정이 더 커질 뿐이었지.

올해 설날, 나는 근처에 새해 인사를 하러 가는 길에 잠시 세이센의 집에 들러 봤어. 그때 현관문을 열자마자 불그스름한 털에 몸통이 긴 개 한 마리가 나를 향해 대뜸 짖어 대 깜짝 놀랐지. 세이센은 노란색 블라우스 비

숫한 것을 입고 나이트캡을 쓴 차림에 묘하게 젊어진 모습으로 나왔어. 곧바로 개의 목을 잡고 이 개는 연말에 어디선가 나타난 떠돌이 개인데, 이삼 일 밥을 줬더니 어느새 충성스러운 표정으로 다른 사람에게 짖어 대고 있다, 조만간 어디다가 버리고 올 작정이다, 하고는 인사도 없이 쓸데없는 소리만 하는 거야. 아마 또 쑥스러워지는 사건이라도 일어났겠지 싶어서 나는 세이센의 만류도 뿌리치고 바로 자리를 떴어. 그런데 세이센이 내 뒤를 쫓아왔어.

"새해 벽두부터 이런 이야기를 하는 게 좀 그렇지만, 저 정말 지금 미쳐 버릴 지경이에요. 우리 집 손님방에 작은 거미들이 가득 나와서 난감하거든요. 일전에 혼자 심심풀이로 구부러진 부지깽이를 펴려고 화로 가장자리를 쨍쨍 내리쳤는데, 글쎄 집사람이 빨래를 하다가 눈빛을 바꾸고는 제 방으로 들이닥쳐서는 정말 미쳐 버리는 줄 알았어, 그러는 거예요. 오히려 제가 흠칫했죠. 돈 있으세요? 아뇨, 괜찮아요. 그래서 벌써 지난 이삼 일 마음이 좋지 않아, 설에도 우리 집은 일부러 아무 준비도 하지 않았어요. 정말 일부러 오셨는데 어쩌죠. 아무 대접도 못하게 돼서."

"새 부인이 생겼나 봐요?" 나는 최대한 심술궂은 말투로 말했지.

"네." 그는 어린아이처럼 수줍어했어.

아마 히스테릭한 여자와 동거라도 시작했나 보다 생각했지.

얼마 전, 이월 초순경의 일이야. 뜻밖의 여자가 밤늦게 나를 찾아왔어. 현관문을 열고 나가 보니 세이센의 첫 부인인 마담이었어. 검은색 숄을 두르고 무늬가 들어간 코트를 입고 있었지. 하얀 뺨이 더욱 푸르스름하게 비치는 것 같았어. 할 얘기가 있으니 잠시만 시간을 내어 달라고 하더라. 나는 망토도 걸치지 않고 그대로 함께 밖으로 나갔어. 서리가 내려서 뚜렷한 윤곽의 싸늘한 보름달이 떠 있었지. 우리는 한동안 말없이 걸었어.

"작년 말에 다시 이쪽으로 왔어요." 그는 화난 듯한 눈빛으로 똑바로 쳐다보며 말했어.

"그러세요." 나는 달리 대답할 말이 없었지.

"이쪽이 그리워졌거든요." 마담은 태연하게 속삭였어.

나는 말없이 고개를 끄덕였지. 우리는 삼나무 숲 쪽으로 천천히 발걸음을 옮기고 있었어.

"기노시타 씨는 어떻게 지내나요?"

"여전해요. 정말 죄송합니다." 파란색 털장갑을 낀 양 손을 무릎께에 내리고 머리를 조아렸어.

"큰일이네요. 저는 일전에 싸웠거든요. 대체 뭘 하고 지내나요."

"글렀어요. 미치광이가 따로 없어요."

나는 미소 지었지. 구부러진 부지깽이 이야기가 떠올 랐거든. 그렇다면 그 신경과민의 부인이란 바로 이 마담 이었겠군.

"하지만 나름대로 분명 생각이 있겠죠." 나는 일단 반 박이라도 해 두고 싶은 마음이 들었어.

마담은 키득거리며 대답했지.

"네. 귀족이 돼서 부자가 되겠대요."

조금 추웠어. 발길을 재촉했지. 한 걸음 한 걸음 내디 딜 때마다 서리로 부풀어 오른 흙이 메추라기나 부엉이 가 울듯 묘하게 낮은 소리로 부서졌어.

"아니." 나는 짐짓 웃었어. "그런 거 말고 뭔가 일이라 도 시작했나요?"

"이미 뼛속까지 게으름뱅이예요." 단호한 대답이 돌 아왔어.

"어떻게 된 걸까요. 실례지만 나이가 어떻게 되세요?

마흔둘이라고 들었는데요."

"글쎄요." 이번에는 웃지 않았어. "아직 서른 살도 안 된 것 같은데요. 매번 바뀌어서 저도 확실히는 몰라요."

"어쩔 생각일까요. 공부 같은 건 안 하는 것 같고. 책은 읽나요?"

"아뇨, 신문만요. 신문은 기특하게도 세 개나 구독하고 있어요. 어찌나 꼼꼼하게 읽는지. 정치면을 몇 번이고 반복해서 읽어요."

우리는 저 공터로 나왔어. 들판의 서리는 깨끗했어. 달빛을 받아 돌멩이며 조릿대 잎, 말뚝, 쓰레기 더미까지 하얗게 빛나고 있더라.

"친구도 없는 것 같던데요."

"맞아요. 사람들에게 못된 짓을 했으니 더는 사귀지 못한다고 하더라고요."

"어떤 못된 짓이요." 나는 금전 문제를 생각했어.

"그게 아주 사소한 일이에요. 정말 별일도 아니거든요. 그런데도 못된 짓이래요. 그 사람, 뭐가 옳고 그른지 모르거든요."

"그래요. 맞아요. 옳고 그름의 기준이 거꾸로예요."

"아뇨." 턱을 솔에 깊숙이 묻고 살짝 고개를 저었어.

"확실히 거꾸로라면 그나마 낫죠. 엉망진창이에요. 그래서 불안한 거예요. 그러니 다들 도망가죠. 그 사람, 그래도 기분을 맞춰 주기는 해요. 제 다음으로 두 명이나 왔었다면서요."

"네." 나는 이야기를 진지하게 듣지 않았어.

"계절마다 바꾸는 것 같네요. 흉내를 냈죠?"

"뭐가요." 나는 곧바로 알아듣지 못했어.

"흉내를 낸다고요, 그 사람. 그 사람한테 무슨 의견이 있겠어요. 모두 여자한테 영향 받는 거예요. 문학소녀일 때는 문학. 동네 처녀일 때는 사내답게. 다 안다고요."

"설마요. 그런 체호프 같은 일이."

나는 그렇게 말하며 웃었지만, 역시 가슴이 먹먹해졌어. 지금 이곳에 세이센이 있다면 그의 가녀린 어깨를 꼭 껴안아 주고 싶었지.

"그럼 지금 기노시타 씨가 뼛속부터 게으름뱅이인 척구는 건 결국 당신을 흉내 내는 것이군요." 나는 그렇게 말하고는 비틀거렸어.

"그래요. 전 그런 남자를 좋아해요. 조금만 더 일찍 알았더라면 좋았을 텐데요. 하지만 이미 늦었어요. 나를 믿지 않은 벌이야." 그녀는 살짝 웃으며 말했어.

나는 발밑의 흙더미를 걷어찼지. 불현듯 눈을 들자 수풀 속에 남자가 조용히 서 있었어. 솜옷 차림에 머리도 예전처럼 길게 늘어뜨리고 있었지. 우리는 동시에 그 모습을 알아봤어. 서로 맞잡은 손을 슬그머니 풀고 조심스럽게 멀어졌어.

"마중 나왔어."

세이센은 낮은 목소리로 그렇게 말했지만, 주변이 조용해서 그런지 나에게는 이상하게도 따끔따끔 아프게 울려 퍼졌어. 그는 달빛조차도 눈부신 듯 눈썹을 찡그리며 우리를 흠칫 바라봤지.

나는 안녕하세요, 하고 인사를 건넸어.

"안녕하세요." 그는 살갑게 대답했어.

나는 두세 걸음만 그에게 다가가 물었어.

"요즘 뭐 하고 지내세요?"

"이제 그만 좀 내버려두세요. 그것밖에 할 얘기가 없는 것도 아닌데."

평소와 달리 매정하게 대답하더니, 갑자기 타고난 어리광 부리는 말투로 말을 이었어. "저는 말이죠, 요새 손금을 보고 있습니다. 보세요, 제 손바닥에 태양선이 생겼어요. 봐요. 그렇죠? 운이 트인다는 증거입니다."

그렇게 말하며 왼손을 높이 들고 달빛에 비추어 보며 제 손바닥에 나타난 그 태양선인가 뭔가 하는 손금을 넋을 잃고 바라보는 거야.

운이 트일 리가 있나. 그로부터 나는 더 이상 세이센을 만나지 않았어. 미치든 자살하든 그건 그 녀석이 알아서 할 일이라 생각했지. 나 지난 일 년 동안 세이센 때문에 꽤나 마음의 평온이 흐트러져 버렸거든. 나도 약간의 유산 덕에 안락한 생활을 한다고는 해도, 아주 여유가 있는 건 아니었고, 세이센 때문에 불편이 이만저만 아니었다고. 게다가 이제 와서 보면, 그건 아무 재미도 없이 되레 더 숨 막히는 결과를 낳은 것 같아. 평범한 범부에게 뭔가 의미를 부여하고 꿈의 상징으로 만들어 바라보며 살아왔을 뿐이 아니었을까. 준마는 어디 있나? 기린아는 어디 있나? 이제 그런 기대는 버렸어. 모두가 다 예전의 그이고, 그날그날의 바람결에 따라 색이 조금 달라 보일 뿐인 거지.

이봐, 저기 봐. 세이센이 산책 나오셨네. 저 종이 연이 날아오르는 공터 말이야. 줄무늬 솜옷을 입고 아주 천천히 걸어가잖아. 왜 그렇게 껄껄 웃는 거야. 그래? 닮았다고? ─좋아. 그럼 하나 물어볼게. 하늘을 올려다보거나 어깨를 들썩이거나 고개를 떨어뜨리거나 나뭇잎을 따거나 하며 느릿느릿 배회하는 저 남자와, 여기 있는 내가 다른 점이 하나라도 있어?

어릿광대의 꽃

道化の華

1935년 5월 잡지 ≪일본 낭만파(日本浪漫派)≫에 처음 발표된 작품이며, ≪다자이 오사무 전집 2≫(1988년, 지쿠마쇼보)에 수록된 글을 원문으로 하여 번역했다.

'이곳을 지나 슬픔의 도시.'

친구들은 모두 내게서 멀어져 슬픈 눈으로 나를 바라보네. 벗이여, 나와 이야기하고 나를 비웃게. 아아, 친구는 덧없이 고개를 돌려 버린다. 친구여, 내게 물으라. 무엇이든 알려 주겠다. 나는 이 손으로 소노를 물에 빠뜨렸네. 나는 악마의 오만함으로, 나는 살아도 소노는 죽기를 바랐다. 더 말해 볼까. 아아, 그러나 친구는 그저 쓸쓸한 눈빛으로 나를 바라본다.

오바 요조는 침대 위에 앉아 먼 바다를 바라보고 있었다. 비 내리는 바다에는 안개가 자욱했다.

꿈에서 깨어나 나는 이 몇 줄을 다시 읽고 그 추악함과 비열함에 그만 사라지고만 싶었다. 정말이지, 허풍의 극치다. 애초에 오바 요조란 뭘까. 술이 아닌 다른 강렬한 무언가에 취해 있던 나는 오바 요조를 향해 박수를 쳤다. 이 성은 내 주인공에게 딱 들어맞았다. 오바는 주인공의 범상치 않은 기백을 상징하는 데 부족함이 없다. 요조라는 이름도 어쩐지 신선하다. 고풍스러운 밑바닥에서 솟아나는 진정한 새로움이 느껴진다. 게다가 오바 요조, 이렇게 네 자를 늘어놓았을 때의 유쾌한 조화로움이란. 이 이름만 봐도 이미 획기적이지 않은가. 그 오바 요조가 침대에 앉아 물안개 자욱한 비 내리는 바다를 바라보고 있는 것이다. 더욱더 획기적이지 않은가.

관두자. 자기비하는 비열한 짓이다. 그건 꺾인 자존심으로부터 온다. 실제로 나도 남의 입으로 듣고 싶지 않아 제 몸에 못을 박는다. 이거야말로 비겁하다. 더욱 솔직해져야 한다. 아아, 겸손하게.

오바 요조.

비웃음을 사도 어쩔 수 없다. 가마우지 흉내를 내는 까마귀. 통찰력이 좋은 사람은 간파할 것이다. 더 좋은 이름도 있겠지만, 내게는 조금 성가시다. 차라리 '나'라고 해도 좋을 텐데 나는 올봄에 '나'라는 주인공의 소설을 썼기 때문에 두 번 연속 쓰는 건 낯간지럽다. 내가 만일 내일이라도 갑자기 죽는다면, 저 녀석은 '나'를 주인공으로 삼지 않고서는 소설을 쓰지 못해, 라는 말을 의기양양하게 하는 이상한 남자가 나오지 않으리란 보장이 없다. 사실 그 이유만으로 나는 이 오바 요조를 계속 밀어붙일 것이다. 이상한가? 뭐, 여러분도.

1929년 십이월 말, 세이쇼엔(靑松園)이라는 바닷가 요양원은 요조의 입원으로 조금 소란스러웠다. 세이쇼엔에는 서른여섯 명의 폐결핵 환자가 있었다. 중증 환자 두 명과 경증 환자 열한 명, 나머지 스물세 명은 회복기 환자였다. 요조가 수용된 동쪽 제1병동은 이른바 특등 입원실로, 여섯 개의 방으로 나뉘어 있었다. 요조의 병실 양옆은 모두 공실이었고, 서쪽 끝 6호실에는 키도 크고 코도 큰 대학생이 있었다. 동쪽의 1호실과 2호실에는 각각 젊은 여성이 입원해 있었다. 셋 다 회복기 환자였다. 전날 밤, 다모토가우라에서 동반 자살 사건이 일어났다. 함께 몸을 던졌지만 남자는 귀항 어선에 구조돼 목숨을 건졌다. 그러나 여자는 찾지 못했다. 그 여자를 찾기 위해 사이렌을 오래도록 요란하게 울리며 마을 소방대원들이 어선 여러 척을 타고 바다로 나가는 소리를 세 사람은 두근거리는 마음으로 듣고 있었다. 어선의 붉은 불빛이 밤새도록 에노시마 해변을 떠돌았다. 대학생도, 두 젊은 여자도 그날 밤은 잠을 이루지 못했다. 새벽녘이 되자, 여자의 시신이 다모토가우라의 해안가에 떠밀려 왔다. 짧게 자른 머리는 매끄럽게 빛났고, 허연 얼굴은 퉁퉁 불어 있었다.

　요조는 소노가 죽었다는 걸 알고 있었다. 흔들리는 어선에 몸을 싣고 나올 때 이미 알았다. 별이 반짝이는 하늘 아래서 정신을 차리고 여자는 죽었냐요, 라고 먼저 물었다. 한 어부가 안 죽었어, 안 죽었어, 걱정 말게, 하고 대답했다. 어쩐지 자애로운 말투였다. 죽었구나, 몽롱한 머리로 생각한 뒤 의식을 잃었다. 다시 눈을 떴을 때는 요양원이었다. 하얀 판자벽 비좁은 방에는 사람이 가득했다. 그중 한 사람이 요조의 신분에 관해 이것저것 물었다. 요조는 하나씩 똑똑히 대답했다. 날이 밝자 요조는 더 넓은 병실로 옮겨졌다. 소식을 접한 요조의 고향집에서 그의 상태에 대해 바로 세이쇼엔으로 장거리 전화를 걸어 왔기 때문이었다. 요조의 고향은 이곳에서 약 팔백 킬로미터가량 떨어져 있었다.

동쪽 제1병동의 세 명의 환자들은 이 새로운 환자가 자기들 바로 근처에서 자고 있다는 사실에 기묘한 만족감을 느꼈고, 오늘부터 시작되는 병원 생활을 기대하며 하늘과 바다가 모두 밝아 올 무렵에야 간신히 잠들었다.

요조는 잠들지 않았다. 이따금 고개를 갸웃거렸다. 얼굴 곳곳에 하얀 거즈가 붙어 있었다. 파도에 휩쓸렸을 때 여기저기 바위에 부딪쳐 다친 것이다. 마노라는 스무 살쯤 된 간호사 하나가 붙었다. 왼쪽 눈꺼풀에 살짝 깊은 흉이 져서 다른 쪽 눈에 비해 왼쪽이 조금 더 컸다. 그러나 보기 흉하지는 않았다. 붉은 윗입술이 살짝 말려 올라가고, 뺨은 까무잡잡했다. 마노는 침대 옆 의자에 앉아 흐린 하늘 아래의 바다를 바라보고 있었다. 요조의 얼굴을 보지 않으려 애쓰는 것이었다. 안쓰러워서 볼 수가 없었다.

정오가 다 돼 경찰 두 명이 요조를 찾아왔다. 마노는 자리를 비켰다.

두 사람 모두 양복 차림이었다. 한 명은 짧은 콧수염을 길렀고, 다른 한 명은 철테 안경을 썼다. 수염이 목소리를 낮추고 소노와 무슨 일이 있었는지 물었다. 요조는 있는 그대로 대답했다. 수염은 그 내용을 작은 수첩에 받아 적었다. 심문을 대략 마치고, 수염이 침대 쪽으로 깊숙이 몸을 숙이며 말했다. "여자는 죽었어. 당신은 죽을 마음이 있었나?"

요조는 침묵을 지켰다.

철테 안경을 쓴 형사가 두툼한 이마에 두세 줄의 주름을 잡으며 미소 짓더니 수염의 어깨를 두드렸다. "이제 그만해. 안됐잖아. 다음에 하자고."

수염은 요조의 눈빛을 똑바로 쳐다보면서 마지못해 수첩을 윗옷 주머니에 넣었다.

형사들이 떠난 뒤, 마노는 서둘러 요조의 방으로 돌아왔다. 그러나 문을 열자마자, 오열하는 요조를 보고 말았다. 마노는 그대로 가만히 문을 닫고 복도에서 한참을 우두커니 서 있었다.

오후가 되자 비가 내리기 시작했다. 요조는 혼자 화장실에 갈 수 있을 정도로 기력을 되찾았다.

친구 히다가 젖은 외투를 입은 채 병실로 뛰어 들어왔다. 요조는 자는 척을 했다.

히다는 마노에게 작은 소리로 물었다. "괜찮습니까?"

"네, 이제는요."

"깜짝 놀랐네."

그는 살찐 몸을 움직여 점토 냄새 나는 외투를 벗어 마노에게 건넸다.

히다는 무명의 조각가로, 마찬가지로 무명의 서양화가인 요조와는 중학교 시절부터 친구였다. 순수한 마음을 가진 사람은 젊었을 때 자기와 가까운 누군가를 반드시 우상으로 삼고 싶어 하기 마련인데, 히다가 그랬다. 그는 중학교에 들어간 뒤부터 반에서 일등인 학생을 황홀하게 바라보고 있었다. 그 일등이 요조였다. 수업 중 요조가 얼굴을 찡그리거나 미소를 짓거나 하는 모습 하나하나도 히다에게는 범상치 않게 느껴졌다. 또한, 교정의 모래 언덕 그늘에 있는 요조의 고독에 찬 성숙한 모습을 발견하고 남몰래 깊은 한숨을 내쉬기도 했다. 아아, 그리고 요조와 처음으로 대화를 주고받았던 날의 환희란. 히다는 매사에 요조를 흉내 냈다. 담배를 피웠다. 선생님을 비웃었다. 두 손을 머리 뒤로 깍지 끼고 교정을 흐느적거리며 걷는 법도 배웠다. 예술가가 가장 훌륭한 까닭도 알았다. 요조는 미술학교에 들어갔다. 히다는 한 해 늦었지만, 그래도 요조와 같은 미술학교에 입학할 수 있었다. 요조는 서양화를 공부했는데, 히다는 일부러 조소과를 선택했다. 로댕의 발자크 상에 감격했기 때문이라고 했지만, 그건 그가 대가가 됐을 때 그 경력을 그럴싸하게 보이게 하기 위한 완전한 엉터리 이유였고, 실은 요조가 서양화를 택했기 때문이었다. 열등감에서였다. 그 즈음부터 드디어 두 사람의 길은 갈라지기 시작했다. 요조의 몸은 점점 여위어 갔지만, 히다는 조금씩 살집이 붙기 시작했다. 두 사람 사이의 간격은 그뿐이 아니었다. 요조는 어떤 직설적인 철학에 매료돼 예술을 우습게 여기기 시작했다. 히다 역시 조금 우쭐거렸다. 듣는 사람이 겸연쩍게 느낄 정도로 예술이라는 말을 연발했다. 늘 걸작을 꿈꾸며 공부를 게을리했다. 그렇게 두 사람 모두 좋지 않은 성적으로 학교를 졸업했다. 요조는 거의 붓을 내려놨다. 회화란 포스터에 불과하다며 히다의 풀을 죽였다. 모든 예술은 사회의 경제 기구에서 나온 방귀다, 생활력의 한 형식에 지나지 않는다, 어떤 걸작도 양말과 같은 상품이다, 같은 말을 어설프게 늘어놓으며 히다를 당혹스럽게 만들었다. 히다는 예나 지금이나 요조를 좋아했고, 요조의 최근 사상에도 어렴풋이 경외감을 느꼈지만, 히다에게는 걸작에 대한 설렘이 그무엇보다 컸다. 이제 곧, 이제 곧, 생각하며 그저 안절부절 점토를 주물럭거렸다. 즉, 이 둘은 예술가라기보다는 예술품이다. 아니, 그렇기 때문에 나도 이토록 쉽게 말할 수 있는 거겠지. 진짜 시장 예술가를 보면 여러분은 세 줄도 읽지 못하고 구역질할 것이다. 내가 보장한다. 그런데 여러분도, 그런 소설을 써 보지 않을래. 어때?

히다 또한 요조의 얼굴을 볼 수 없었다. 최대한 소리를 내지 않고 살금살금 요조의 머리맡까지 다가갔지만, 유리창 너머의 빗줄기를 뚫어지게 바라볼 뿐이었다.

요조는 눈을 뜨고 옅은 미소를 지으며 말했다. "놀랐지."

히다는 화들짝 놀라 요조의 얼굴을 힐끗 봤지만, 곧 눈을 내리깔고 대답했다. "응."

"어떻게 알았어?"

히다는 머뭇거렸다. 오른손을 바지 주머니에서 빼서 넙대대한 얼굴을 쓰다듬으며 말해도 되겠느냐는 눈빛을 마노에게 보냈다. 마노는 진지한 표정으로 살짝 고개를 저었다.

"신문에 나왔어?"

"응." 실은 라디오의 뉴스를 듣고 알게 된 것이었다.

요조는 히다의 미적지근한 모습이 싫었다. 더욱 솔직

하게 털어놓아 주었으면 했다. 하룻밤 사이에 태도를 싹 바꿔서 자신을 이방인처럼 대하는 이 십년지기 친구가 미웠다. 요조는 다시 자는 척을 했다.

히다는 지루하다는 듯 바닥을 슬리퍼로 툭툭 치면서, 한동안 요조의 침대 곁에 서 있었다.

문이 소리 없이 열리더니 교복 차림의 자그마한 대학생이 난데없이 아름다운 얼굴을 내밀었다. 히다는 그 모습을 보고 신음을 흘릴 정도로 안도했다. 뺨에 번지는 미소의 그림자를 입매를 일그러뜨려 지우며, 짐짓 느릿한 걸음으로 문 쪽으로 다가갔다.

"지금 온 거야?"

"응." 고스게는 요조의 눈치를 살피며 서둘러 대답했다.

고스게. 이 남자는 요조의 친척으로 대학 법학과에 재학 중이며, 요조와는 나이 차가 세 살이나 있었지만, 그래도 격의 없는 친구로 지냈다. 새로운 청년은 나이에 크게 구애받지 않는 모양이다. 겨울방학을 맞아 고향에 갔던 그는 요조의 소식을 듣고 곧바로 급행열차를 타고 달려온 것이었다. 두 사람은 복도로 나와 이야기를 나눴다.

"검댕이 묻었네."

히다는 낄낄거리며 고스게의 코밑을 가리켰다. 열차

연기의 검댕이 희미하게 묻어 있었다.

"그래?" 고스게는 허둥지둥 가슴 주머니에서 손수건을 꺼내 코밑을 닦았다. "어때? 상태는 어떻대?"

"요조? 괜찮은가 봐."

"그래? 이제 지워졌어?" 고스게는 인중을 당겨 히다에게 보여 줬다.

"지워졌어. 지워졌어. 집에서 많이 놀라셨지?"

고스게는 손수건을 가슴 주머니에 집어넣으며 대답했다. "응. 난리도 아니었지. 초상집 같았어."

"집에서 누가 오신대?"

"형님이 오신대. 아버님은 내버려두라고 하시지만."

"큰일이네." 히다는 납작한 이마에 한 손을 얹고 중얼거렸다.

"요짱은 정말 괜찮은 거야?"

"생각보다 괜찮아. 그 녀석은 늘 그래."

고스게는 들뜬 듯 입가에 미소를 머금고 고개를 갸웃했다. "기분이 어떨까."

"모르지. 안 만날 거야?"

"됐어. 만나서 할 얘기도 없고, 그리고…… 무서워."

두 사람은 나직이 웃음을 터뜨렸다.

마노가 병실에서 나왔다.

"다 들려요. 여기서 이야기하는 건 삼가 주세요."

"아. 죄송합니다."

히다는 미안해하며 커다란 몸을 한껏 움츠렸다. 고스게는 의아한 표정으로 마노의 얼굴을 들여다봤다.

"두 분 다 식사는 했어요?"

"아직요." 둘이 동시에 대답했다.

마노는 얼굴을 붉히며 웃음을 터뜨렸다.

세 사람이 함께 식당으로 가자 요조는 자리에서 일어났다. 물안개 피어오르는 비 내리는 바다를 바라봤다.

'이곳을 지나 공몽(이슬비가 많이 내리거나 안개가 몹시 끼어 뿌옇고 자욱하다는 뜻—옮긴이 주)의 못으로.'

그리고 다시 첫머리로 돌아간다. 스스로도 어설프다고 생각한다. 원래 나는 이런 식으로 시간을 전환하는 걸 좋아하지 않는다. 좋아하지 않지만 시도해 봤다. 이곳을 지나 슬픔의 도시. 평소 익숙한 지옥의 문에 대한 영탄을 영예로운 첫머리의 한 줄로 올리고 싶었기 때문이다(단테의 《신곡》 지옥편에 나오는 지옥의 문에 새겨진 문구에서 영감을 받은 것으로 보인다.—옮긴이 주). 다른 이유는 없다. 만약 이 한 줄 때문에 내 소설이 실패했다고 해도,

나는 소심하게 그걸 지워 없앨 생각은 없다. 허세를 부리는 김에 한 마디 더. 그 한 줄을 지우는 건 오늘날까지의 내 생활을 지우는 일이다.

"사상이야, 이봐, 마르크스주의라고."

이 말은 중요한 부분이 없어서 좋아. 고스게가 그렇게 말했다. 그는 의기양양한 얼굴로 말하더니 우유 잔을 고쳐 들었다.

사방의 판자벽은 흰 페인트로 칠했는데, 동쪽 벽에는 동전만 한 훈장 세 개를 가슴에 단 원장의 초상화가 높이 걸려 있었고, 그 아래로는 길쭉한 테이블이 열 개쯤 반듯하게 놓여 있었다. 식당은 썰렁했다. 히다와 고스게는 동남쪽 구석의 테이블에 앉아 식사를 했다.

"꽤 과격하게 활동했지." 고스게는 목소리를 낮추며 말을 이었다. "몸도 약한데 그렇게 동분서주했으니 죽고 싶기도 했겠지."

"행동대 우두머리지? 알고 있어." 히다는 빵을 우물거리며 끼어들었다. 지식 자랑을 한 게 아니었다. 좌익 용어쯤은 그 시절 청년이라면 누구나 알았다. "하지만…… 그것 때문만은 아냐. 예술가는 그렇게 포기가 빠르지 않아."

식당이 어두워졌다. 빗줄기가 거세졌다.

고스게는 우유를 한 모금 마시고 나서 말했다. "너는 사물을 주관적으로밖에 생각하지 못하니까 안 되는 거야. 애초에, ……애초에 한 인간의 자살에는 본인이 의식하지 못하는 어떤 객관적인 큰 원인이 숨어 있대. 집에서는 모두 여자 때문이라고 단정 지었지만, 나는 그게 아니라고 했어. 여자는 그저 길동무일 뿐이야. 따로 더 큰 이유가 있는 거야. 집안사람들은 그걸 몰라. 너까지 이상한 소리를 하면 안 되지."

히다는 발치에서 타오르고 있는 난롯불을 바라보며 중얼거렸다. "하지만 그 여자에게는 따로 남편이 있었어."

우유 잔을 내려놓으며 고스게가 대답했다. "알아. 그런 건 별거 아냐. 요짱에겐 아무것도 아닌 일이지. 여자한테 남편이 있다고 동반 자살한다는 건 너무 평범하잖아." 그렇게 말하고 나서 한쪽 눈을 감고 머리 위에 걸린 초상화를 가만히 보았다. "이게 여기 원장이야?"

"그렇겠지. 하지만, 진실은 요조가 아니고는 알 도리가 없어."

"그건 그렇지." 고스게는 순순히 동의하더니 주변을 두리번거렸다. "춥네. 너 오늘 여기서 자고 갈 거야?"

히다는 빵을 허겁지겁 삼키며 끄덕였다. "그러려고."

청년들은 언제든 진지하게 논의하지 않는다. 서로 상대의 심기를 건드리지 않도록 최대한 주의하면서 제 심기를 소중히 감싼다. 쓸데없이 경멸당하고 싶지 않은 것이다. 게다가 한번 상처를 입으면 분명 상대를 죽이든, 제가 죽든 끝을 보자는 생각까지 하고 만다. 그래서 다툼을 꺼리는 것이다. 그들은 적당히 얼버무리는 말을 수도 없이 안다. 아니오, 이 한 마디조차 열 가지쯤으로 나눠 쓸 수 있다. 논의를 시작하자마자 이미 타협의 눈빛을 주고받는다. 그리고 끝내 웃으며 악수하면서도, 속으로는 서로 함께 이렇게 중얼거린다. 덜떨어진 녀석!

자, 나의 소설도 드디어 흐리멍덩해진 것 같다. 이쯤에서 한 바퀴 돌아, 파노라마식으로 몇 장면을 전개해볼까. 과장된 소리는 하지 마. 뭘 해도 서툴잖아. 아아, 잘되면 좋겠다.

이튿날 아침은 평온하게 개었다. 바다는 잔잔했고, 오시마의 분화 연기가 수평선 위에 하얗게 피어올랐다.

좋지 않다. 나는 풍경 묘사가 싫다.

1호실 환자가 눈을 떴을 때 병실은 초겨울의 햇살로 가득했다. 곁에 있던 간호사와 아침 인사를 나누고 바로 아침 체온을 쟀다. 36.4도였다. 그러고 나서 식전에 일광욕을 하러 베란다로 나갔다. 간호사에게 슬쩍 옆구리를 찔리기 전부터 이미 3호실 베란다를 훔쳐보고 있었다. 어제 입원한 새 환자는 남색 겹옷을 단정하게 차려입고 등나무 의자에 앉아 바다를 바라보고 있었다. 눈부신 듯 굵은 눈썹을 찡그렸다. 그다지 잘생긴 얼굴 같지는 않았다. 이따금 뺨에 붙은 거즈를 손등으로 살짝 두드렸다. 일광욕용 침대에 누워 눈을 게슴츠레 뜨고 그것만 관찰하고는 간호사에게 책을 가져오게 했다. ≪마담 보바리≫. 평소에는 지루해서 대여섯 장 읽으면 던져 버리는 책이지만, 오늘은 정말 읽고 싶었다. 이 책을 읽기에는 지금이 딱 좋다고 생각했다. 책장을 팔락팔락 넘겨 백 페이지 언저리부터 읽기 시작했다. 좋은 문장을 발견했다. '엠마는 횃불을 켜고 한밤중에 결혼식을 올리고 싶었다.'

2호실 환자도 깨어 있었다. 일광욕을 하러 베란다로 나왔다가 문득 요조의 모습을 보자마자 다시 병실로 뛰어 들어왔다. 까닭 없이 두려웠다. 바로 침대로 들어갔다. 간병을 하는 어머니가 웃으면서 담요를 덮어 주었다. 2호실 소녀는 머리부터 담요를 뒤집어쓰고, 그 작은 어둠 속에서 눈을 빛내며 옆방에서 들려오는 말소리에 귀를 기울였다.

"미인이래." 그리고는 숨죽인 웃음소리가 들렸다.

히다와 고스게가 그 방에서 묵었다. 그 옆의 빈 병실에서 둘이 한 침대를 썼다. 고스게가 먼저 깨서 그 가느다란 눈을 힘겹게 뜨며 베란다로 나갔다. 잰 체하는 요조의 행동거지를 힐끗 보고는 그런 태도를 취하게 만든 이유를 찾아 왼쪽으로 고개를 홱 돌렸다. 가장 끝 베란다에서 한 여자가 책을 읽고 있었다. 여자의 침대 배경은 이끼 낀 젖은 돌담이었다. 고스게는 서양식으로 어깨를 으쓱하고 바로 방으로 돌아와 자고 있는 히다를 흔들어 깨웠다.

"일어나. 사건이야." 그들은 사건 날조하기를 즐겼다. "요짱의 대(大)포즈."

그들의 대화에서는 '대'라는 형용사가 종종 등장했다. 지루한 세상에서 뭔가 기대를 걸 만한 대상을 바라기 때문이겠지.

히다는 깜짝 놀라 벌떡 일어났다. "뭔데?"

고스게가 웃으며 말했다.

"소녀가 있어. 요짱이 그 소녀에게 잘난 옆얼굴을 보여 주고 있고."

히다도 표정이 살아났다. 두 눈썹을 과장되게 치켜올리며 물었다. "예뻐?"

"미인인 것 같아. 책을 읽는 시늉을 하고 있어."

히다는 웃음을 터뜨렸다. 침대에 앉은 채 재킷을 걸치고 바지를 입은 다음 외쳤다.

"좋아, 혼쭐을 내 주자." 혼쭐을 내 줄 생각은 없었다. 그저 험담일 뿐이다. 그들은 친구의 험담을 태연하게 내뱉는다. 그 자리의 분위기를 타는 것이다. "요조 녀석, 세상 모든 여자들을 탐내고 있다니까."

잠시 후, 요조의 병실에서는 여러 사람들의 웃음소리가 와르르 일어나 온 병동에 울려 퍼졌다. 1호실 환자는 책을 탁 덮고 요조의 베란다 쪽을 의아스레 바라보았다. 베란다에는 아침 햇살을 받아 빛나는 하얀 등나무 의자 하나만 놓여 있을 뿐 아무도 없었다. 그 등나무 의자를 바라보며 꾸벅꾸벅 졸았다. 2호실 환자는 웃음소리를 듣고 담요 밖으로 얼굴을 내밀어 베갯맡에 선 어머니와 온화한 미소를 주고받았다. 6호실 대학생은 웃음소리에 잠에서 깼다. 그는 간병하는 사람도 없었고 하숙살이 하듯 태평하게 생활하고 있었다. 웃음소리가 어제 새로 입원한 환자 방에서 들려오는 것임을 알아채고는 그 퍼런 얼굴을 붉혔다. 웃음소리를 못마땅하게 여기지도 않았다. 회복기 환자 특유의 관대한 마음으로 오히려 요조의 상태가 좋아 보여서 안심했다.

나는 삼류 작가가 아닐까. 아무래도 너무 취해 있던 것 같다. 파노라마식이니 뭐니 답지 않은 짓을 꾸미고, 결국 이토록 싱글벙글한다. 아니, 기다려 봐. 이렇게 실패할 줄 알고 미리 준비해 둔 말이 있지. 인간은 아름다운 감정으로 악한 문학을 창조한다. 요컨대 내가 이렇게 우쭐했던 것도 내 마음이 그만큼 악마 같지 않기 때문이다. 아아, 이 말을 생각해 낸 사람에게 행운이 있기를. 이 얼마나 귀한 보물 같은 말인가. 그러나 작가는 일생에 단 한 번밖에 이 말을 쓸 수 없다. 아무래도 그렇다는 모양이다. 한 번은 애교다. 만약 두세 번 반복해서 이 말을 방패로 삼는다면 비참한 꼴을 당한다고 한다.

"실패했어."

어릿광대의 꽃   91

침대 옆 소파에 히다와 나란히 앉아 있던 고스게는
그렇게 말하고는 히다의 얼굴과 요조의 얼굴, 그리고 문
에 기대어 서 있는 마노의 얼굴을 차례대로 둘러보다 모
두가 웃고 있는 걸 확인하고는, 흡족한 듯 히다의 둥근
오른쪽 어깨에 머리를 기대고 웃음을 터뜨렸다. 그들은
잘 웃는다. 별것 아닌 일에도 큰 소리로 웃어 댄다. 청
년들에게 웃는 표정을 짓는 건 숨 쉬는 것만큼이나 쉬
운 일이다. 언제부터 그런 습관이 몸에 배기 시작했을
까. 웃지 않으면 손해다. 웃어야 할 어떤 사소한 대상도
놓치지 마라. 아아, 이것이야말로 탐욕스러운 미식주의
의 허망한 편린이 아닐까. 그러나 슬프게도 그들은 진심
으로 웃지 못한다. 자지러지게 웃어 대면서도 제 자세에
신경을 쓴다. 그들은 또한 자주 사람들을 웃긴다. 자기
를 상처 입히면서까지 남을 웃기고 싶어 한다. 어찌 되
었든 그건 허무한 마음에서 비롯된 것이겠지만, 그러나
그 한 꺼풀 아래에는 무언가 결의에 찬 마음가짐을 짐작
해 볼 수 있지 않을까. 희생정신. 다소 자포자기한 듯하
며, 이렇다 할 목적도 없는 희생정신. 그들이 우연히 지
금까지의 도덕률에 비춰 봐도 미담이라 할 수 있는 훌륭
한 행동을 하는 건 모두 이 숨겨진 정신 때문이다. 이건

나의 독단이다. 게다가 서재 안에서의 모색이 아니다. 모두 나 자신의 육체에서 들은 사념이다.

요조는 여전히 웃고 있다. 침대에 앉아 두 다리를 설렁설렁 흔들며 뺨에 붙은 거즈에 계속 신경 쓰며 웃고 있었다. 고스게의 이야기가 그토록 우스웠던 걸까. 그들이 어떤 이야기를 좋아하는지 그 일례를 여기에 몇 줄 적으려 한다. 고스게가 이번 휴가 중에 고향 마을에서 십이 킬로미터쯤 떨어진 산속의 어느 유명 온천에 스키를 타러 갔다가 그곳 여관에서 하룻밤을 묵게 됐는데 밤늦게 화장실에 가다 복도에서 같은 여관에 묵는 젊은 여자와 스쳐 지나갔다. 그뿐이다. 그러나 그들에게는 이게 대사건인 것이다. 살짝 스쳤을 뿐이지만 고스게는 여자가 자신에게 대단히 좋은 인상을 받도록 하지 못하면 직성이 풀리지 않는다. 딱히 어떻게 해 보겠다는 생각도 없으나 그 스쳐 지나간 순간에 그는 목숨을 걸고 멋진 척을 한다. 인생에 대해 진심으로 뭔가 기대한다. 그 여자와의 모든 가능성을 순식간에 이리저리 생각하고서는, 가슴 터질 듯한 감정에 사로잡힌다. 그들은 그런 숨막히는 순간을 적어도 하루에 한 번은 경험한다. 때문에 그들은 방심하지 않는다. 혼자 있을 때도 자기 자세를 꾸미고 있는다. 고스게는 한밤중에 화장실에 갈 때조차, 새로 산 푸른색 외투를 단정하게 차려입고 복도로 나갔다. 그리고 그 젊은 여자와 스쳐 지나간 뒤에 진심으로 다행이라고 생각했다고 한다. 고스게는 외투를 입고 나오길 잘했다고 생각했다. 살며시 한숨을 내쉬며 복도 끝의 큰 거울을 들여다봤는데 실패였다. 외투 아래로 꾀죄죄한 모모히키(일본의 전통적인 하의로 속옷으로도 입는 붙는 형태의 바지—옮긴이 주)를 걸친 두 다리가 삐죽 나와 있었다.

"나 원 참!" 그 대목에서는 고스게도 살짝 웃으며 말했다. "바지가 말려 올라가서 거뭇거뭇한 다리털이 다 보였어. 자다 일어나서 얼굴은 잔뜩 부었고."

요조는 사실 그렇게 웃기지도 않았다. 고스게가 지어낸 이야기 같다고 생각했다. 그럼에도 큰 소리로 웃어줬다. 친구가 어제와 달리 요조에게 마음을 터놓으려 애쓰는 그 마음 씀씀이에 대한 보답의 의미도 있어서, 일부러 웃어 젖혔다. 요조가 웃자 히다와 마노도 덩달아 웃었다.

히다는 안심했다. 이제 뭐든지 말할 수 있을 것 같았다. 아직 때가 아니라고 억눌렀었다. 우물쭈물하고 있던 것이다.

의기양양해진 고스게가 도리어 툭 말해 버렸다.

"우리는 여자라면 실패하지. 요쌍도 그렇잖아."

요조는 여전히 웃으면서 고개를 갸웃했다.

"그런가."

"그렇다니까. 안 죽어."

"실패일까?"

히다는 너무 기쁜 나머지 가슴이 두근거렸다. 가장
난관이었던 돌담을 미소로 무너뜨렸다. 이런 신기한 성
공도 고스게의 부족한 인덕 덕분이라고 생각하니, 이 어
린 친구를 꼭 안아 주고 싶은 충동을 느꼈다.

히다는 옅은 눈썹을 환하게 펴고, 더듬거리며 말했다.

"실패인지 아닌지는 한마디로 말할 수 없을 것 같아.
일단 원인을 잘 모르겠어." 큰일이라고 생각했다.

곧바로 고스게가 도와줬다. "그건 알아. 히다와 대논
의를 벌였지. 나는 사상이 한계에 이르렀기 때문이라고
생각해. 히다는 뭔가 의미심장한 척하면서 다른 이유가
있다고 하지 뭐야." 즉시 히다가 받아쳤다. "그것도 있겠
지만 그것만은 아냐. 한마디로 반했던 거지. 싫어하는
여자와 죽을 리가 없지."

요조가 아무 억측도 하지 않았으면 하는 마음에 말을 고르지 않고 서둘러 뱉었지만, 그 말은 도리어 제 귀에도 순진하게 들렸다. 잘했다며 내심 안도의 한숨을 내쉬었다.

요조는 긴 속눈썹을 내리깔았다. 오만. 나태. 아첨. 교활. 악덕의 소굴. 피로. 분노. 살의. 이기심. 취약. 기만. 병독. 이런 말들이 그의 가슴을 뒤흔들었다. 말해 버릴까 싶었다. 일부러 풀이 죽어 중얼거렸다.

"사실 나도 잘 모르겠어. 모든 게 원인인 것 같아서."

"알지. 알아." 고스게는 요조의 말이 끝나기도 전에 고개를 끄덕였다. "그럴 수도 있지. 간호사가 없네. 신경 써 준 건가."

앞에서도 말해 두었지만, 그들의 논의는 서로의 사상을 교환하기보다는 그 자리의 분위기를 편안하게 만들기 위한 것이었다. 진실은 하나도 말하지 않는다. 그러나 한참 듣다 보면 생각지도 못한 것을 얻기도 한다. 그들의 잰 체하는 말 속에 이따금 깜짝 놀랄 만큼 솔직한 울림을 느끼는 일도 있다. 조심성 없이 흘리는 말 속에야말로 진정성이 담기는 것이다. 요조는 지금 모든 게, 라고 중얼거렸지만, 이것이야말로 그가 무심코 토해 낸 진심이 아닐까. 그들의 마음속에는 혼돈, 그리고 영문 모를 반발심만이 있을 뿐이다. 혹은 자존심뿐이라고 해도 좋을지 모르겠다. 가늘게 벼려진 자존심이다. 미풍에도 흔들려 파르르 떤다. 모욕당했다고 생각하자마자 죽어야지, 하고 괴로움에 떤다. 요조가 제 자살 이유가 뭐냐고 묻는 말에 당혹해하는 것도 무리가 아니다. 이것저것 모두 다였다.

그날 오후, 요조의 형이 세이쇼엔을 찾았다. 형은 요조와 달리 풍채가 좋았다. 하카마 차림이었다.

원장의 안내를 받아 요조의 병실까지 왔을 때, 병실 안에서 낭랑한 웃음소리가 들렸다. 형은 못 들은 척했다.

"여긴가요?"

"네. 이제 기력을 회복했어요." 원장은 그렇게 대답하며 문을 열었다.

고스게가 놀라 침대에서 뛰어내렸다. 요조 대신 누워 있던 것이었다. 요조와 히다는 소파에 나란히 앉아 트럼프를 하고 있다가 같이 벌떡 일어났다. 마노는 침대 머리맡 의자에 앉아 뜨개질을 하고 있었는데, 그녀 역시 멋쩍은 듯 머뭇머뭇 뜨개질 도구를 치웠다.

"친구분들이 와 주셔서 시끌벅적하네요." 원장은 형을 돌아보며 그렇게 속삭인 뒤 요조 곁으로 다가왔다. "이제 괜찮죠?"

"네." 대답하고 나니 요조는 갑자기 비참해졌다.

안경 너머 원장의 눈은 웃고 있었다.

"어떻습니까. 요양원 생활을 해 보시겠습니까?"

요조는 처음으로 죄인의 열등감을 알았다. 그저 미소 지으며 대답했다.

그동안 형은 경우 바른 사람답게 마노와 히다에게 신세를 졌다고 고개 숙여 인사한 뒤, 진지한 얼굴로 고스게에게 물었다. "어젯밤 여기서 잤다면서?"

"네." 고스게는 머리를 긁적이며 말했다. "옆 병실이 비어 있어서 히다와 둘이 거기서 잤어요."

"그럼 오늘 밤부터는 내가 묵는 여관으로 와. 에노시마에 숙소를 잡아 뒀으니까. 히다 씨, 당신도요."

"아, 네." 히다는 굳어 있었다. 손에 든 카드 세 장을 만지작거리며 끄덕였다.

형은 아무렇지도 않은 듯이 요조 쪽을 봤다.

"요조, 이제 괜찮냐?"

"응." 짐짓 싫은 티를 내며 고개를 끄덕였다.

형은 갑자기 말수가 많아졌다.

"히다 씨, 원장 선생님 모시고 다 같이 점심 식사하러 가요. 저 아직 에노시마를 못 봤어요. 선생님께 안내를 부탁드리려고요. 바로 출발하죠. 밑에 자동차를 대 놓고 왔어요. 날씨가 좋아요."

나는 후회하고 있다. 두 명의 어른을 등장시킨 탓에, 완전히 엉망진창이 되어 버렸다. 요조와 고스게와 히다, 그리고 나까지 네 명이 달라붙어 모처럼 괜찮게 만들어 놓은, 독특한 분위기가 이 두 어른 때문에 흔적도 없이 위축돼 버렸다. 나는 이 소설을 분위기 있는 로맨스로 만들고 싶었던 것이다. 처음 몇 페이지에서 빙글빙글 소용돌이치는 분위기를 조성해 놓고, 그것을 조금씩 한가롭게 풀어 나가길 바랐다. 어설픈 솜씨를 한탄하며 어떻게든 여기까지 펜을 들고 썼다. 하지만 모두 손쓸 수 없이 무너져 버렸다.

용서해 줘! 거짓말이야. 모르는 척했다. 모두 내가 일부러 한 짓이다. 쓰다 보니, 그, 분위기 있는 로맨스 같은 게 겸연쩍어져서, 내가 일부러 부셔 버린 것이다. 만약 정말 무너뜨리는 데 성공했다면, 그건 도리어 내 계획대로 된 것이다. 악취미. 지금 내 마음을 괴롭히는 건

이 한 마디다. 사람을 까닭도 없이 위압하려는 성가신 취향을 그렇게 부르는 거라면, 어쩌면 나의 이런 태도도 악취미겠지. 나는 지기 싫은 것이다. 속내를 들여다보이는 게 싫었던 거다. 그러나 그건 헛된 노력. 아! 작가란 모두 이런 존재인가. 고백하는 데도 말을 꾸민다. 나는 사람이 아닌 게 아닐까. 진정 인간다운 생활을 내가 할 수 있을까. 이렇게 쓰면서도 나는 내 문장에 신경을 쓰고 있다.

모든 걸 털어놓겠다. 이 소설의 한 장면 한 장면 묘사 사이에 나라는 남자의 얼굴을 내보여서, 굳이 안 해도 될 말을 한바탕 늘어놓은 것도 교활한 꿍꿍이가 있어서였다. 나는 그걸 독자가 눈치 채지 못하도록, 나를 가지고 몰래 특이한 뉘앙스를 작품에 담고 싶었다. 그건 일본에는 아직 없는 세련된 작풍일 거라고 자부했다. 하지만 패배했다. 나는 이 패배의 고백조차 이 소설 계획 속에 계산하고 있었다. 가능한 한 나는 좀 더 나중에 그 말을 하고 싶었다. 아니, 이 말조차 나는 처음부터 준비했던 듯한 기분이 든다. 아아, 더는 나를 믿지 마. 내가 하는 말을 한 마디도 믿지 마라.

나는 왜 소설을 쓰는 걸까. 신진 작가로서의 영광을

바라는가. 아니면 돈을 바라는가. 연극 투는 빼고 대답해라. 둘 다 바란다고. 너무나도 바란다고. 아아, 나는 아직도 뻔뻔한 거짓말을 내뱉고 있다. 이런 거짓말에 사람들은 쉽게 걸려든다. 거짓말 중에서도 비열한 거짓말이다. 나는 왜 소설을 쓰는 걸까. 곤란한 말을 꺼내 버렸군. 하는 수 없지. 변죽을 울리는 것 같아 싫지만, 대충 한 마디 대답해 놓자. "복수."

다음 묘사로 넘어가자. 나는 시장의 예술가다. 예술품이 아니다. 나의 그 불쾌한 고백도, 이 소설에 어떤 뉘앙스를 가져다준다면, 그건 뜻밖의 행운이다.

요조와 마노가 뒤에 남겨졌다. 요조는 침대에 들어가 눈을 깜빡거리며 생각에 잠겼다. 마노는 소파에 앉아 트럼프를 정리했다. 카드를 보랏빛 종이 상자에 넣고 나서 말했다.

"형님이신가 봐요."

"아아." 높은 천장의 하얀 벽을 바라보며 대답했다. "닮았어요?"

작가가 묘사할 대상에 애정을 잃으면 즉시 이런 형편없는 문장을 만든다. 아니, 더는 말하지 않겠다. 꽤 근사한 문장이다.

"네. 코가."

요조는 소리 내어 웃었다. 집안사람들은 할머니를 닮아 모두 코가 길었다.

"나이가 어떻게 되세요?" 마노도 살짝 웃으며 물었다.

"형이요?" 마노 쪽으로 고개를 돌렸다. "젊어요. 서른넷. 거만을 떨면서 우쭐거리죠."

마노는 문득 요조의 얼굴을 올려다보았다. 눈살을 찌푸리며 이야기하고 있었다. 황급히 눈을 내리깔았다.

"형은 그나마 괜찮아요. 아버지가……."

말하다 입을 꾹 다물어 버렸다. 요조는 얌전히 있었다. 나를 대신해 타협하는 것이다.

마노는 자리에서 일어나 뜨개질 도구를 가지러 병실 구석에 있는 선반으로 갔다. 아까처럼 다시 요조의 침대 머리맡 의자에 앉아 뜨개질을 하면서 마노는 다시 생각에 잠겼다. 사상도 아니고, 연애도 아니고, 그보다 한 걸음 앞선 이유를 생각했다.

나는 더는 아무 말도 하지 않겠다. 말하면 할수록 나는 아무것도 말하지 않는다. 정말 중요한 것들에 나는 아직 조금도 닿지 못한 것 같다. 그럴 법도 하다. 많은 걸 빠뜨렸다. 그 역시 당연하다. 작가는 자기 작품의 가치를 모른다는 게 소설가의 상식이다. 나는 부끄럽지만 그걸 인정하지 않을 수 없다. 자기가 자기 작품의 효과를 기대한 나는 바보였다. 특히 그 효과를 입 밖으로 내지 말았어야 했다. 입 밖으로 낸 순간, 또 전혀 다른 효과가 생겨난다. 그 효과란 대충 이렇겠지, 추측하는 순간 또 다른 새로운 효과가 튀어나온다. 나는 영원히 그걸 추구하기만 해야 하는 어리석음을 연기한다. 졸작인가, 아니면 아주 떨어지지는 않은 완성도인가, 나는 그조차 알려 들지 않을 것이다. 아마도 내 이 소설은 내가 생각지도 못한 엄청난 가치를 낳을 것이다. 이 말들은 내가 남에게 들어서 얻은 것이다. 내 육체에서 배어 나온 말이 아니다. 그렇기 때문에 또한, 의지하고 싶은 마음도 드는 거겠지. 단도직입적으로 말하자면, 나는 자신감을 잃어 가고 있다.

불이 켜진 뒤 고스게가 홀로 병실로 찾아왔다. 들어오자마자 바로 잠든 요조의 얼굴에 입을 맞추며 속삭였다.

"마시고 왔어. 마노에게는 비밀이야."

그리고는 요조의 얼굴로 숨을 거세게 내뱉었다. 술을

마시고 병실에 출입하는 건 금지돼 있었다.

뒤쪽 소파에서 계속 뜨개질 중인 마노를 힐끗 곁눈으로 쳐다본 뒤, 고스케는 외치듯 말했다. "에노시마를 둘러보고 왔어. 좋았어." 그리고 곧 다시 목소리를 낮춰 속삭였다.

"거짓말이야."

요조는 일어나 침대에 앉았다.

"지금까지 계속 마신 거야? 아니, 상관없어. 마노 씨, 괜찮죠?"

마노는 뜨개질하는 손을 멈추지 않고 웃으면서 대답했다. "괜찮지 않은데요."

고스케는 침대 위에 드러누웠다.

"원장님과 넷이서 의논했어. 형님은 진짜 책사이시더라. 생각보다 수완이 좋더라고."

요조는 잠자코 있었다.

"내일 형님과 히다가 경찰서에 갈 거야. 깨끗하게 처리하겠대. 히다는 참 바보 같아, 어찌나 흥분하던지. 히다는 오늘 형님 여관에서 묵는대. 나는 싫어서 돌아왔어."

"내 험담했지."

"그래. 했어. 천하의 멍청이라고 했어. 이다음에도 무슨 짓을 저지를지 모르겠다고 했어. 하지만 아버지도 잘한 건 없다고 덧붙이더라고. 마노 씨, 담배를 피워도 될까요?"

"네." 눈물이 날 것 같아 그렇게만 대답했다.

"파도 소리가 들리네. 좋은 병원이야." 고스게는 불이 붙지 않은 담배를 입에 물고, 취한 사람답게 거친 숨을 몰아쉬며 잠시 눈을 감고 있었다. 이내 상체를 벌떡 일으켰다. "맞다. 옷을 좀 가져왔어. 저기 놓아뒀어." 문을 향해 턱을 까닥했다.

요조는 문 옆에 놓인 넝쿨무늬의 큼지막한 보자기 꾸러미에 시선을 떨어뜨리더니 역시나 눈살을 찌푸렸다. 그들은 혈육에 관해 이야기할 때는 다소 감상적인 면모를 보인다. 하지만 이는 그저 습관에 지나지 않는다. 어릴 때부터의 교육이 그런 면모를 만들어 냈을 뿐이다. 혈육이라고 하면 재산이라는 단어를 떠올리는 것과 다를 바 없는 것 같다. "어머니만큼은 아니지."

"응, 형님도 그러시더라고. 어머니가 제일 가엾다고. 게다가 입을 옷 걱정까지 해 주시니 말이야. 정말 그렇지. 마노 씨, 성냥 있어요?" 마노에게 성냥을 받고는 그

상자에 그려진 말 얼굴을 뺨을 부풀리며 바라봤다. "지금 입고 있는 옷, 원장님께 빌린 옷이라면서."

"이거? 맞아. 원장님 아들 옷이야. 형이 뭐라고 또 했지, 내 험담을."

"삐딱하게 굴지 마." 담배에 불을 붙였다. "형님은 꽤 신식이셔. 너를 이해하는 것 같아. 아니, 그렇지도 않은가. 본인 고생한 얘기를 은근히 하더라고. 집안에서 다같이 이번 일의 원인을 가지고 논쟁을 벌였는데, 그때 말이지, 얼마나 웃었는지." 동그랗게 연기를 내뱉었다. "형님이 추측한 바로는, 요조가 방탕해서 금전적으로 궁핍해졌기 때문이래. 그걸 아주 심각한 표정으로 말하더라고. 아니면 형으로서 이런 말을 하기 좀 그렇지만, 부끄러운 병에 걸려서 자포자기했거나." 고스게는 술기운으로 흐릿해진 눈동자로 요조를 봤다. "어때? 아니, 의외야 이거."

오늘 밤 묵고 가는 건 고스게 혼자뿐이니 굳이 옆 병실을 빌릴 필요도 없다고, 다 같이 의논한 끝에 고스게도 같은 병실에서 자기로 했다. 고스게는 요조와 나란히 소파에 누웠다. 초록색 벨벳 천의 소파는 어설프게나마 침대로 쓸 수 있게 장치가 되어 있었다. 마노는 밤마다 그 소파에서 잤다. 오늘은 잠자리를 고스게에게 빼앗긴 까닭에 병원 사무실에서 까는 자리를 빌려다가 병실 북서쪽 구석에 깔아 놓았다. 마침 그곳은 바로 요조의 발치였다. 그리고 마노는 어디서 찾았는지, 두 폭짜리 짧은 병풍으로 그 소박한 잠자리를 둘러쳤다.

"조심성이 대단하네." 고스게는 그 낡은 병풍을 보며 혼자 키득거렸다. "가을의 일곱 가지 풀들이 그려져 있어."

마노는 요조의 머리 위 전등을 보자기로 싸서 어둡게 만든 뒤, 두 사람에게 안녕히 주무시라고 인사하고는 병풍 뒤로 숨었다.

요조는 좀처럼 잠들지 못했다.

"추워." 침대 위에서 뒤척였다.

"응." 고스게도 입을 삐죽이며 맞장구를 쳤다. "술이 깼어."

마노가 살짝 헛기침을 했다. "뭔가 덮어 드릴까요?"

요조는 눈을 감고 대답했다.

"나요? 괜찮아요. 잠이 안 와서. 파도 소리가 계속 들려서."

고스게는 요조를 안쓰럽게 여겼다. 그건 완벽히 어른의 감정이다. 말할 것도 없지만, 가여운 건 여기 있는 이 요조가 아니라 요조와 같은 처지였을 때의 자신, 혹은 처지에 대한 일반적인 추상이다. 어른들은 그런 감정에 잘 훈련돼 있어서 쉽게 남을 동정한다. 그리고 눈물 많은 자신에게 자부심을 갖는다. 청년들도 이따금 그런 안이한 감정에 젖곤 한다. 어른들은 그런 훈련을, 좋게 말해 제 생활과의 타협을 통해 얻었다면, 청년들은 언제 어디서 익혔을까. 이런 시시한 소설에서?

"마노 씨, 무슨 이야기 좀 해 봐요. 재미있는 이야기 없어요?"

요조의 기분을 전환시켜 줘야겠다는 오지랖에 고스게는 마노에게 어리광을 부렸다.

"글쎄요." 마노는 병풍 너머에서 웃음소리와 함께 그렇게만 대답했다.

"대단한 이야기도 좋아요." 그들은 항상 전율하고 싶어서 몸이 근질거렸다.

마노는 뭔가 생각에 잠긴 듯 잠시 대답이 없었다.

"비밀이에요." 그렇게 운을 띄우고는 소리 죽여 웃었다. "괴담인데 고스게 씨, 괜찮으시겠어요?"

"좋죠, 얼른 해 봐요." 진심이었다.

마노가 막 간호사가 되었던 열아홉의 여름에 있던 일이다. 역시 여자 때문에 자살을 시도한 청년이 발견돼어느 병원으로 실려 왔고, 마노는 그를 돌봤다. 환자는약으로 자살을 시도했다. 온몸에 보라색 반점이 흩어져있었다. 살아날 가망이 없었다. 저녁 무렵에야 의식을회복했다. 그때 환자는 창밖에 돌담을 타고 노는 수많은작은 무늬발게들을 보고 예쁘다, 하고 말했다. 그 주변게들은 살아 있는데도 등딱지가 붉었다. 나으면 잡아서집으로 가져가겠다는 말을 남기고 그는 다시 의식을 잃었다. 그날 밤 환자는 세면기에 두 번 토하고 죽었다. 고향에서 가족이 올 때까지 마노는 그 병실에서 청년과 단둘이 있었다. 한 시간쯤 꾹 참고 병실 구석의 의자에 앉아 있는데 뒤에서 희미한 소리가 났다. 가만히 있으니다시 들렸다. 이번에는 또렷하게 들었다. 발소리인 것같았다. 마음을 굳게 먹고 돌아보니 바로 뒤에 작고 빨간게가 있었다. 마노는 그걸 바라보며 울음을 터뜨렸다.

"신기한 일이죠. 진짜 게가 있었거든요. 살아 있는 게가. 당시에는 간호사를 관둬야겠다고 생각했어요. 저 하나 일하지 않아도 우리 집 먹고사는 데는 지장이 없거든요. 아버지에게 그렇게 말했더니 비웃음을 샀지만요.
……고스게 씨, 어때요?"

"굉장하네." 고스게는 짐짓 농을 치듯 외쳤다. "그 병
원이 어디예요?"

마노는 대답하지 않고, 혼잣말처럼 중얼거렸다.

"저는 오바 씨 때도 병원의 호출을 거절하려고 했어
요. 무서웠거든요. 하지만 와서 보고 안심했죠. 기운도
있었고, 처음부터 혼자 화장실에 간다고 하셨거든요."

"아니, 그 이야기 속 병원 말이에요. 이 병원?"

마노는 잠시 뜸을 들였다가 대답했다.

"여기예요. 이 병원 맞아요. 하지만 비밀로 해 주세
요. 신뢰가 걸린 문제니까요."

요조는 잠꼬대하는 듯한 소리로 물었다. "설마 이 병
실은 아니겠지?"

"아니에요."

"그럴 리가." 고스게도 요조를 따라 했다. "우리가 어
젯밤에 잤던 침대는 아니겠지?"

마노는 웃음을 터뜨렸다.

"아니요. 아니니까 걱정 마세요. 그렇게 신경 쓸 줄
알았으면 이야기하지 말걸 그랬어요."

"1호실이다." 고스게는 살며시 고개를 쳐들었다. "창문으로 돌담이 보이는 건 그 병실 말고는 없어. 1호실이야. 이봐, 그 소녀가 있는 병실이야. 가엾기도 하지."

"소란 피우지 말고 주무세요. 거짓말이에요. 지어낸 이야기예요."

요조는 다른 생각을 하고 있었다. 소노의 유령을 생각하고 있었다. 아름다운 모습을 가슴속에 그려 봤다. 요조는 종종 이런 식으로 담백했다. 그들에게 '신'이라는 단어는 그저 얼빠진 인물에게 주어지는 야유와 호의가 뒤섞인, 별것 아닌 대명사일 뿐이지만, 그건 그들이 신에 너무 가까이 있기 때문일지도 모른다. 이런 식으로 경박하게 이른바 '신의 문제'를 건드린다면, 분명 여러분은 천박하다거나 안이하다는 말로 거세게 비난하겠지. 아아, 용서해 줘. 형편없는 작가도 자기 소설 주인공을 몰래 신에 가까이 가게 하고 싶은 법이니까. 그러니 고백할게. 그는 신을 닮았어. 사랑받는 새, 올빼미를 황혼녘 하늘로 날려 보내고 생긋 웃으며 바라보는 지혜의 여신 미네르바를.

다음 날 아침부터 요양원은 술렁거렸다. 눈이 내렸기

때문이다. 요양원 앞뜰에 심어 놓은, 바닷바람을 맞아 휜 소나무들에 눈이 쌓였고, 거기서 내려오는 삼십여 개의 돌계단에도, 그 끝에서 이어지는 모래사장에도 눈이 살짝 쌓여 있었다. 내렸다 그치기를 반복하며 눈은 점심 무렵까지 계속됐다.

요조는 침대 위에 엎드려서 눈 내린 풍경을 스케치하고 있었다. 마노에게 부탁해 사 온 목탄지와 연필로 눈이 완전히 그쳤을 무렵부터 작업에 착수했다.

눈에 반사된 빛을 받아 병실은 환했다. 고스게는 소파에 드러누워 잡지를 읽고 있었다. 이따금 목을 빼고 요조의 그림을 들여다봤다. 예술이라는 것에 막연한 경외감을 느끼고 있었다. 그건 요조에 대한 신뢰에서 비롯된 감정이다. 고스게는 어릴 때부터 요조를 봐 왔다. 상당히 독특한 사람이라고 생각했다. 함께 어울리며 요조의 그 독특한 면은 모두 뛰어난 지능에서 온다고 멋대로 판단했다. 세련되고 거짓말을 잘하고 색을 밝히고, 그리고 잔인하기까지 한 요조가, 고스게는 소년 시절부터 좋았다. 특히 학창 시절의 요조가 선생님들의 험담을 들을 때 보이는, 그 타오르는 듯한 눈빛을 사랑했다. 그러나 그의 사랑은 히다와 달리 감상하는 태도였다. 즉, 영리한 것이다. 따라갈 수 있는 데까지는 따라가다가, 어느샌가 모두 하찮아져서 몸을 돌리고 방관한다. 이게 고스게의, 요조나 히다보다 더 새로운 점이리라. 고스게가 예술을 조금이라도 경외한다면, 그건 그 푸른색 외투를 입고 몸가짐을 가다듬는 것과 완전히 같은 의미이며, 이 한낮만 이어지는 인생에 뭔가 기대할 대상을 느끼고 싶은 마음에서다. 요조쯤 되는 남자가 땀투성이가 돼 만들어 내는 것이라면, 분명 예사롭지 않은 거겠지. 단순히 가벼운 마음으로 그렇게 생각하는 것이다. 그런 점에서 보면 역시 요조를 신뢰하고 있다. 하지만 때로는 실망한다. 지금 고스게는 요조의 스케치를 훔쳐보면서 실망하고 있다. 목탄지에 그린 건 그저 바다와 섬의 풍경이다. 그것도 평범한 바다와 섬이다.

고스게는 단념하고 잡지에 실린 이야기에 푹 빠졌다. 병실은 고요했다.

마노는 없었다. 세탁장에서 요조의 울 셔츠를 빨고 있었다. 요조는 이 셔츠를 입고 바다에 입수했다. 비릿한 바다 냄새가 희미하게 배어 있었다.

오후가 되자 히다가 경찰서에서 돌아왔다. 그는 힘차게 병실 문을 열었다.

"오오." 요조가 스케치하는 모습을 보고 요란스레 소리쳤다. "열심히네. 잘하고 있어. 예술가는 역시 작업하는 게 장점이라니까."

그렇게 말하며 침대로 다가가 요조의 어깨 너머로 힐끗 그림을 봤다. 요조는 서둘러 목탄지를 반으로 접었다. 그러고는 그걸 다시 반으로 접으며 쑥스러운 듯 말했다.

"안 되겠어. 한동안 그림을 그리지 않았더니 생각만 앞서서."

히다는 외투를 입은 채 침대 끝에 걸터앉았다.

"그럴지도 모르지. 조바심을 내서 그래. 하지만 그래도 돼. 예술에 진심이라서 그런 거니까. 뭐, 그렇게 생각해. ……대체 뭘 그린 거야?"

요조는 턱을 괴고 유리창 너머로 보이는 풍경을 향해 고개를 까닥했다.

"바다를 그렸어. 하늘과 바다가 모두 새카맣고 섬만 하얀. 그리다 보니 뭔가 재수 없는 느낌이라 관뒀어. 취향이 너무 아마추어 같잖아."

"뭐 어때. 위대한 예술가는 모두 어딘가 아마추어 같잖아. 그걸로 충분해. 처음에는 아마추어고, 그러다 프로가 되고, 다시 아마추어가 되는 거지. 또 로댕 이야기인데, 그는 아마추어의 장점을 노렸어. 아니, 그렇지도 않은가."

"그림을 그만두려고." 요조는 접은 목탄지를 품에 넣고 나서 히다의 이야기를 덮어씌우듯 말했다. "그림은 미적지근해서 못쓰겠어. 조각도 그렇고."

히다는 긴 머리를 쓸어 올리며 쉽게 동의했다. "그런 심정도 이해해."

"가능하면 시를 쓰고 싶어. 시는 정직하니까."

"그래. 시도 좋지."

"하지만 역시 시시해." 모든 걸 시시하게 만들겠다고 생각했다. "나하고 제일 잘 맞는 건 후원자일지도 몰라. 돈을 벌어서 히다 같은 좋은 예술가를 많이 모아 사랑해주는 거지. 그런 건 어떨까. 예술 같은 건 부끄러워졌어."

여전히 턱을 괸 채 바다를 바라보며 말을 마친 뒤, 어떤 반응이 돌아올지 가만히 기다렸다.

"나쁘지 않아. 그것도 훌륭한 생활이라고 생각해. 현실적으로 그런 사람도 없으면 안 되지." 말하면서 히다는 비틀거렸다. 아무것도 반박하지 못하는 자신이 꼭 아첨꾼 같아 싫었다. 소위 예술가로서의 자긍심이 드디어

어릿광대의 꽃

그를 여기까지 끌어올린 것일지도 모른다. 히다는 속으로 대비했다. 이다음 말을!

"경찰에서는 뭐래?"

고스게가 불쑥 말을 꺼냈다. 지극히 무난한 답을 기대하는 것이다.

히다의 동요는 그쪽에서 배출구를 찾아냈다.

"기소한대. 자살방조죄라는 걸로." 말하고 나서 후회했다. 너무 심했다. "그래도 결국은 기소유예가 되겠지."

그때까지 소파에 누워 있던 고스게는 벌떡 일어나 박수를 짝 쳤다. "일이 성가셔졌네." 장난스레 얼버무리려던 것이다. 하지만 실패했다.

요조는 몸을 크게 틀어 드러누웠다.

한 사람을 죽여 놓고서도 너무 태평한 그들의 태도에 불쾌감을 느꼈던 여러분은 이 대목에 이르러서야 비로소 쾌재를 부를 것이다. 꼴좋다, 하고. 하지만 그건 너무 가혹하다. 태평은 무슨. 늘 절망 곁에 있으며 상처받기 쉬운 어릿광대의 꽃을 바람도 쐬지 못하게 만들고 있는 이 서글픔을 여러분이 이해해 주길!

히다는 자기가 뱉은 한 마디의 효과에 어쩔 줄 몰라하며 요조의 발을 이불 위로 살짝 두드렸다.

"괜찮아, 괜찮을 거야."

고스게는 다시 소파에 드러누웠다.

"자살방조죄라." 애써 들뜬 목소리로 말했다. "그런 법도 있었나."

요조는 발을 움츠리며 말했다.

"있어. 징역형이야. 너는 그러고도 법학과 학생이냐?"

히다는 슬픈 미소를 지었다.

"괜찮아. 형님이 힘쓰고 계셔. 형님은 그래도 고마운 분이야. 아주 열심이시라고."

"수완가야." 고스게는 엄숙하게 눈을 감았다. "걱정 안 해도 될지 몰라. 상당한 책사이시니까."

"바보." 히다는 웃음을 터뜨렸다.

침대에서 내려와 외투를 벗어 문 옆의 못에 걸었다.

"좋은 이야기를 들었어." 문 가까이 놓인 둥근 도자기 화로를 쬐며 말했다. "그 여자 남편이 말이야." 히다는 조금 망설이다가 눈을 내리깔고 말을 이었다. "그 사람이 오늘 경찰서에 왔어. 형님과 둘이서 이야기를 나눴는데, 나중에 형님한테 그 내용을 들으니 가슴이 조금 찡하더라고. 돈은 한 푼도 필요 없다, 그냥 그 남자를 만나게 해 달라고 했대. 형님은 그 부탁을 거절했고. 환자가 아직 흥분한 상태라면서 거절했나 봐. 그랬더니 그 사람이 안쓰러운 표정으로 그럼 동생에게 안부 전해 달라, 우리 일은 마음 쓰지 말고 몸조리 잘하라고……." 입을 다물었다.

말하면서도 가슴이 울렁거렸다. 그 남자가 얼마나 실업자답게 남루한 차림을 하고 있었는지에 관해, 경멸하는 듯한 옅은 웃음을 입가에 머금고 이야기하던 요조의 형에 대한, 참을 대로 참은 울분 때문에 더욱 과장을 섞어 아름답게 말한 까닭이다.

"만나게 해 주면 되지. 쓸데없는 참견은." 요조는 오른쪽 손바닥을 바라보고 있었다.

히다는 커다란 몸을 한 번 흔들었다.

"그래도…… 만나지 않는 게 좋겠어. 역시, 이대로 남으로 사는 게 좋아. 벌써 도쿄로 돌아갔어. 형님이 정류장까지 배웅하고 왔거든. 형님이 부의금으로 이백 엔을 줬어. 이제 아무 상관도 없다는 증서 같은 것도 써 달라고 했지."

"역시 수완가라니까." 고스게는 얇은 아랫입술을 비죽였다. "겨우 이백 엔이라니. 정말 대단하셔."

히다는 난로의 불기운으로 기름이 번들거리는 둥그런 얼굴을 사납게 구겼다. 그들은 제 도취에 찬물을 끼얹는 것을 극도로 두려워했다. 그래서 상대방의 도취도 인정해 준다. 애써 거기에 맞춰 준다. 그것이 그들 사이의 묵계(默契)였다. 고스게는 지금 그 규칙을 깼다. 고스게는 히다가 그토록 감격하고 있을 줄은 몰랐다. 그 남편이라는 사람의 나약함이 영 못마땅했고, 그걸 이용하는 요조의 형도 형이다 싶어서, 여전히 남의 이야기처럼 듣고 있던 것이다.

히다는 어슬렁어슬렁 걸어 요조의 침대 머리맡으로 다가왔다. 유리창에 코끝을 바짝 대고 흐린 하늘 아래 바다를 바라봤다.

"그 사람이 대단한 거야. 형님이 수완가라서가 아니고. 그건 아닐 거야. 참 대단해. 인간의 체념이 낳은 아름다움이지. 오늘 아침에 화장을 했는데, 유골함을 안고 혼자 돌아갔대. 기차를 타는 모습이 눈에 어른거려."

고스게는 그제야 이해했다. 바로 한숨을 흘렸다. "미담이네."

"미담이지? 좋은 이야기지?" 히다는 고스게 쪽으로 고개를 돌렸다. 기분이 풀린 것이다. "난 이런 이야기를 들으면 살아 있는 기쁨을 느껴."

큰 결심을 하고 나는 얼굴을 내민다. 이렇게라도 하지 않으면 계속 쓸 수 없을 것 같다. 이 소설은 혼란으로 가득 차 있다. 나 자신이 비틀거리고 있다. 요조가 버겁고, 고스게가 버겁고, 히다가 버겁다. 그들은 나의 치졸한 펜을 견디지 못하고 제멋대로 날아오른다. 나는 그들의 흙 묻은 신발을 붙잡고 좀 기다리라고 울부짖는다. 이쯤에서 진용을 가다듬지 않고서는, 내가 못 견디겠다.

이 소설은 재미가 없다. 자세만 있다. 이런 소설이라면 한 장을 쓰든 백 장을 쓰든 똑같다. 하지만 그 사실은 처음부터 각오하고 있었다. 쓰는 동안 뭔가 하나쯤은 괜찮은 게 나오겠지 낙관하고 있었다. 나는 재수 없는 놈이다. 나는 재수 없는 놈이지만, 뭐 하나라도, 뭐 하나라도 좋은 점이 있지 않을까. 나는 흥을 주체하지 못하는 촌스러운 문장에 절망하면서, 뭐 하나라도, 뭐 하나라도 좋은 점이 있을까 오직 그것만을 여기저기 뒤지며 찾았다. 그러다 나는 조금씩 경직되기 시작했다. 지쳐 쓰러져 버린 것이다. 아아, 소설은 무심하게 써야 한다! 아름다운 감정으로 사람은 나쁜 문학을 만든다. 이 얼마나 어처구니없는 짓인가. 이 말에 역대급의 재앙이 있으리라. 황홀경에 빠지지 않고 소설 같은 걸 쓸 수 있을까. 하나의 단어, 하나의 문장이 열 가지 빛깔의 다른 의미로 자기 가슴에 되돌아온다면, 펜을 꺾어 버려야 한다. 요조나, 히다나, 또한 고스게나, 그렇게 과장되게 잰 체하며 보여 주지 않아도 된다. 어차피 본바탕은 다 드러나 있으니. 쉽게 생각해, 쉽게 생각해라. 무념무상.

그날, 밤이 깊어 갈 무렵 요조의 형이 병실을 찾았다. 요조는 히다, 고스게와 셋이서 트럼프를 하며 놀고 있었다. 어제 형이 처음 이곳에 왔을 때도 그들은 트럼프를 하고 있었다. 하지만 그들이 종일 트럼프만 하고 있는 건 아니다. 그들은 오히려 트럼프를 싫어했다. 어지간히 심심할 때가 아니면 꺼내지 않는다. 그것도 자기 개성을 충분히 발휘할 수 없는 게임은 단호하게 피한다. 마술을 좋아한다. 다양한 트럼프 마술을 직접 연구해서 보여 준다. 그리고 일부러 속임수의 정체를 드러내 알아채게 한다. 웃는다. 더 있다. 카드 한 장을 뒤집어 놓고 자, 무슨 카드일까, 하고 한 사람이 묻는다. 스페이드의 여왕. 클로버의 기사. 각자 머리를 굴려 취향에 맞는 엉터리 답을 늘어놓는다. 카드를 뒤집는다. 알아맞힌 적은 없지만, 그래도 언젠가는 꼭 맞히겠지, 하고 그들은 생각한다. 만약 알아맞히면 얼마나 재미있을까. 즉, 그들은 긴 승부를 싫어하는 것이다. 모 아니면 도. 순간에 번뜩이는 승부를 좋아한다. 때문에 트럼프를 꺼내도 십 분도 들고 있지 못한다. 하루 십 분. 그 짧은 시간에 형이 두 번이나 찾아온 것이다.

병실로 들어온 형은 살짝 눈살을 찌푸렸다. 늘 태평하게 트럼프나 하는구나, 하고 착각한 것이다. 살다 보면 이러한 불행이 간혹 있다. 요조는 미술학교에 다니던 시절에도 이와 같은 불행을 경험한 적이 있다. 어느 날 프랑스어 시간에 그는 세 번쯤 하품을 했고, 그 순간마다 교수와 눈이 마주쳤다. 딱 세 번이었다. 일본 유수의 프랑스어 학자인 그 노교수는 세 번째 하품을 했을 때 더는 못 참겠다는 듯 큰 소리로 말했다. "자네는 내 시간에 하품만 하는군. 한 시간에 백 번을 해." 교수는 마치 어처구니없는 그 하품 횟수를 실제로 세어 보았다고 믿는 모양이었다.

아, 무념무상의 결과를 보라. 나는 끝도 없이 그냥 줄줄 쓰고 있다. 더욱 진용을 가다듬어야 한다. 무심하게 쓰는 경지 같은 건, 나한테는 어림도 없다. 대체 이건 어떤 소설이 될까. 처음부터 다시 읽어 보자.

나는 바닷가의 요양원을 쓰고 있다. 이 주변은 경치가 꽤 좋다고 한다. 그리고 요양원에 있는 사람들도 모두 나쁜 사람이 아니다. 특히 세 청년은, 아아, 이건 우리의 영웅이다. 이거다. 어려운 논리는 아무짝에도 쓸모가 없다. 나는 이 세 사람을 주장할 뿐이다. 좋아, 그걸로 정했다. 억지로라도 정한다. 아무 말 마라.

형은 모두에게 가볍게 인사를 건넸다. 그리고 히다에게 뭐라고 귀띔을 했다. 히다는 고개를 끄덕이며 고스게와 마노에게 눈짓했다.

세 사람이 병실에서 나가기를 기다렸다가 형이 말문을 열었다.

"불이 어둡네."

"응. 이 병원은 불을 환하게 못 켜게 해서. 앉아."

요조가 먼저 소파에 앉으며 말했다.

"그래." 형은 앉지 않고, 어두운 전구가 신경 쓰이는지 위를 힐끗거리며, 비좁은 병실을 이리저리 서성거렸다. "일단 내 쪽은 처리했다."

"고마워." 요조는 소리 없이 말하면서 살짝 고개를 숙였다.

"나는 괜찮아. 하지만 이제 집에 가면 또 시끄러워지겠지." 오늘은 하카마 차림이 아니었다. 검은색 겉옷에는 어째서인지 여밈 끈이 달려 있지 않았다. "나도 최선을 다하겠지만, 너도 아버지에게 적당히 편지를 보내는 게 좋을 것 같아. 너나 네 친구들은 태평해 보이는데, 이 사건 제법 성가신 일이야."

요조는 대답하지 않았다. 소파에 흩어져 있는 트럼프 카드 한 장을 들고 바라봤다.

"보내기 싫으면 보내지 마. 모레 경찰서에 출두하고. 경찰에서도 지금까지 배려해서 조사를 미뤄 준 거야. 오늘은 나랑 히다가 증인으로 취조 받았어. 평소 네 행실을 물어서 얌전한 편이었다고 대답했다. 사상적으로 불온한 점은 없었느냐기에 절대 없다고 했어."

형은 서성거리던 걸음을 멈추고 요조 앞 화로를 막고 서서는 큼직한 두 손을 숯불 위에 올려놨다. 요조는 그 손이 가늘게 떨리는 걸 멍하니 보았다.

"여자에 관해서도 물었어. 전혀 모른다고 했어. 히다도 거의 같은 심문을 받았다더라. 내 답변이랑 일치하는 것 같았어. 너도 있는 그대로 말하면 돼."

요조는 형이 무슨 말을 하려는지 알고 있었다. 하지만

시치미를 뗐다.

"필요 없는 말은 안 해도 돼. 묻는 것에만 분명히 대답하라고."

"기소될까?" 요조는 오른손 검지로 트럼프 카드 가장자리를 만지며 나지막이 중얼거렸다.

"모르겠다. 그건 어떻게 될지." 형은 강한 어조로 말했다. "어차피 사오 일은 경찰에 붙잡혀 있을 테니, 준비해서 가. 경찰서에 같이 가자."

형은 화롯불에 시선을 떨어뜨린 채 한동안 가만히 있었다. 녹은 눈이 떨어지는 소리가 파도 소리에 섞여 들렸다.

"이번 사건은 그렇다 쳐도." 형은 난데없이 불쑥 말문을 열었다. 그러고는 덤덤한 말투로 술술 말을 이었다. "너도 앞으로의 일을 생각해야지. 집에 돈이 많은 것도 아니니까. 올해는 큰 흉작이 들었어. 너한테 말한들 소용없겠지만, 우리 은행도 지금 위태위태하고, 상황이 영 좋지 않아. 너는 웃을지도 모르는데, 예술가든 뭐든, 생활을 제일 우선해야 하지 않겠냐. 뭐, 앞으로 다시 태어났다 생각하고 열심히 살아. 난 이제 간다. 히다와 고스게는 내 숙소에서 묵는 게 좋겠어. 여기서 밤마다 떠들썩하게 지내는 건 안 될 일이야."

"내 친구들 다 괜찮죠?"

요조는 짐짓 마노 쪽으로 등을 돌리고 누워 있었다. 그날 밤부터 마노는 원래대로 소파 침대에서 자게 됐다.

"네. ……고스게 씨라는 분." 조용히 몸을 틀었다. "재미있는 분이더라고요."

"맞아. 나이도 어려. 나하고 세 살 차이니까 스물둘. 죽은 내 동생하고 동갑이에요. 녀석은 내 나쁜 점만 흉내 내고 있죠. 히다는 대단한 녀석이에요. 벌써 제 몫을 하고 있거든요. 아주 야무져." 잠시 뜸을 들였다가 작은 소리로 덧붙였다. "내가 이런 짓을 저지를 때마다 열심히 날 감싸 줘요. 우리한테 억지로 맞춰 주는 거지. 다른 일에는 강한데 우리한테만 벌벌 떨어. 왜 그러는지."

마노는 대답하지 않았다.

"그 여자 얘기 해 줄까요?"

역시 마노에게 등을 돌린 채, 느릿한 어조로 간신히 말했다. 요조는 뭔가 멋쩍은 기분이 들었을 때, 그걸 피하는 방법을 모르는 탓에 그 멋쩍은 감정을 철저하게 드러내지 않으면 직성이 풀리지 않는 슬픈 버릇이 있었다.

"시시한 이야기." 마노가 뭐라 말하기도 전에, 요조는 이미 이야기를 시작했다. "진작 누구한테 들었겠지만,

여자 이름은 소노예요. 긴자의 바에서 일했지. 사실 나는 그 가게에 세 번, 아니 네 번밖에 안 갔어요. 히다와 고스게도 이 여자에 대해서만큼은 모르죠. 나도 말 안 했고." 그만둘까. "시시한 얘기예요. 여자는 생활고 때문에 죽었어요. 죽기 직전까지 우리는 서로에게 전혀 다른 생각을 하고 있었지. 소노는 바다에 뛰어들기 전에, 당신, 우리 선생님을 닮았어요, 라고 하지 뭐예요. 내연남이 있던 거예요. 이삼 년 전까지 학교 선생을 했다던가. 나는 왜 그 사람과 죽으려고 했던 걸까. 역시 좋아했던 거겠지." 이제 그의 말을 믿어서는 안 된다. 그들은 왜 이렇게 자기 이야기를 하는 데 서툰 걸까. "이래 봬도 나는 좌익 활동을 했어요. 전단을 뿌리고, 데모를 하고, 깜냥도 안 되는 짓을 했지. 웃기죠. 꽤 힘들었어요. 우리는 선구자라는 영광에 혹한 것뿐이었죠. 애초부터 내 깜냥이 아니었어. 아무리 발버둥 쳐도 무너져 갈 뿐. 나 같은 놈은 곧 거지가 될지도 몰라요. 집이 파산이라도 하면 그날부터 먹고살기 힘들어지니까. 할 수 있는 일도 없고, 뭐, 거지나 되겠죠." 아아, 말을 하면 할수록 자신이 거짓말쟁이에 정직하지 못한 기분만 드는 이 크나큰 불행이란! "나는 운명을 믿어. 아등바등하지 않겠어. 사실

난 그림을 그리고 싶어. 그냥 그리고 싶어." 머리를 긁적이며 웃었다. "좋은 그림을 그릴 수 있다면 말이지."

좋은 그림을 그릴 수 있다면 말이지, 라고 했다. 게다가 웃으며 말했다. 청년들은 진지하게는 아무 말도 못한다. 특히 진심을 웃음으로 얼버무린다.

밤이 밝았다. 하늘에는 구름 한 점 없었다. 어제 내린 눈은 거의 녹아 사라졌고 소나무 그늘과 돌계단 구석에만 회색으로 변해 조금 남아 있었다. 바다에는 물안개가 자욱하게 피어올랐다. 그리고 그 안개 안쪽 곳곳에서 어선의 발동기 소리가 났다.

원장은 아침 일찍 요조의 병실을 찾았다. 요조의 몸을 꼼꼼히 진찰한 뒤 안경 너머의 작은 눈을 깜빡이며 말했다.

"대체로 괜찮은 것 같네요. 하지만 조심해요. 경찰 쪽에는 저도 잘 말해 놓을게요. 아직 완전히 회복된 건 아니니까요. 마노 씨, 얼굴에 붙인 반창고는 이제 떼도 되겠어."

마노는 즉시 요조의 거즈를 떼어 냈다. 상처는 아물어 있었다. 딱지가 떨어지자, 그저 불그스름한 반점만 남았다.

"이런 말을 하는 게 결례인 줄은 알지만, 앞으로는 정말 공부에만 전념하길 바랍니다."

원장은 그렇게 말하고는 쑥스러운 듯 바다 쪽으로 시선을 돌렸다.

요조도 왠지 겸연쩍었다. 침대에 앉은 채 벗어 놓은 옷을 다시 입으며 가만히 있었다.

그때 낭랑한 웃음소리와 함께 문을 열고 히다와 고스게가 구르듯 병실로 들어왔다. 모두 아침 인사를 주고받았다. 원장도 이 두 사람과 인사를 나누고는 우물거리며 말을 건넸다.

"오늘이 마지막 날이군요. 아쉽네요."

원장이 떠나고 난 뒤 고스게가 가장 먼저 말문을 열었다.

"아주 싹싹하네. 문어 같은 낯짝이야." 그들은 남의 얼굴에 관심이 많았다. 얼굴로 그 사람의 모든 가치를 매기곤 했다. "식당에 저 사람 그림이 걸려 있었어. 훈장을 달고 있더라."

"형편없는 그림이야."

히다는 그렇게 말하고는 베란다로 나갔다. 오늘은 형

의 옷을 빌려 입고 있었다. 묵직한 갈색 천이었다. 옷깃에 신경 쓰며 베란다 의자에 앉았다.

"히다도 이렇게 보니까 대가의 풍모가 느껴지네." 고스게도 베란다로 나갔다. "요짱, 트럼프 안 할래?"

세 사람은 의자를 들고 베란다로 나가서, 정체 모를 게임을 시작했다.

게임 중에 고스게가 진지하게 중얼거렸다.

"히다, 잰 체가 심하네."

"바보 같은 녀석. 너야말로. 그 손놀림은 뭐냐"

세 사람은 키득거리며 웃음을 터뜨렸고, 동시에 가만히 옆 베란다를 훔쳐봤다. 1호실 환자도 2호실 환자도 일광욕 침대에 누워 세 사람의 모습을 보고 얼굴을 붉히며 웃고 있었다.

"대실패다. 알고 있었어?"

고스게는 입을 크게 벌리고 요조에게 눈짓을 했다. 세 사람은 한바탕 웃음을 터뜨렸다. 그들은 종종 이런 광대 짓을 하곤 했다. 트럼프 안 할래, 하고 고스게가 말을 꺼내면, 요조와 히다도 그 말에 숨겨진 꿍꿍이를 알아채는 것이다. 막이 내릴 때까지의 줄거리를 숙지한다. 천연의 아름다운 무대 장치를 발견하면 어째서인지 그들은 연극이 하고 싶어진다. 그건 기념의 의미일지도 모른다. 이 경우 무대 배경은 아침 바다다. 그러나 이때의 웃음소리는 그들조차 생각지 못한 대사건을 불러일으켰다. 마노가 요양원 간호부장에게 꾸지람을 들은 것이다. 웃음소리가 울려 퍼진 지 오 분도 지나지 않아 마노는 간호부장의 방으로 불려가 조용히 하라고 호되게 혼이 났다. 울먹이며 방에서 뛰쳐나온 마노는 트럼프를 관두고 병실에서 빈둥거리던 세 사람에게 이 사실을 알렸다.

세 사람은 고통스러울 정도로 기가 확 죽어서 한동안 그저 얼굴을 마주 보고 있었다. 현실의 소리가 그들에게 의기양양한 희극은 당장 치워 버려 하고 비웃으며 때려 부순 것이다. 이건 거의 치명적일 수도 있었다.

"아뇨, 아무 일도 아니에요." 마노는 되레 격려하듯 말했다. "이 병동에는 중증 환자가 한 명도 없고, 2호실 환자 어머니도 저와 복도에서 만났을 때 활기가 넘친다면서 좋아하셨어요. 매일 우리는 여러분 이야기에 즐겁게 웃기만 한다고 하셨죠. 괜찮아요. 개의치 마세요."

"아니……." 고스게가 소파에서 일어났다. "괜찮지 않아. 우리 때문에 당신 체면이 구겨졌잖아요. 간호부장은 왜 우리한테 직접 말하지 않는 거야? 여기로 데려와. 우리가 그렇게 싫으면 지금 당장이라도 퇴원시키면 되잖아. 언제든 퇴원해 주겠다고."

세 사람 다 이 순간에 진심으로 퇴원하기로 결심했다. 특히 요조는 자동차를 타고 해변을 따라 도주하는 유쾌한 네 사람의 모습을 아득히 떠올렸다.

히다도 소파에서 일어나 웃으며 말했다. "해 볼까? 다 같이 간호부장에게 몰려갈까? 우리를 혼내다니, 멍청하긴."

"퇴원하자." 고스게가 문을 살짝 발로 찼다. "이런 쩨쩨한 병원은 재미없어. 혼을 내는 건 상관없어. 하지만 혼내기 전의 마음가짐이 문제야. 우리를 무슨 불량소년처럼 생각한 게 틀림없다고. 머리 나쁘고 부르주아 티를 내며 주절주절 말 많은 평범한 모던 보이라고 생각하는 거야."

말을 마친 그는 다시 문을 더 세게 발로 걷어찼다. 그러고는 못 참겠다는 양 웃음을 터뜨렸다.

요조는 침대에 털썩 드러누웠다. "그럼 나 같은 건 연애지상주의자 샌님이라 보겠네. 더는 안 되겠어."

그들은 이 야만인의 모욕에 여전히 부아가 치밀었지만, 쓸쓸하게 생각을 고쳐먹고 그걸 적당히 희화화하려

했다. 그들은 항상 이런 식이었다.

그러나 마노는 솔직했다. 뒷짐을 지고 문 옆 벽에 기대서, 말려 올라간 윗입술을 더욱 삐죽거리며 말했다.

"그렇다니까요. 정말 너무해요. 어젯밤에도 간호부장실에 다 같이 모여서 카루타(일본의 카드 놀이로 시가 적힌 카드를 늘어놓고 시의 첫 구절을 읽으면 다음 구절이 적힌 카드를 낸다.─옮긴이 주) 같은 걸 하면서 떠들었으면서."

"맞아. 열두 시 넘어서까지 시끄러웠다고. 바보 아냐."

요조는 그렇게 중얼거리며 침대 곁에 흩어진 목탄지 한 장을 주워서 드러누운 채 낙서를 하기 시작했다.

"본인이 뒤가 켕기는 짓을 하니까 남의 좋은 점을 몰라보는 거예요. 소문인데, 간호부장님 원장님 첩이래요."

"그래요? 좋은 점이 있네." 고스게는 뛸 듯이 기뻐했다. 그들은 사람들의 추문을 미덕처럼 여겼다. 믿음직스럽다고 생각하는 것이다. "훈장을 단 원장에게 첩이 있다니. 좋은 점이 있었네."

"정말이지 천진난만한 얘기만 하면서 웃고 지내시는데, 왜 모르는 걸까요. 신경 쓰지 말고 마음껏 떠드세요.

개의치 마시고요. 오늘 하루잖아요. 살면서 혼 한번 난 적 없이 곱게 자란 분들인데." 마노는 한 손을 얼굴에 대고 갑자기 나지막이 울기 시작했다. 울면서 문을 열었다.

히다가 마노를 붙잡으며 속삭였다. "간호부장한테 가면 안 돼요. 그러지 마요. 별일도 아닌데."

두 손으로 얼굴을 감싼 채 두세 번 연방 고개를 끄덕이며 복도로 나갔다.

"정의감이 남다르네." 마노가 떠난 뒤, 고스게는 히죽거리며 소파에 앉았다. "울기까지 하고. 자기 말에 취한 거야. 평소에는 어른스러운 척해도 역시 여자야."

"특이해." 히다는 좁은 병실을 서성거렸다. "난 처음부터 특이하다고 생각했어. 이상하단 말이야. 울면서 뛰쳐나가려고 해서 놀랐어. 설마 간호부장을 찾아간 건 아니겠지?"

"그러지는 않았을 거야." 요조는 태연한 척 그렇게 말하더니 낙서한 목탄지를 고스게를 향해 던졌다.

"간호부장의 초상화군." 고스게는 숨이 넘어가라 낄낄거렸다.

"똑같네." 히다도 서서 목탄지를 들여다봤다. "여자 요괴군. 걸작이야. 닮았어?"

"판박이야. 전에 원장을 따라 여기 온 적 있거든. 대단한 실력이네. 연필 좀 줘 봐." 고스게는 요조에게 연필을 받아 목탄지에 덧그렸다. "여기다 이렇게 뿔을 그리면 훨씬 더 닮았어. 부장실 문에 붙여 놓을까?"

"산책하러 나가자." 요조는 침대에서 내려와 기지개를 켰다. 그러면서 조용히 중얼거렸다. "풍자화의 대가."

풍자화의 대가. 나도 슬슬 진저리가 난다. 이건 통속 소설이 아닐까? 그렇다면 경직되려는 내 신경에 대해서도, 또한 아마도 마찬가지일 여러분의 신경에 대해서도, 다소 해독의 의미가 있기를 의도하며 넣은 한 장면이었는데, 아무래도 너무 어설펐다. 내 소설이 고전의 반열에 오르면―아아, 내가 미친 걸까― 여러분은 도리어 내 이런 주석을 거추장스럽게 여기겠지. 작가의 의식이 미처 닿지 않은 곳까지 제멋대로 추측하며, 걸작일 수밖에 없는 이유를 큰 소리로 외쳐 대겠지. 아아, 죽은 대작가는 행복하다. 살아남은 어리석은 작가는 제 작품을 한 명이라도 많은 이들이 사랑해 주기를 바라고 땀을 뻘뻘 흘리면서 빗나간 주석만 달고 있다. 그리고 주석투성이의 성가신 졸작을 만들어 낸다. 멋대로 하라고 뿌리치는 그런 강인한 정신이 내게는 없다. 좋은 작가는 못 되겠군. 역시 응석받이다. 그래. 대발견이네. 뼛속까지 응석받이야. 응석 속에서 나는 잠깐의 휴식을 취하고 있다. 아아, 이제 아무래도 상관없어. 내버려두라고. 어릿광대의 꽃도 아무래도 여기서 시든 것 같다. 게다가 비루하고 볼품없고 꾀죄죄하게 시들었다. 완벽을 향한 동경. 걸작으로의 유혹. "이제 지긋지긋하다. 기적의 창조주!"

마노는 세면실로 몰래 들어갔다. 실컷 울려고 했다. 하지만 그렇게 눈물이 나오지 않았다. 세면실 거울을 보며 눈물을 닦고 머리카락을 정리한 뒤에 늦은 아침을 먹으러 식당으로 갔다.

식당 입구 근처 테이블에 6호실의 대학생이 빈 수프 접시를 놓고 홀로 우울하게 앉아 있었다.

마노를 보고 미소 지었다. "환자 분은 건강하신 것 같네요."

마노는 멈춰 서서 그 테이블 가장자리를 단단히 잡으며 대답했다.

"네, 천진난만한 말씀만 하셔서 우리를 웃게 해 주고 있답니다." "그럼 다행이군요. 화가시라고요?"

"네. 멋진 그림을 그리고 싶다고, 계속 그러세요." 말하다 귀까지 빨개졌다. "진지해요. 진지하니까, 진지하니까 괴로운 일도 생기는 거죠."

"맞아요. 맞아요." 대학생도 얼굴을 붉히며 진심으로 동의했다.

대학생은 곧 퇴원하게 돼서 관대해졌다.

이런 식의 관대함은 어떤가? 여러분은 이런 여자를 싫어하나. 젠장! 고리타분하다고 비웃어라. 아아, 이제 휴식조차 멋쩍어졌다. 나는 한 여자조차 주석 없이는 사랑하지 못하는 것이다. 어리석은 남자는 쉬는 것도 제대로 못한다.

"저기야. 저 바위야."

요조는 배나무의 마른 가지 사이로 언뜻 보이는 커다랗고 평평한 바위를 가리켰다. 바위 곳곳에 있는 움푹 팬 곳에 어제 내린 눈이 남아 있었다.

"저기서 뛰어내린 거야." 요조는 익살스럽게 눈을 동그랗게 뜨고 말했다.

고스게는 가만히 있었다. 정말 아무렇지도 않은 걸까, 하고 요조의 마음을 헤아려 봤다. 요조도 아무렇지도 않게 말한 건 아니었지만, 그 말을 부자연스럽지 않게 말할 수 있을 정도의 기량을 가지고 있었다.

"그만 갈까?" 히다는 옷자락을 두 손으로 접었다.

세 사람은 모래사장을 되돌아 걷기 시작했다. 바다는 잔잔했다. 한낮의 햇살을 받아 하얗게 빛나고 있었다.

요조는 바다를 향해 돌을 하나 던졌다.

"마음이 놓여. 지금 뛰어들면 아무 문제도 없어. 빚도, 학교도, 고향도, 후회도, 걸작도, 수치도, 마르크시즘도, 그리고 친구도, 숲도, 꽃도, 다 아무래도 좋아. 이걸 깨달았을 때 나는 그 바위 위에서 웃었지. 마음이 놓여서."

고스게는 흥분을 감추기 위해 쓸데없이 조개를 줍기 시작했다.

"유혹하지 마." 히다는 억지로 웃었다. "나쁜 취미야."

요조도 웃음을 터뜨렸다. 세 사람의 발소리가 사박사박 기분 좋게 모두의 귓가에 울려 퍼졌다.

"화내지 마. 방금 한 말은 조금 과장했어." 요조는 히다와 어깨를 맞대고 걸었다. "하지만 이것만큼은 사실이야. 여자가 뛰어들기 전에 뭐라고 속삭였는지."

고스게는 호기심에 불타는 눈을 교활하게 뜨고 일부러 두 사람에게서 떨어져 걸었다.

"아직도 귀에 달라붙어 있어. 시골말로 이야기하고 싶다는 거야. 여자의 고향은 남쪽 끝이었어."

"안 돼! 내겐 너무 과분해."

"정말. 정말 그러게 말이야. 하하. 그 정도 여자야."

커다란 어선이 모래사장 위에서 쉬고 있었다. 그 옆에는 지름이 약 이 미터는 됨직한 멋들어진 어롱 두 개가 나뒹굴었다. 고스게는 그 어선의 검은 옆구리를 향해 주운 조개를 힘껏 내던졌다.

세 사람은 숨이 막힐 정도로 불편함을 느꼈다. 만약 이 침묵이 일 분 더 이어졌다면, 그들은 차라리 덜컥 바다로 몸을 던졌을지도 모른다.

고스게가 난데없이 소리쳤다.

"저기 봐, 저기 보라고." 앞바다를 가리키고 있었다. "1호실하고 2호실이야!"

계절과 어울리지 않는 하얀 양산을 쓰고 두 소녀가 이쪽을 향해 걸어왔다.

"발견이네." 요조도 기운을 되찾았다.

"말 걸어 볼까?" 고스게는 한쪽 발을 들어 신발에 묻은 모래를 털어 내고 요조의 얼굴을 들여다봤다. 명령만 내리면 달려가겠다는 뜻이었다.

"그만, 그만둬." 히다는 매서운 얼굴로 고스게의 어깨를 붙잡았다.

양산은 멈춰 섰다. 한동안 뭐라고 이야기를 나누더니, 등을 홱 돌리고 다시 조용히 걸음을 옮겼다.

"따라갈까?" 이번에는 요조가 야단을 떨었다. 고개 숙인 히다의 얼굴을 힐끗 봤다. "관두자."

히다는 쓸쓸해서 견딜 수 없었다. 이 두 친구에게서 점점 멀어져 가는 자신의 시든 피를 방금 똑똑히 느꼈다. 생활 때문일까, 하고 생각했다. 히다의 생활은 다소 고달팠다.

"그래도 좋네." 고스게는 서양 사람처럼 어깨를 으쓱했다. 어떻게든 이 상황을 잘 수습하려고 애쓰는 것이다. "우리가 산책하는 걸 보고 자극을 받은 거야. 아직 어리니까. 가엾게도. 기분이 묘하네. 어, 조개를 줍고 있네. 날 따라 하잖아?"

히다는 마음을 다잡고 미소 지었다. 요조의 미안해하는 눈동자와 마주쳤다. 둘이 함께 뺨을 붉혔다. 알고 있다. 서로를 위로하고 싶은 마음으로 가득하다는 걸. 그들은 나약함을 가엾게 여겼다.

세 사람은 따스한 바닷바람을 받으며 저 멀리 양산을

바라보고 걸었다.

멀리 하얀 요양원 건물 아래에서 마노가 그들이 돌아오기를 기다리고 있었다. 낮은 문기둥에 기대어 서서, 눈부신 듯 오른손을 들어 햇볕을 가린 채였다.

마지막 날 밤, 마노는 들떠 있었다. 잠자리에 들어서도 자신의 소박한 가족들과 훌륭한 조상들에 관한 이야기를 길게 늘어놓았다. 요조는 밤이 깊어갈수록 말수가 적어졌다. 여전히 마노에게 등을 돌린 채 건성으로 대꾸하며 다른 생각을 했다.

마노는 이내 눈 위에 난 상처에 관해 이야기하기 시작했다.

"세 살 때에⋯⋯." 아무렇지도 않게 말하려 했지만 실패했다. 목소리가 목구멍에 딱 엉겨 붙었다. "램프가 엎어져서 화상을 입었거든요. 성격이 삐뚤어졌어요. 학교에 들어갈 즈음에는 이 상처가 훨씬 더 컸거든요. 학교 친구들은 저를 반딧불이야, 반딧불이야⋯⋯." 잠시 침묵이 흘렀다. "그렇게 불렀어요. 그때마다 반드시 복수해주겠다고 생각했어요. 네, 정말로요. 대단한 사람이 되어야겠다고 생각했죠." 마노는 혼자 웃음을 터뜨렸다.

"우습죠. 어떻게 대단한 사람이 되겠어요. 안경을 쓸까요. 안경을 쓰면 이 상처가 조금 가려지지 않을까요."

"관둬. 더 이상해 보여요." 요조는 성난 것처럼 느닷없이 툭 말을 던졌다. 여자에게 애정을 느꼈을 때, 짐짓 매몰차게 대하는 고풍스러운 기질을 그 역시 갖고 있는 것이리라. "그대로가 좋아. 눈에 안 띄어요. 그만 자죠. 내일 일찍 일어나야 하니까."

마노는 입을 다물었다. 내일 헤어지는 것이다. 어라, 남이었잖아. 부끄러운 줄 알아라. 부끄러운 줄 알아. 나는 내 나름대로 자긍심을 갖자. 기침을 하거나 한숨을 내쉬다가, 이리저리 거칠게 몸을 뒤척였다.

요조는 모르는 척하고 있었다. 무슨 생각에 잠겨 있었는지는 말할 수 없다.

우리는 그보다 파도 소리나 갈매기 소리에 귀를 기울이자. 그리고 이 나흘간의 생활을 처음부터 떠올려보자. 현실주의자를 자칭하는 사람은 이렇게 말할지도 모르겠다. 이 나흘간은 풍자와 익살로 가득했다고. 그렇다면 대답해 주지. 내 원고가 편집자의 책상 위에서 주전자 받침으로 쓰였던 건지, 검게 탄 커다란 자국과 함께 반송된 일도 풍자. 아내의 어두운 과거를 추궁하며 일희

일비한 것도 풍자. 전당포 포럼을 지나 들어가는데도 옷깃을 여미고, 제 몰락한 모습을 보이지 않으려 몸가짐을 단정히 하는 것도 풍자. 우리 자체가 풍자적인 생활을 하고 있다. 그런 현실에 치인 남자가 애써 내보이는 인내의 태도. 그걸 이해하지 못한다면, 나와 너는 영원히 남이다. 어차피 풍자할 거면 좋은 풍자. 진정한 생활. 아아, 그건 너무 멀다. 나는 최소한 인정으로 가득 찬 이 나흘간을 천천히, 천천히 그리워하겠다. 단, 나흘간의 추억이 오 년, 십 년의 생활보다 소중할 수 있다. 나흘간의 추억이 아아, 일평생보다 소중할 수도 있다.

마노의 편안한 숨소리가 들렸다. 요조는 끓어오르는 감정을 견디기 힘들었다. 마노 쪽으로 돌아누우려고 늘씬한 몸을 돌린 순간, 격한 목소리가 귓가에 속삭였다.

그만둬! 반딧불이의 신뢰를 배신하지 마라.

밤이 하얗게 밝아 올 무렵, 두 사람은 이미 잠에서 깨 있었다. 요조는 오늘 퇴원한다. 나는 이날이 오는 게 두려웠다. 그건 어리석은 작가의 질척거리는 감상일 것이다. 이 소설을 쓰면서 나는 요조를 구원하고 싶었다. 아니, 바이런이 되는 데 실패한, 진흙투성이의 여우 한 마리가 용서받기를 원했다. 그것만이 고통 속의 은밀한 기원이었다. 그러나 이날이 다가올수록 나는 전보다 더 황량한 기운이 또다시 요조를, 나를 조용히 덮쳐 오는 걸 느낀다. 이 소설은 실패다. 아무런 비약도 없고, 아무런 해탈도 없다. 나는 스타일에 지나치게 신경 쓴 것 같다. 그러한 까닭에 이 소설은 심지어 천박해졌다. 하지 않아도 될 말을 너무 많이 했다. 게다가 더 중요한 걸 많이 놓친 것 같은 느낌이다. 이것은 잰 체하는 것처럼 들릴 수도 있겠지만, 내가 오래 살아서 몇 년 후에 이 소설을 다시 드는 일이 있다면, 나는 얼마나 비참할까. 아마 한 페이지도 읽지 못하고 견디기 힘든 자기혐오에 빠져 책을 덮어 버릴 것이다. 지금 이 순간에도 나는 앞부분을 다시 읽을 기력이 없다. 아아, 작가는 제 모습을 드러내서는 안 된다. 그건 작가의 패배다. 인간은 아름다운 감정으로 악한 문학을 만든다. 나는 세 번 이 말을 반복하겠다. 그리고 승인하겠다.

　나는 문학을 모른다. 한 번 더 처음부터 다시 시작할까. 이봐, 어디서부터 손대면 좋을까.

　나야말로 혼돈과 자존심으로 똘똘 뭉친 놈이 아닐까. 이 소설도 그저 그런 정도가 아니었을까. 아아, 어째서 나는 모든 걸 서둘러 단정하려 할까. 모든 사념을 매듭짓지 않고서는 살아갈 수 없다는, 그런 쩨쩨한 근성을 대체 누구에게 배웠지?

쓸까. 세이쇼엔의 마지막 아침을 써 보자. 어떻게든 되겠지.

마노는 요조에게 뒷산으로 경치를 구경하러 가자고 했다.

"경치가 아주 좋아요. 지금쯤이면 분명 후지산이 보일 거예요."

요조는 새카만 양모 목도리를 두르고, 마노는 간호복 위에 소나무 잎 무늬가 들어간 겉옷을 껴입고, 빨간 털실로 뜬 숄을 얼굴이 파묻힐 정도로 둘둘 감고, 함께 요양원 뒤뜰로 나막신을 신고 나갔다. 뒤뜰 바로 북쪽에는 높다란 적토 절벽이 우뚝 솟아 있었고, 거기에 좁은 철제 사다리 하나가 걸쳐져 있었다. 마노가 먼저 그 사다리를 날랜 걸음으로 쭉쭉 올라갔다.

뒷산에는 마른 풀들이 무성했고, 온통 서리를 맞았다.

마노는 양쪽 손가락 끝에 하얀 입김을 불어 녹이면서 달리듯 산길을 올랐다. 산길은 완만한 경사를 이루며 굽이굽이 휘어 있었다. 요조도 서리를 밟으며 그 뒤를 따랐다. 얼어붙은 공기 속에서 즐겁게 휘파람을 불었다. 인적 없는 산. 어떤 일이든 일어날 수 있었다. 마노는 그런 걱정을 안겨 주고 싶지 않았다.

움푹 팬 곳으로 내려왔다. 이곳에도 마른 억새가 우거져 있었다. 마노는 걸음을 멈췄다. 요조도 대여섯 걸음 떨어진 곳에 멈춰 섰다. 바로 옆에 하얀 텐트 오두막이 있었다.

마노는 그 오두막을 가리키며 말했다.

"일광욕장이에요. 경증 환자들이 벌거벗고 이곳에 모여요. 네, 지금도요."

텐트에도 서리가 내려 반짝였다.

"올라가자."

어째서인지는 모르겠지만, 조바심이 났다.

마노는 다시 뛰쳐나갔다. 요조도 뒤따랐다. 낙엽송이 늘어선 좁다란 가로수 길로 접어들었다. 지친 두 사람은 슬렁슬렁 걷기 시작했다.

요조는 숨 가쁘게 어깨를 들썩이며 큰 소리로 말했다.

"설 명절을 여기서 보낼 거예요?"

돌아보지도 않고 역시나 큰 소리로 대답이 돌아왔다.

"아뇨. 도쿄로 돌아가려고요."

"그럼 놀러 와. 히다와 고스게도 매일 같이 우리 집에 놀러 오거든요. 아무렴 감옥에서 명절을 맞이하지는 않겠지. 분명 잘 풀릴 거야."

아직 보지 못한 검사의 시원스러운 웃음마저 가슴에 그려 보는 것이었다.

여기서 마무리하면! 옛 대가들은 이런 장면에서 의미심장하게 이야기를 마친다. 하지만 요조도 나도, 아마 여러분도 이런 식의 면피성 위안은 이제 지긋지긋할 것이다. 설날도, 감옥도, 검사도 우리에게는 아무래도 좋다. 애초에 우리가 검사 따위에 신경을 썼던가. 우리는 그저 산 정상에 이르고 싶다. 그곳에 뭔가 있다. 뭔가 있겠지. 약간의 기대를 거기에 걸고 있다.

드디어 정상에 도착했다. 정상은 평평하게 땅을 다져 놓았는데, 열 평쯤 되는 적토가 드러나 있었다. 한가운데에 낮은 통나무 정자가 있고, 정원석 같은 것까지 여기저기 놓여 있었다. 모두 서리를 뒤집어썼다.

"이런, 후지산이 안 보여요."

마노는 코끝이 새빨개져 외쳤다.

"이 근처에서는 또렷하게 보이는데."

흐린 동쪽 하늘을 가리켰다. 아침 해는 아직 뜨지 않

앗다. 기묘한 빛깔의 조각구름이 피어올랐다가 가라앉고, 가라앉았다가는 다시 느릿하게 흘러갔다.

"아니, 괜찮아."

산들바람이 뺨을 엔다.

요조는 아득한 바다를 내려다보았다. 바로 발밑은 약 구십 미터나 되는 절벽이었고, 그 바로 아래로 작게 에노시마가 보였다. 짙은 아침 안개 깊숙이 바닷물이 넘실넘실 출렁거렸다.

그리고, 아니, 그뿐이다.

한심한 사람들

あさましきもの

1937년 3월 잡지 《어린 풀(若草)》에 처음 발표된 작품이며, 《다자이 오사무 전집 2》(1988년, 지쿠마(소보)에 수록된 글을 원문으로 하여 번역했다.

─활쏘기 시합에서 덜덜 떨며 길게 쏜 화살이 과녁에서 벗어나 다른 곳으로 가 버렸다.

이런 이야기를 들었다.

담뱃가게에 작고 사랑스러운 아가씨가 있었다. 남자는 이 아가씨를 위해 술을 끊겠다고 결심했다. 아가씨는 남자의 그 결심을 듣고 "기뻐요." 하고 중얼거리며 고개를 숙였다. 기쁜 눈치였다. "내 강한 의지를 믿어 줄 거지?" 남자의 목소리도 진지했다. 아가씨는 말없이 고개만 끄덕였다. 믿은 눈치였다.

하지만 남자의 의지는 강하지 않았다. 그로부터 이틀 뒤, 이미 술을 마셨다. 저물녘, 남자는 비틀거리며 담뱃가게 앞에 서 있었다.

"미안해." 하고 작은 소리로 말하며 고개를 숙였다. 진심으로 미안하다고 생각했다. 아가씨는 웃고 있었다.

"다음부터는 절대 안 마실게."

"뭐예요." 아가씨는 해맑게 웃고 있었다.

"이번만 봐 줘."

"그러지 마요, 술 마신 흉내나 내고."

남자는 단박에 술이 깼다. "고마워. 이제 안 마실게."

"적당히 놀려요."

"아니, 나는, 내가 정말 마셨거든."

다시 아가씨의 눈을 바라봤다.

"분명히." 아가씨는 맑은 미소로 대답했다. "맹세했잖아요. 그런데 술을 마셨을 리가요. 내 앞에서는 연기 그만해요."

처음부터 한 치의 의심도 없던 것이다.

남자는 영화배우였다. 오카다 도키히코 씨의 이야기다. 얼마 전 돌아가셨지만, 수수한 사람이었다. 그때 얼마나 가슴이 미어졌는지, 하고 감회에 젖은 목소리로 말한 뒤 정중하게 홍차를 한 모금 마셨다.

또 이런 이야기도 들었다.

아무리 오래 산책을 해도, 그래도 부족했다고 한다. 인적 드문 밤길. 여자는 숨을 가쁘게 몰아쉬며 연방 몸을 비비 꼬았다. 하지만 대학생은 레인코트 주머니에 두 손을 찔러 넣은 채 서둘러 걸음을 옮겼다. 여자는 그 대학생의 모난 어깨에 제 보드랍고 둥근 어깨를 부비듯이 하며 남자의 뒤를 좇았다.

대학생은 머리가 좋았다. 여자가 몸이 단 걸 알고 있었다. 걸으며 속삭였다.

"이 길을 똑바로 걸어가서 세 번째 우체통 앞에서 키스하자."

여자의 몸이 굳어졌다.

첫째, 여자는 죽고 싶어졌다.

둘째, 숨을 쉴 수 없어졌다.

셋째, 대학생은 역시 성큼성큼 걸어갔다. 여자는 그 뒤를 좇으며 죽는 수밖에 없겠네, 하고 중얼거리며 제 몸이 걸레처럼 느껴졌다.

여자는 화가인 내 친구가 고용했던 모델이었다. 꽃무

늬 옷을 쓱 벗으니 부적 주머니가 목에 매달려 있었다고, 화가는 쓴웃음을 지었다.

또 이런 이야기도 들었다.

그 남자는 몸가짐이 무척 단정했다. 코를 풀 때도 양손의 새끼손가락을 젖혔다. 자타공인 세련된 사람이었다. 그 남자가 어떤 미묘한 죄로 감옥에 갔다. 옥중에서도 그는 단정했다. 남자는 왼쪽 폐에 병을 조금 앓고 있었다.

검사는 남자가 중병에 걸렸으니 불기소 처분을 해야겠다고 생각했던 모양이다. 남자는 그걸 꿰뚫어 보고 있었다. 하루는 검사가 남자를 불러내 심문했다. 검사는 책상 위에 놓인 의사의 진단서를 훑어보며 말했다.

"폐가 안 좋지?"

남자는 느닷없이 헐떡이듯 기침을 했다. 쿨럭, 쿨럭, 쿨럭, 기침을 격하게 세 번 했는데, 이건 진짜 기침이었다. 거기서 또다시 콜록, 콜록, 하고 약하게 기침을 두 번 했는데, 이건 명백히 꾸며 낸 것이었다. 몸가짐이 단정한 남자는 기침이 멎자 힘없이 고개를 들었다.

"정말이야?" 노(일본의 전통 가면극—옮긴이 주) 가면을 닮은 수려한 검사의 얼굴에 옅은 미소가 번졌다.

　남자는 징역 오 년을 구형받은 것보다 비참함을 느꼈다. 남자의 죄명은 결혼 사기였다. 불기소돼 곧 출소했지만, 남자는 그때 검사의 미소를 생각하면 오 년이 지난 지금까지 도저히 가만히 있을 수 없다, 하며 역시 우아하게 탄식했다. 남자의 이름은 이제 조금 유명해졌기에, 여기에는 굳이 적지 않는다.

　지금까지 나약하고 한심한 이들이 살아가는 모습 세 가지 늘어놓았는데, 그렇다면 나는 어떤 인간일까. 이건 그 신인상 응모작, 환등가(환락가)의 패랭이꽃, 문주란, 동백 같은 가게에서 저기요, 좀 놀다 가요, 하고 손짓하는 것과 다름없는 초봄의 콩트집 한 편이나 될 운명의 졸문, 그걸 알면서도 탁주 세 잔을 얻고 싶어서, 백관의 지팡이보다 무거운 펜을 억지로 들고 간신히 여섯 장, 명백히 돈을 위해 글을 파는 파렴치한 시정잡배, 한심하고 부끄럽지만, 혼자서는 대가 같은 기분으로 있지만, 아무도 대가로 알아주지 않는 슬픔. 우습다.

등롱

燈籠

1937년 10월 잡지 ≪어린 풀(若草)≫에 처음 발표된 작품이며, ≪키리키리스≫(1974년, 신초사)에 수록된 글을 원문으로 하여 번역했다.

말하면 할수록 사람들은 저를 믿어 주지 않습니다. 이 사람, 저 사람, 모두가 저를 경계합니다. 그저 그리워서, 얼굴을 보고파서 찾아가도, 무얼 하러 왔느냐는 눈빛으로 맞이합니다. 가슴이 미어집니다.

　이제는 어디도 가고 싶지 않아졌습니다. 바로 옆 목욕탕에 가더라도, 분명 해가 넘어간 시간을 택하겠지요. 아무에게도 얼굴을 보이고 싶지 않습니다. 그럼에도 여름에는 땅거미 속에 제 유카타가 하얗게 떠서, 무섭도록 눈에 띌 것 같아 죽도록 당혹스러웠습니다. 어제, 오늘, 무척이나 선선해져서, 슬슬 모직 옷을 입을 계절이 됐으니, 얼른 검은 바탕의 홑옷으로 갈아입을 작정입니다. 이런 신세로 가을을 보내고, 겨울을 보내고, 봄을 보내고, 또 여름이 와서 다시 하얀 바탕의 유카타를 입고 다녀야 한다면, 그건 너무 처량하지 않습니까. 적어도 내년 여름까지는 이 나팔꽃 무늬 유카타를 위축되지 않고 입고 다닐 수 있는 신분이 되고 싶다, 옅게 화장을 하고 축제 날 인파 속을 거닐고 싶다, 그때의 환희를 생각하면 지금부터 벌써 가슴이 두근거립니다.

도둑질을 했습니다. 그건 틀림없습니다. 잘한 짓이라고는 생각지 않습니다. 그렇지만, 아뇨, 처음부터 말씀드리겠습니다. 저는 신을 향해 말씀드리는 겁니다. 저는 사람에게 의지하지 않습니다, 제 이야기를 믿을 사람은 믿으세요.

저는 가난한 나막신 가게의 외동딸입니다. 어젯밤 부엌에 앉아 파를 썰고 있는데 뒤쪽 풀밭에서 누나! 하고 울먹이며 부르는 아이 목소리가 가련하게 들려와서, 저는 순간 하던 일을 멈추고 생각했습니다. 나한테도 저렇게 누나를 따르고, 울먹이며 불러 줄 남동생이나 여동생이 있다면, 이렇게 쓸쓸한 신세가 되지는 않았을지도 모른다. 그렇게 생각하자 파 냄새가 스며든 눈에 뜨거운 눈물이 차올라서 손등으로 눈물을 훔쳤더니, 파 매운 내에 더욱 자극을 받아, 눈물이 계속 흘러내려서 어쩌면 좋을지 모르게 됐습니다.

그 제멋대로인 아가씨가 드디어 남자에 미쳤다고, 미용사의 입에서 소문이 퍼져 나가기 시작한 건 꽃이 진 벚꽃나무에 푸른 잎만 남은 올해 봄이었습니다. 패랭이꽃이며 붓꽃이 축제 날 노점에 모습을 드러내기 시작했는데, 그때는 정말로 즐거웠습니다. 미즈노 씨는 해가 지면 저를 데리러 오셨고, 저는 해가 지기 전부터 이미 옷을 갈아입고 화장을 마친 뒤 연방 대문 밖을 나갔다 들어오기를 반복했습니다. 이웃 사람들은 그런 제 모습을 보고, 나막신 가게 사키코가 남자에 미쳤다면서 몰래 손가락질하고 수군거리며 비웃었다는 것을 나중에야 알게 됐습니다. 아버지도 어머니도 어렴풋이 느끼고 있었겠지만, 그래도 아무 말도 할 수 없었습니다. 제가 올해 스물네 살이 됐지만, 아직 시집도 가지 못하고 데릴사위도 들이지 못하는 건, 저희 집이 가난하기 때문이기도 하지만, 이 동네에서 힘깨나 쓰는 지주의 첩이었던 어머니가 아버지와 눈이 맞는 바람에 지주의 은혜를 잊고 아버지의 집으로 와서는 얼마 지나지 않아 저를 낳았기 때문입니다. 태어난 제 얼굴이 지주와도, 아버지와도 닮지 않았다고 해서, 사람들과도 모두 멀어지고, 한때는 거의 사람들 앞에 나서지 못했다고 하고, 그런 집안의 딸이다 보니 결혼하려는 사람이 없는 것도 당연합니다. 애초에 얼굴이 이래서 부유한 귀족 집안에서 태어났다고 한들 역시 인연이 없을 운명이었을지도 모르겠습니다. 그래도 저는 아버지를 원망하지 않습니다. 어머니도 원망하지 않습니다. 저는 아버지의 친자식입니다. 누가 뭐라 해도 저는 그렇게 믿고 있습니다. 아버지도 어머니도 저를 소중히 여겨 주십니다. 저도 부모님을 공경합니다. 아버지도 어머니도 약한 사람입니다. 친자식인 저한테조차 늘 조심스럽게 대합니다. 약하고 겁 많은 사람을, 모두가 다정하게 보살펴 드려야 하는 게 아닐까요. 저는 부모님을 위해서라면 어떤 괴롭고 쓸쓸한 일이라도 참고 견뎌 내자고 생각했습니다. 하지만 미즈노 씨를 알게 된 후부터는 부모님께 조금 소홀해질 수밖에 없었습니다.

말씀드리기도 부끄럽습니다. 미즈노 씨는 저보다 다섯 살이나 어린 상업학교 학생입니다. 하지만 용서하세요. 저에게도 달리 도리가 없었습니다. 미즈노 씨와는 올해 봄, 제가 왼쪽 눈이 아파 근처 안과에 갔다가, 병원 대기실에서 알게 됐습니다. 저란 여자는 한눈에 사랑에 빠져 버립니다. 저처럼 왼쪽 눈에 하얀 안대를 끼고 언짢은 듯 이맛살을 찌푸리며 작은 사전을 이리저리 넘기면서 공부하는 그의 모습이 무척이나 가여워 보였습니다. 저 역시 안대 때문에 기분이 한없이 우울해져서, 대기실 창문을 통해 바깥 메밀잣밤나무의 어린잎을 보고 있어도 어린잎이 짙은 아지랑이에 휩싸여 푸르게 활활 타오르고 있는 것처럼 보였고, 바깥세상의 모든 게 머나먼 이야기 속 나라에 있는 것처럼 느껴졌으니, 미즈노 씨의 얼굴이 그토록 이 세상 사람 같지 않게 아름답고 귀하게 느껴진 것 역시 분명 내 안대의 마법이었을 것입니다.

미즈노 씨는 고아입니다. 아무도 보살펴 줄 사람이 없는 것입니다. 집이 원래 한약방을 했는데, 어머니는 미즈노 씨가 갓난아기 때 돌아가셨고, 아버지도 미즈노 씨가 열두 살 때 돌아가신 뒤로 집안이 기울어 형 둘과 누나 하나가 모두 먼 친척들에게 보내져 뿔뿔이 흩어졌고, 미즈노 씨는 한약방 행수가 데려가 키웠다고 합니다. 상업학교에 보내 주고 있긴 하지만, 무척이나 갑갑하고 쓸쓸한 하루하루를 보내는지, 나와 함께 산책하는 시간만이 즐겁다며, 스스로도 감회에 젖어 말했어요. 생활에도 여러모로 부족한 점이 많은 듯 올여름 친구와 함께 바다에 수영하러 가기로 했다는데, 하나도 즐거워하는 기색이 없고, 도리어 주눅이 든 것 같았습니다. 그날 밤, 저는 도둑질을 했습니다. 남자 수영복을 한 벌 훔쳤습니다.

동네에서 가장 크게 장사하는 다이마루 백화점에 들어가 여자 옷을 이것저것 고르는 척하면서 뒤에 있는 검은색 수영복을 살짝 잡아당겨 겨드랑이 밑에 꼭 끼고 조용히 가게를 나섰습니다. 이삼 초 지나자 뒤에서 저기요, 혹시, 하는 소리가 들려, 와락 소리를 지르고 싶을 정도로 공포에 사로잡힌 나머지 미친 사람처럼 내달렸어요. 뒤쪽에서 도둑이야! 하는 굵직한 목소리가 들리고, 뭔가에 어깨가 부딪쳐 휘청거리다 돌아봤더니 찰싹, 뺨이 얼얼해졌습니다.

저는 파출소로 끌려갔습니다. 파출소 앞으로 사람들이 검은 산처럼 몰려들었습니다. 모두 동네에서 본 낯익은 얼굴들이었습니다. 제 머리는 산발이었고, 유카타 옷자락 사이로 무릎까지 드러나 있었습니다. 참 한심한 꼬락서니였습니다.

순경이 저를 파출소 안쪽 다다미 바닥의 비좁은 방에 앉혀 놓고 이런저런 질문을 했습니다. 하얀 피부에 얼굴이 갸름한, 금테 안경을 쓴 스물일고여덟쯤 되는 기분 나쁜 순경이었습니다. 그는 제 이름과 주소, 나이를 묻더니, 수첩에 일일이 적고는 갑자기 히죽거리며 물었습니다.

"이번이 몇 번째지?"

저는 흠칫 오한을 느꼈습니다. 대답할 말이 떠오르지 않았기 때문입니다. 안절부절못하고 있으면 감옥에 갇히게 될 것이다. 무거운 죄목을 뒤집어쓰게 될 것이다. 어떻게든 잘 둘러대서 빠져나가야겠다 싶어 필사적으로 변명을 생각했지만, 뭐라고 둘러대야 할지 오리무중의 심정이라 살면서 그토록 두려웠던 적은 없었습니다. 외치듯 겨우 내뱉은 말은 스스로도 뜬금없고 어설펐지만, 한 마디를 내뱉자 흡사 여우에 홀린 것처럼 끝없이 떠들기 시작해서, 마치 미쳐 버린 것 같기도 했습니다.

"저를 감옥에 가두지 마세요. 저는 잘못이 없어요. 저는 스물네 살입니다. 스물네 해 동안 저는 효녀로 살았습니다. 아버지와 어머니를 성심성의껏 모시고 살아왔어요. 제가 뭘 잘못했단 거예요. 저는 누구에게도 손가락질 받을 일을 한 적이 없습니다. 미즈노 씨는 훌륭한 사람이에요. 앞으로 반드시 큰 인물이 될 사람입니다. 그건 제가 잘 압니다. 저는 그 사람이 창피당하게 하고 싶지 않았습니다. 친구와 바다에 놀러 가기로 했거든요. 남들만큼 챙겨서 보내고 싶다고 생각했을 뿐인데, 그게 뭐가 잘못인가요. 저는 바보입니다. 바보지만, 그래도 미즈노 씨를 멋지게 출세시킬 거예요. 귀한 사람입니다. 다른 사람들과는 달라요. 저는 어떻게 되든 상관없어요, 그 사람만 훌륭하게 세상에 내보낼 수 있다면, 그러면 저는 만족해요, 저는 일이 있으니까요. 저를 감옥에 가두시면 안 돼요, 저는 스물네 살이 될 때까지 나쁜 짓을 한 게 하나도 없어요. 나약한 부모님을 성심껏 보살펴 드렸다고요. 싫어요, 싫어요, 저를 감옥에 가두면 안 돼요. 제가 감옥에 왜 가야 하나요. 스물네 해 동안 애쓰고, 또 애썼는데, 고작 하룻밤 손을 잘못 움직였다고 해서, 고작 그런 일로 스물네 해의, 아니, 제 평생을 망쳐 놓으시면 안 돼요. 잘못된 일입니다. 저로서는 이해가 되지 않아요. 평생에 단 한 번, 무심코 오른손이 한 뼘쯤 움직였다고 해서 그것이 손버릇이 나쁘다는 증거가 될 수 있을까요? 너무하십니다, 너무하십니다. 단 한 번, 고작 이삼 분에 일어난 사건 아닙니까. 저는 아직 젊습니다. 앞으로 남은 인생이 길어요. 저는 지금까지 그랬듯 고된 가난을 참아 내며 살아갈 겁니다. 그뿐이라고. 나는 아무것도 변하지 않았어. 어제 그대로의 사키코입니다. 고작 수영복 하나로 다이마루가 얼마나 피해를 봤다고. 사람을 속여 천 엔, 이천 엔을 뜯어내도, 아니, 평생 골수까지 뽑아 먹고도, 모두에게 칭찬을 받는 사람도 있잖아요. 감옥은 도대체 누구를 위해 있는 건가요. 돈 없는 사람들만 감옥에 들어가 있습니다. 그 사람들은 분명 남을 속이지 못하는 나약하고 정직한 성정을 가졌다고요. 남을 등쳐서 먹고살 만큼 악랄하지 못하니 점점 더 궁지에 몰리고, 그런 바보짓을 하고, 이삼 엔을 강탈하고, 그걸로 오 년, 십 년을 감옥에 가야 한다니, 하하하하, 이상해, 이상해, 이게 무슨 일이야, 아아, 어처구니가 없어."

저는 분명 미쳤던 것입니다. 틀림없어요. 순경이 창백한 얼굴로 저를 가만히 쳐다봤습니다. 저는 문득 그 순경이 좋다고 생각했습니다. 그래서 울면서도 억지로 미소를 지어 보였어요. 아무래도 저는 정신병자 취급을 받은 것 같았습니다. 순경이 아주 조심스러운 태도로 저를 경찰서로 데려갔어요. 그날 밤 구치소에 수감돼 있다가 아침이 되자 아버지가 데리러 왔고, 저는 집으로 돌아왔습니다. 돌아가는 길에 아버지는 혹시나 맞지는 않았느냐고 한 마디만 살짝 물어보셨을 뿐 다른 말씀은 하지 않으셨습니다.

그날 저녁 신문을 보고 저는 귀까지 빨갛게 달아올랐습니다. 제 이야기가 실려 있었습니다. 도둑도 할 말이 있다, '이상한 좌익 소녀 유창하게 미사여구를 늘어놓다'라는 제목이었습니다. 모욕은 그뿐만이 아니었습니다. 동네 사람들이 우리 집 주변을 어슬렁거리며 돌아다녔고, 저도 처음에는 그게 무슨 뜻인지 몰랐지만, 모두들 저를 훔쳐보러 왔다는 것을 깨닫고는 와들와들 떨었습니다. 저의 그 사소한 행동이 얼마나 큰 사건을 일으켰는지 점점 더 분명히 알게 돼서, 그때 집에 독약이 있었다면 곧바로 마셨을 거예요. 근처에 대나무 숲이 있었다면 저는 태연하게 그 속으로 들어가 목을 맸을 겁니다. 이삼 일 동안 우리는 장사를 접었습니다.

이윽고 저는 미즈노 씨의 편지를 받았습니다.

「저는 이 세상에서 사키코 씨를 가장 믿는 사람입니

다. 다만, 사키코 씨에게는 교육이 부족합니다. 사키코 씨는 정직한 여성이지만, 환경적으로 바람직하지 않은 부분이 있습니다. 저는 그 부분을 고쳐 주려 애썼지만, 역시 절대적인 것이 있습니다. 인간은 학문을 배워야 합니다. 얼마 전 친구와 함께 바다에 갔다가 해변에서 향상심의 필요성에 관해 오랫동안 토론했습니다. 우리는 앞으로 성공할 겁니다. 사키코 씨도 앞으로는 행실을 바르게 하고, 저지른 죄의 만 분의 일이라도 속죄하고, 사회에 깊이 사죄하세요. 사람들이여 죄는 미워하되 사람은 미워하지 말라. 미즈노 사부로. (읽은 뒤에는 반드시 태워 버리세요. 봉투도 함께 태워 주세요. 반드시)」

이것이 편지의 전문입니다. 저는 미즈노 씨가 원래 부유한 집안 출신이라는 사실을 잊고 있었습니다.

바늘방석 같은 하루하루가 지나고, 어느덧 이렇게 선선해졌습니다. 오늘 밤, 아버지는 전등이 이렇게 어두우면 기분이 우울해져서 안 된다며, 다다미 여섯 장 정도 되는 방의 전구를 오십 촉의 환한 전구로 바꿔 주셨습니다. 그렇게 세 식구가 환한 전등 아래서 저녁을 먹었습니다. 어머니는 아, 눈부시다, 눈부시다 하시며 젓가락을 쥔 손을 이마에 대고 매우 들뜨셨고, 저도 아버지에게 술을 따라 드렸습니다. 우리의 행복은 고작 방의 전구를 바꾸는 것 정도구나, 하고 속으로 저를 납득시키려 했지만, 그리 쓸쓸한 마음도 들지 않고 도리어 이 소박한 전등을 켠 우리 가족이 아주 아름다운 주마등처럼 느껴져서, 아, 훔쳐볼 거면 보라고, 우리 가족은 아름답다고, 하고 마당에서 울어 대는 벌레들에게까지 알려 주고 싶은 조용한 기쁨이 가슴속에 솟구쳐 올라왔습니다.

우바스테

姥捨

1938년 10월 잡지 《신조(新潮)》에 처음 발표된
작품이며, 《다자이 오사무 전집 2》(1988년,
지쿠마쇼보)에 수록된 글을 원문으로 하여 번역했다.

그때,

　"괜찮아. 내가 알아서 잘 마무리할게요. 처음부터 각
오했던 일이에요. 정말, 이제." 이상한 목소리로 중얼거
리는 걸 듣고,

　"그럴 순 없어. 당신 각오가 뭔지 내가 모를 줄 알아.
혼자 죽을 작정이든가, 아니면 몸뚱이 하나만 가지고 자
포자기하든가, 그런 거겠지. 당신한테는 번듯한 부모
도 있고, 남동생도 있어. 당신이 그런 생각을 하는 거 아
는데 그래, 그렇구나, 하고 넘어갈 수는 없다고." 이렇게
배려하는 척 말하고 있지만 기시치도 죽고 싶다는 생각

이 들었다.

"죽을까. 같이 죽자. 신께서도 용서해 주실 거야."

두 사람은 엄숙하게 채비를 시작했다.

잘못된 사람을 사랑한 아내와, 아내를 그런 행위로까지 몰아넣을 정도로 일상생활을 황폐화시킨 남편, 서로가 제 결말을 죽음으로써 마무리하자는 생각이었다. 이른 봄의 어느 날이었다. 그 달 생활비는 십사오 엔이 있었다. 그것을 그대로 챙겨서 나왔다. 그 밖에는 부부의 여벌 옷 전부, 기시치의 솜옷과 가즈에의 겹옷 한 벌, 허리띠 두 개, 그것밖에 남아 있지 않았다. 그걸 보자기에 싸서 가즈에가 안고 부부가 웬일로 어깨를 나란히 하고 외출했다. 남편에게는 외투가 없었다. 남색 바탕에 무늬가 들어간 기모노에 헌팅캡을 썼고, 짙은 남색 비단으로 된 목도리를 둘렀다. 나막신만은 하얀 새것이었다. 부인도 코트가 없었다. 겉옷도 기모노도 모두 화살 깃무늬의 거친 비단 옷감이었고, 불그스름한 외국산 원단으로 만든 큼지막한 숄이 어울리지 않게 상체를 감싸고 있었다. 전당포 조금 못 가서 부부는 헤어졌다.

한낮의 오기쿠보 역에는 사람들이 조용히 드나들고 있었다. 기시치는 역 앞에 말없이 서서 담배를 피웠다.

가즈에는 두리번두리번 기시치를 찾다가 그 모습을 발견하고 거의 넘어질 듯 달려와서는,

"성공했어. 성공했다고." 하고 기뻐했다. "십오 엔이나 빌려주지 뭐야. 바보처럼."

이 여자는 죽지 않는다. 죽게 해서는 안 되는 사람이다. 나처럼 생활에 짓눌리지 않는다. 아직 살아갈 힘을 남겨 두었다. 죽을 사람이 아니다. 죽으려 했다는 것만으로도 이 사람은 세상의 도의는 지킨 셈이다. 그것만으로도 충분하다. 이 사람은 용서받을 것이다. 그것으로 충분하다. 나 혼자 죽으면 된다.

"잘했어." 미소로 칭찬한 뒤에 어깨를 살짝 도닥이고 싶었다. "다 합쳐서 삼십 엔이네. 소박하게 여행할 수 있겠다."

신주쿠까지 가는 표를 샀다. 신주쿠에 내려서 약국으로 달려갔다. 그곳에서 수면제를 한 상자 샀고, 다른 약국에 가서 다른 종류의 수면제를 한 상자 샀다. 가즈에를 밖에서 기다리게 하고 기시치는 웃으면서 약을 샀기 때문에 약국에서는 딱히 수상쩍게 여기지 않았다. 끝으로 미쓰코시 백화점에 들어가 약국으로 갔다. 북적거리는 분위기 때문인지 조금 대담해져서 두 상자를 달라고

했다. 검은자위가 큰, 갸름한 얼굴에 성실한 인상의 여직원이 살짝 망설이듯 미간을 찌푸렸다. 싫은 티를 낸 것이다. 기시치도 헉, 숨을 삼켰다. 갑자기 미소를 지을 수도 없었다. 직원은 차가운 태도로 약을 건넸다. 허리를 쭉 뻗어 우리의 뒷모습을 바라보는 직원의 시선이 느껴졌다. 그걸 알면서도 기시치는 일부러 가즈에와 꼭 붙어서 인파를 헤치고 걸어갔다. 이토록 태연하게 걸어가고 있어도 역시 남들이 보기에는 어딘지 모르게 범상치 않은 그늘이 있겠지. 기시치는 서글펐다. 가즈에는 미쓰코시 특설 매장에서 흰 버선을 한 켤레 샀고, 기시치는 고급 외국 담배를 사서 밖으로 나갔다. 택시를 타고 아사쿠사로 갔다. 영화관에 가니 <황성(荒城)의 달>이라는 영화를 상영하고 있었다. 처음에는 시골 소학교의 지붕과 울타리가 나오더니 아이들의 합창이 흘러나왔다. 기시치는 그 노래에 울컥했다.

"연인끼리는" 기시치는 어둠 속에서 웃으며 아내에게 말했다. "이렇게 영화를 보다가 이렇게 손을 잡는 거라고 하더라고." 기시치는 오른손으로 가즈에의 왼손을 찾아 그 위에 기시치의 헌팅캡을 놓고 가즈에의 작은 손을 꽉 잡았지만, 역시나 힘든 처지에 놓인 부부 사이에는 그런 행위가 불결하게 느껴져서, 기시치는 두려운 마음에 슬그머니 손을 뗐다. 가즈에는 나지막이 웃었다. 기시치의 서툰 농담에 웃은 게 아니라, 영화의 시시한 개그에 웃음을 터뜨린 것이다.

이 사람은 영화를 보면서 행복해질 수 있는, 소박하고 좋은 여자다. 이 사람을 죽여서는 안 된다. 이런 사람이 죽는 건 잘못이다.

"죽는 거, 그만둘까?"

"네, 그래요." 영화에 푹 빠져 화면에서 눈을 떼지 못하면서 가즈에가 대답했다. "난 혼자 죽을 생각이니까요."

기시치는 여체의 신비로움을 느꼈다. 영화관을 나섰을 때는 이미 해가 지고 있었다. 가즈에는 초밥이 먹고 싶다고 했다. 기시치는 비린내 때문에 초밥을 좋아하지 않았다. 더구나 오늘 밤에는 조금 고급스러운 음식을 먹고 싶었다.

"초밥은 좀."

"난 먹고 싶은데요." 가즈에에게 이기적으로 구는 것의 미덕을 가르친 것은 다름 아닌 기시치였다. 고분고분하게 복종하는 척하는 것의 불순함을 예로 들어 가며 잘

난 척 가르쳤다.

모두 자신한테 그대로 돌아오는 법이다.

초밥집에서 술을 조금 마셨다. 기시치는 굴튀김을 주문했다. 이것이 도쿄에서 마지막으로 먹는 음식이 될 거라고 스스로에게 말하자, 역시나 쓴웃음이 흘러나왔다. 가즈에는 참치를 넣은 김말이 초밥을 먹고 있었다.

"맛있어?"

"맛없어." 진저리가 난다는 듯 그렇게 말하더니, 다시 하나를 입에 넣고 "아, 맛없어."

둘 다 별로 말은 하지 않았다.

초밥집을 나와서 만담 공연장에 들어갔다. 만석이라 앉지는 못했다. 입구부터 넘쳐날 정도로 많은 관객들이 서로 밀치며 서서 관람하고 있었는데, 그런 상황에서도 사람들은 이따금 아하하하 이구동성으로 웃었다. 관객들에게 이리저리 치이며 가즈에는 기시치로부터 구 미터는 더 떨어진 곳으로 밀려났다. 가즈에는 키가 작아서 사람들 사이로 무대를 보는 데 애를 먹는 것 같았다. 촌스러운 시골 소녀처럼 보였다. 기시치도 관객들에게 이리저리 밀리며 조금씩 발돋움을 하면서 가즈에의 그 모습을 불안하게 지켜보고 있었다. 무대보다 가즈에의 모습을 더 많이 봤다. 품에 꼭 안은 검은 보자기 속에 약이 들어 있는데도, 고개를 이리저리 움직이며 무대 위 만담가의 모습을 보려고 조바심을 내던 가즈에 역시 이따금 돌아보며 기시치의 모습을 찾곤 했다. 힐끗 눈이 마주쳐도 두 사람은 딱히 미소 짓지 않았다. 아무렇지도 않은 표정이었지만, 그래도 역시 마음이 놓였다.

저 여자에게 나는 많은 도움을 받았다. 그 사실을 잊어서는 안 된다. 책임은 모두 나에게 있다. 세상 사람들이 만일 저 사람을 손가락질한다면, 나는 무슨 수를 써서라도 그를 보호해야 한다. 저 여자는 좋은 사람이다. 그것은 내가 안다. 믿고 있다.

이번 일은? 아, 안 된다, 안 돼. 나는 웃음으로 넘길 수 없다. 안 된다. 그것만큼은, 나는 태연하게 있을 수 없다. 참을 수 없다.

용서해. 이건 내 마지막 에고이즘이다. 윤리는 참을 수 있다. 감각을 참을 수 없는 것이다. 도저히 참을 수 없는 것이다.

웃음의 물결이 관내에 퍼져 나갔다. 기시치는 가즈에에게 눈짓을 한 뒤 밖으로 나갔다.

"미나카미로 가자." 지난해 여름은 미나카미 역에서

걸어서 한 시간 정도 올라간 곳에 있는 다니가와 온천이라는 산속 온천에서 보냈다. 사실 너무 괴로웠던 여름이었지만, 너무 괴로워서 지금은 짙은 색 그림엽서처럼 감미로운 추억으로 남아 있다. 여름 오후의 하얀 소나기가 내리는 산, 강, 슬퍼서 죽을 것 같았다. 미나카미라는 말에 가즈에의 몸은 갑자기 생기가 돌았다.

"아, 그럼 단밤을 사와야겠다. 아주머니가 먹고 싶다고 했거든요." 그 온천 여관의 아주머니를 가즈에는 살갑게 잘 따랐고, 또 사랑받은 것 같았다. 가정집과 별반 다를 바 없는 곳이라 방도 세 개밖에 없었고, 실내탕도 없어서 바로 옆에 있는 큰 여관에 온천물을 받으러 가거나, 비가 오면 우산을 쓰고, 밤이면 제등이나 초만 달랑 들고 아래 있는 다니가와까지 내려가 물가의 작은 노천탕에 들어가야 했다. 없었다. 자식도 없이 부부 둘이 꾸려 가는 것 같았지만, 그래도 방 세 개가 가끔 다 차는 경우도 있었는데, 그럴 때 부부는 정신없이 바빠서, 가즈에도 일을 돕는 건지, 방해하는 건지 모르겠지만 부엌에 들어갔던 것 같다. 상차림도 연어알이며 낫토 같은 게 나와서 정석적인 온천 여관의 요리는 아니었다. 기시치는 아늑하다 생각했다. 치통을 앓는 아주머니를 보다

못해 기시치가 아스피린을 줬더니 약기운이 너무 잘 돌아서 금방 잠이 들었고, 평소 아내를 아끼는 주인아저씨가 근심 어린 표정으로 어슬렁거리는 걸 보고 가즈에는 한참이나 웃었다. 한번은 기시치가 혼자 고개를 떨어뜨리고 여관 근처 풀밭을 어슬렁거리다가 문득 여관 현관 쪽을 바라봤는데, 어스름한 현관 계단 아래 아주머니가 웅크리고 앉아 멍하니 기시치의 모습을 보고 있었다. 그건 기시치의 귀한 비밀 중 하나가 됐다. 아주머니라고 해도 마흔네다섯쯤 되는 복스러운 얼굴에 기품 있는 사람이었다. 남편은 데릴사위 같았다. 바로 그 아주머니였다. 가즈에는 단밤을 사러 갔다. 기시치는 조금 많이 사라고 권했다.

우에노 역에서는 고향 내음이 난다. 고향 사람이 있을까 기시치는 늘 두려웠다. 특히 그날 밤은 귀성 휴가를 받은 상점 종업원들이 어슬렁거리고 있어서, 사람들의 시선이 유독 신경 쓰였다. 매점에서 가즈에는 근대 일본 탐정소설 특집호를, 기시치는 위스키 한 병을 샀다. 니가타행 열 시 반 기차를 탔다.

마주 앉은 두 사람은 설핏 웃었다.

"나 이런 차림으로 가면 아주머니가 이상하게 여기지

않을까요?"

"괜찮아. 둘이서 아사쿠사에 영화를 보러 갔다가 돌아오는 길에 내가 취해서, 미나카미의 아주머니한테 가자고 고집을 부려서, 그냥 왔다고 하면 돼."

"그것도 그러네." 태연한 표정으로 대꾸했다.

곧 다시 말을 꺼냈다.

"아주머니, 놀라시겠지." 기차가 출발하기 전까지는 역시 마음이 놓이지 않는 모양이었다.

"기뻐하시겠지. 분명." 기차가 출발했다. 가즈에는 굳은 표정으로 플랫폼만 흘끔흘끔 곁눈질했지만, 거기까지였다. 배짱이 생겼는지 무릎 위 꾸러미에서 잡지를 꺼내 페이지를 넘겼다.

기시치는 다리가 영 무겁고 가슴만 불쾌하게 두근거려서 약을 먹는 심정으로 위스키를 마셨다.

돈이 있으면 이 여자를 죽게 하지 않아도 된다. 상대가, 그 남자가 조금만 더 분별 있는 남자였다면, 또 다른 선택도 가능했을 텐데. 도저히 가만히 있을 수 없었다. 이 여자의 자살은 의미가 없다.

"나 착한 사람일까?" 기시치는 대뜸 그렇게 물었다. "자기만 착한 사람이 되려는 거야?"

목소리가 너무 커서 가즈에는 당황했고, 눈살을 찌푸리며 화를 냈다. 기시치는 힘없이 히죽거렸다.

"하지만 말이야." 장난스레, 짐짓 필요 이상으로 목소리를 낮춰서, "당신은 아직 그렇게까지 불행하지 않아. 왜냐하면 당신은 평범한 여자니까. 나쁘지도 않고 좋지도 않은, 본질적으로 평범한 여자지. 하지만 난 달라. 힘든 녀석이지. 아무래도 보통 이하인 것 같아."

기차는 아카바네, 오미야를 지나 어둠 속을 점점 더 달려갔다. 취기도 올랐고, 기차 속도에 자극을 받아 기시치는 말이 많아졌다.

"아내가 남편한테 정이 떨어졌는데, 그렇다고 어찌하지도 못하고 이렇게 아내를 따라 돌아다니는 게 얼마나 한심스러운 짓인지, 나도 알아. 어리석지. 하지만 나는 좋은 사람이 아니야. 좋은 사람이고 싶지 않아. 사람이 좋아서 여자한테 속아 넘어가고, 그리고 그 여자를 포기하지 못하고 여자에게 끌려 다니다 죽으면, 예술 동료들은 순수하다, 세상 사람들은 마음이 약한 좋은 사람이었다, 하겠지만, 그런 어설픈 동정을 사려는 게 아니라고. 나는 내 고통에 져서 죽는 거야. 당신을 위해 죽는 게 아니고. 나한테도 잘못된 점이 아주 많아. 사람에게 너무 의지했어. 사람의 힘을 과신했지. 그것도, 그 밖의 수치스러운 수많은 실패들도, 다 알고 있어. 어떻게든 평범한 사람처럼 살고 싶어서 지금까지 얼마나 노력해 왔는지, 당신도 조금은 알잖아. 지푸라기 하나에 매달려 살아왔지. 약간의 무게에도 그 지푸라기가 끊어질 것 같아서 나는 필사적이었는데 말이야. 당신도 알지? 내가 나약한 게 아니라, 괴로움이 너무 무거운 거야. 이건 투정이야. 원망이지. 하지만 그걸 입 밖으로, 분명하게 말하지 않으면 사람들은, 아니, 당신조차 내 철면피의 힘을 과신하고, 그 남자는 괴롭다, 괴롭다 해도 척이다, 시늉이다, 하고 가벼이 여기잖아."

가즈에는 뭐라 말하려고 했다.

"아니, 됐어. 당신을 비난하는 게 아니니까. 당신은 좋은 사람이야. 언제든 당신은 솔직했어. 말을 그대로 믿을 수 있던 사람이야. 당신을 비난할 생각은 없어. 당신보다 훨씬 학식 있고, 오래 사귄 친구들도 내 괴로움을 몰랐어. 내 애정을 믿지 않았지. 그럴 법도 해. 나는, 그러니까, 어설펐으니까." 그렇게 말하고 미소를 짓자, 가즈에는 순간적으로 화난 표정을 지었다.

"알았어요. 이제 그만해요. 다른 사람들이 들으면 큰

일이잖아."

"아무것도 모르는구나. 당신 눈에는 내가 정말 바보처럼 보이는 모양이야. 난 지금 좋은 사람이 되려는 내가 마음 한구석에 역시 숨어 있는 건 아닐까, 그래서 괴로워하는 거야. 당신과 함께한 지 육칠 년이나 됐지만, 당신은 한 번도, 아니, 그런 일로 당신을 비난하려는 건 아냐. 무리도 아니지. 당신 책임이 아니야."

가즈에는 듣지 않았다. 말없이 잡지를 읽기 시작했다. 기시치는 표정이 험악해지면서 컴컴한 창밖을 향해 혼잣말처럼 말을 이었다.

"웃기지 말라고. 내가 왜 좋은 사람인데. 사람들이 나한테 뭐라고 하는 줄 알아, 거짓말쟁이, 게으름뱅이, 제 잘난 맛에 사는 놈, 사치스러운 놈, 난봉꾼, 그 밖에도 수많은 나쁜 별명을 붙여 줬어. 그래도 난 가만히 있었어. 변명 한 마디 하지 않았어. 나름의 신념이 있었으니까. 하지만 그건 입 밖으로 내서는 안 돼. 그러면 아무것도 아니게 되지. 난 역시 역사적 사명이라는 걸 생각해. 나 혼자만의 행복만으로는 살아갈 수 없어. 난 역사적으로 악역을 높이 사려고 했어. 유다의 악함이 강하면 강할수록 그리스도의 온유함이 더욱 빛나지. 나는 나 자신을 멸망할 인종이라고 생각했어. 내 세계관이 그렇게 가르쳤지. 강렬한 안티테제를 시도했어. 멸망하는 것의 악함을 강조하면 할수록 다음에 태어날 건강한 빛도 그만큼 강하게 되돌아온다고 믿었던 거야. 나는 그걸 기원하고 있던 거라고. 이 한 몸은 어떻게 되든 상관없다. 안티테제로서의 내 역할이 다음에 태어날 명랑에 조금이라도 도움이 된다면, 그걸로 나는 죽어도 좋다고 생각했어. 막상 그러지 않을지도 모르지만, 실제로 그렇게 생각했어. 난 그런 바보야. 내가 잘못됐을지도 모르지. 역시 어딘가에서 나는 자만하고 있었을지도 모르겠어. 그거야말로 달콤한 꿈일지도 모르고. 인생은 연극이 아니니까. 패배한 나는 어차피 곧 죽을 테니, 적어도 당신이라도 똑바로 잘 살라는 말은, 어쩌면 잘못일지도 몰라. 목숨을 버려 만들어 낸, 사위가 진동하는 진수성찬은 개도 건드리지 않을 거야. 받은 사람한테 민폐만 되겠지. 나와 타인이 함께 잘되는 게 아니면 의미가 없을지도 몰라." 창문이 대답할 리는 없었다.

기시치는 일어서서 비틀거리며 화장실로 걸어갔다. 화장실에 들어가 문을 꼭 닫은 뒤, 조금 망설이다가 두 손을 마주 잡았다. 기도하는 모습이었다. 시늉만 하는 건 절대 아니었다.

미나카미 역에 도착한 건 새벽 네 시였다. 아직 어두웠다. 걱정했던 눈도 대부분 사라지고, 역 그늘에 옅은 회색으로 조용히 남아 있을 뿐이라, 이 정도면 산 위의 다니가와 온천까지 걸어서 갈 수 있을지도 모른다고 생각했지만, 그럼에도 기시치는 만일에 대비해 역 앞의 택시 운전기사를 깨웠다.

택시가 전광석화처럼 구불구불 산을 올라갈수록, 야산이 어두운 하늘을 밝힐 정도로 새하얗게 눈에 덮여 있다는 걸 알아챘다.

"춥네. 이렇게 추울 줄은 몰랐는데. 도쿄에는 벌써 홑겹 옷을 입고 다니는 사람도 있어요." 운전기사에게까지 차림새에 대해 변명처럼 말하고 있었다. "아, 저기서 오른쪽으로 가 주세요."

온천 여관이 가까워지자 가즈에는 활기를 띠기 시작했다. "분명 아직 주무시고 계실 거예요." 이번에는 운전기사에게 "네, 조금 더 가야 해요."라고 말했다.

"아, 여기서 스톱." 기시치가 말했다. "여기서부터는 걸어가야겠어." 거기서부터는 길이 좁았다.

택시에서 내려 기시치도 가즈에도 버선을 벗고 여관

우바스테

까지 오십 미터쯤을 걸었다. 녹다 만 눈이 길에 얕게 쌓여 있어서 두 사람의 나막신을 흠뻑 적셨다. 여관 문을 두드리려 하자, 조금 늦게 따라온 가즈에가 쏜살같이 달려왔다.

"내가 두드릴래. 내가 아주머니를 깨울 거야." 마치 서로 공을 세우겠다고 다투는 어린아이 같았다.

여관 부부는 깜짝 놀란 눈치였다. 조용히 당황하고 있었다.

기시치는 혼자 재빨리 이 층으로 올라가더니 작년 여름에 지냈던 방에 들어가 전등 스위치를 켰다. 가즈에의 목소리가 들려왔다.

"있잖아요, 아주머니한테 가자고 해도 안 들어주는 거 있죠. 예술가는 정말 어린애라니까." 자기 거짓말을 모르는 듯, 들떠 있었다. 도쿄는 벌써 홑겹 옷을 입고 다닌다는 소리를 또 했다.

아주머니가 조용히 이 층으로 올라와 천천히 빈지문을 열며,

"잘 왔어요."

라고 한 마디 했다.

밖은 어느 정도 환해져서, 새하얀 산허리가 바로 눈

앞에 나타났다. 골짜기를 들여다보니 아침 안개가 자욱하게 낀 바닥에 한 줄기 계곡물이 검은색으로 흐르는 모습이 보였다.

"어마어마하게 춥네." 거짓말이다. 그렇게 춥지는 않았다.

"술 마시고 싶다."

"괜찮아요?"

"아, 이제 몸은 완전히 괜찮아요. 살도 쪘잖아요."

그때 가즈에가 커다란 고타쓰를 직접 들고 왔다.

"아, 무겁다. 아주머니, 이거 아저씨 걸 빌렸어요. 아저씨가 가져가라고 했어요. 추운 건 정말 못 참겠다니까." 기시치에게 눈길 한번 주지 않고 혼자 유독 들떠 있었다.

그러다 둘만 남게 되자 가즈에가 갑자기 진지한 표정으로 말했다.

"나, 피곤해요. 목욕하고 한숨 잘래요."

"노천탕에 갈 수 있을까?"

"갈 수 있대요. 아저씨도 매일 목욕을 하러 간다고 하더라고요."

주인아저씨가 큼지막한 짚신을 신고 어제 내린 눈을

꼭꼭 밟아 길을 만들어 주었고, 그 뒤를 기시치와 가즈에가 따랐다. 어스름한 계곡으로 내려갔다. 주인아저씨가 가져온 돗자리 위에 기모노를 벗어 던지고 두 사람은 탕에 몸을 담갔다. 가즈에의 몸은 둥그스름하니 통통했다. 오늘 밤 죽을 것 같다는 생각이 들지 않았다.

주인아저씨가 사라지자 기시치는,

"저 근처인가?" 하고 짙은 아침 안개가 천천히 흐르는 하얀 산허리를 향해 턱을 까닥했다.

"하지만 눈이 너무 쌓여서 못 올라갈 것 같은데요?"

"좀 더 하류 쪽이 좋으려나. 미나카미 역 쪽은 눈이 그렇게 많이 쌓이지 않았던데."

그들은 어디서 죽을지에 대해 이야기했다.

숙소로 돌아가니 이부자리가 깔려 있었다. 가즈에는 바로 그 이불에 들어가 잡지를 읽기 시작했다. 가즈에의 발치에는 커다란 고타쓰가 있어서 따뜻해 보였다. 기시치는 자신의 이불은 치우고 테이블 앞에 책상다리를 하고 앉더니 화로를 안고 술을 마셨다. 안주로는 게 통조림과 말린 표고버섯을 먹었다. 사과도 있었다.

"하룻밤 더 있을까?"

"그래." 아내는 잡지를 보며 대답했다. "상관없어. 하지만 돈이 부족할지도 몰라."

"얼마나 남았어?" 물어보면서 기시치는 꽤나 부끄러웠다.

미련. 이건 꼴사나운 일이다. 세상에서 가장 꼴불견이다. 이래서는 안 된다. 내가 이렇게 꾸물거리는 건 다른 게 아니라, 이 여자의 몸을 원하고 있기 때문은 아닐까.

기시치는 입을 다물었다.

살아서 다시 한번 이 여자와 살아갈 생각은 없다. 빚, 그것도 떳떳치 못한 빚, 이걸 어쩌면 좋을까. 오명, 반미치광이라는 오명, 이것은 어찌할 것인가. 병고, 사람들이 믿어 주지 않는 얄궂은 병고, 이것은 어떻게 할 것인가. 그리고, 가족.

"당신은 역시 내 가족에게 이기지 못한 거구나. 아무래도 그런 것 같아."

가즈에는 잡지에서 눈을 떼지 않은 채, 빠르게 대답했다.

"그래, 난 어차피 탐탁지 않은 며느리니까."

"아니, 그렇게만 말할 수는 없지. 당신도 노력이 부족하기는 했잖아."

"이제 됐어. 듣기 싫어." 가즈에는 잡지를 내던졌다.

"당신은 늘 똑똑한 소리만 하네. 그러니까 미움 받는 거야."

"아, 그렇구나. 당신은 날 싫어했지. 실례가 많았네." 기시치는 주정뱅이 같은 말투로 말했다.

왜 나는 질투하지 않는 걸까. 역시 나는 자만심 많은 인간인가. 나를 싫어할 리가 없다. 그렇게 믿고 있는 것일까. 분노조차 없다. 늘 그렇듯 사람이 너무 약해서 그런 걸까. 나의 이런 감성이야말로 오만이 아닐까. 그렇다면 내 사고방식은 모두 글렀다. 지금까지 내가 살아온 방식은 모두 글렀다. 왜 그럴 법도 하다고 이해하지 못하고 왜 단순히 미워할 수 없는 것일까. 그런 질투야말로, 소박하고 아름답지 않은가. 부정을 저지른 것들은 쳐 죽여야 한다는 분노야말로 진정 솔직한 게 아닐까. 아내에게 외면당하고, 그 이유만으로 죽어 가는 모습이야말로 맑고 순수한 슬픔이 아닐까. 그런데 나는 이게 뭐야. 미련이 어쩌고, 좋은 사람이 어쩌고, 부처님 가운데 토막이 어쩌고, 도덕이 어쩌고, 빚이 어쩌고, 책임이 어쩌고, 신세를 진 게 어쩌고, 안티테제가 어쩌고, 역사적 의무가 어쩌고, 가족이 어쩌고, 아아, 안 되겠다.

기시치는 곤봉을 휘둘러 제 머리를 납작하게 만들고

싶은 심정이었다.

"한숨 자고 나서 출발이다. 행동 개시, 행동 개시."

기시치는 이불을 요란스럽게 펴고 잠자리에 들었다.

잔뜩 취해 있던 탓에 어떻게든 눈을 붙일 수 있었다. 어렴풋이 눈이 떠진 건 정오가 지나서였고, 기시치는 쓸쓸함을 참을 수 없었다. 벌떡 일어나자마자 또다시 춥다는 소리를 연발하며 아래층에 있는 사람에게 술을 가져다달라고 부탁했다.

"자, 이제 일어나. 출발해야지."

가즈에는 입을 살짝 벌리고 잠들어 있었다. 눈을 동그랗게 뜨고,

"아, 시간이 벌써 그렇게 됐어?"

"아니, 정오가 조금 지났을 뿐이긴 한데, 난 이제 못 참겠어."

아무 생각도 하고 싶지 않았다. 빨리 죽고 싶었다.

그로부터 일사천리로 일이 진행됐다. 가즈에에게 온 김에 근처 온천을 둘러보려 한다고 말하게 하고 여관을 나섰다. 하늘은 맑았고, 천천히 산을 내려가면서 풍경을 구경하려 한다고 택시를 거절하고는 백 미터쯤 걷다가 불현듯 돌아보니 아주머니가 저 뒤에서 종종걸음으로

쫓아오고 있었다.

"어, 아주머니가 오시는데?" 기시치는 불안했다.

"이거 가져가요." 아주머니는 붉어진 얼굴로 기시치에게 종이 꾸러미를 내밀었다. "풀솜이에요. 우리 집에서 만든 거야. 달리 줄 게 없네."

"고마워요." 기시치가 대답했다.

"아주머니, 뭐, 그런 걸 신경 쓰세요." 가즈에가 말했다. 두 사람은 은근히 마음을 놓았다.

기시치는 걸음을 재촉했다.

"조심해서 들어가요."

"아주머니도 잘 지내세요." 뒤에서는 여전히 가즈에가 인사를 나누고 있었다. 기시치는 홱 오른쪽으로 몸을 돌렸다.

"아주머니, 악수."

손을 세게 붙잡힌 아주머니의 얼굴에는 겸연쩍음과 함께 두려워하는 빛까지 묻어났다.

"취해서 그래요." 가즈에가 옆에서 설명했다.

취해 있었다. 웃으며 아주머니와 헤어져 느릿느릿 산을 내려오자 눈은 점점 옅어졌고, 기시치는 작은 소리로 저긴 어떠냐, 여긴 어떠냐, 하고 가즈에와 상의하기 시작했다. 가즈에는 미나카미 역에 더 가까운 곳이어야 쓸쓸하지 않다고 했다. 곧 미나카미의 거리가 눈앞에 펼쳐졌다.

"이제 더 이상 미룰 수 없어." 기시치는 짐짓 밝은 표정으로 말했다.

"그래." 가즈에는 진지하게 고개를 끄덕였다.

기시치는 길 왼쪽 삼나무 숲으로 일부러 천천히 걸어갔다. 가즈에도 그 뒤를 따랐다. 눈은 거의 없었다. 낙엽이 두껍게 쌓여 있어서 축축했다. 아랑곳하지 않고 성큼성큼 나아갔다. 가파른 경사는 기어 올라갔다. 죽는 데도 노력이 필요하다. 둘이 앉을 만한 초원을 겨우 찾아냈다. 그곳은 볕이 조금 들었고, 샘도 있었다.

"여기로 하자." 피곤했다.

손수건을 깔고 앉는 가즈에를 보고 기시치가 웃음을 터뜨렸다. 가즈에는 거의 말이 없었다. 보자기에 싼 약을 차례로 꺼내 뜯었다. 기시치는 그걸 집어 들었다.

"약에 대해서는 나밖에 모르지. 어디 보자, 당신은 이 정도만 먹으면 돼."

"너무 적잖아. 이것만 먹고 죽을 수 있겠어?"

"처음 먹는 사람은 그것만으로도 죽을 수 있어. 나는

계속 먹었으니까 당신 열 배는 더 먹어야 해. 혹시라도 살아남으면 큰일이니까." 살아남으면 감옥이다.

하지만 나는 가즈에를 살려서 비열한 복수를 하게 하려는 건 아닌가. 설마, 그런, 진부한 통속소설 같은⋯⋯ 분통이 치민 기시치는 손바닥에서 흘러넘칠 정도로 많은 알약을 샘물과 함께 꿀꺽 넘겼다. 가즈에도 서툰 손놀림으로 함께 먹었다.

입맞춤을 나눈 뒤 둘이 나란히 누워 잠이 들었다.

"이제 끝이네. 살아남는다면 마음 단단히 먹고 살아야 해."

기시치는 수면제만 가지고는 쉽게 죽지 않는다는 것을 알고 있었다. 조용히 벼랑 끝으로 몸을 이동한 뒤에 허리띠를 풀어 목에 감고 그 끝을 뽕나무처럼 생긴 나무 줄기에 묶었다. 잠이 든 순간 벼랑에서 떨어져 목이 매달려 죽는 장치를 만들어 놓은 것이다. 전부터 이걸 위해 벼랑 위 이 초원을 특별히 점찍어 놓았다. 잠이 들었다. 스르륵 미끄러지는 느낌을 어렴풋이 감지했다.

춥다. 눈을 떴다. 온통 캄캄했다. 달빛이 어둠을 헤치고 새어들었다. 여기가 어디지? 퍼뜩 정신이 들었다.

살아남았다.

목에 손을 댔다. 허리띠는 제대로 감겨 있었다. 허리가 차가웠다. 웅덩이에 빠졌다. 그제야 알았다. 벼랑을 따라 수직으로 떨어지지 않고 몸이 옆으로 넘어져 벼랑 위 움푹 파인 곳에 떨어진 것이다. 움푹 팬 곳에는 샘에서 조금씩 흘러넘친 물이 고여 있었고, 기시치의 등에서 허리까지가 뼛속까지 얼어붙을 정도로 싸늘했다.

살았다. 죽지 못한 것이다. 이건 엄연한 사실이다. 이렇게 된 이상 가즈에를 죽게 해서는 안 된다. 아, 살아 있기를, 살아 있기를.

사지에 힘이 풀려서 일어나기조차 쉽지 않았다. 혼신의 힘을 다해 몸을 일으켜 나무줄기에 묶인 허리띠를 풀고 목에서도 풀어 물웅덩이에 책상다리를 하고 앉아 주변을 살며시 둘러봤다. 가즈에의 모습은 보이지 않았다.

이리저리 기어다니며 가즈에를 찾았다. 벼랑 아래에서 검은 물체를 발견했다. 작은 강아지처럼 보이기도 했다. 조심스레 절벽을 기어 내려와 가까이 다가가 보니 가즈에였다. 다리를 잡아 보니 차가웠다. 죽었나? 제 손바닥을 가즈에의 입에 가볍게 대고 호흡을 살폈다. 없었다. 바보! 죽어 버리다니. 이기적인 녀석. 기묘한 분노로 발끈했다. 거칠게 손목을 잡고 맥을 짚었다. 희미하게 맥박이 느껴졌다. 살아 있다. 살아 있어. 가슴에 손을 넣어 보았다. 따뜻했다. 뭐야. 멍청한 녀석. 살아 있잖아. 장하다, 장해. 가즈에가 사랑스럽게 느껴졌다. 그 정도 양으로, 죽을 리가 없잖아. 아아, 아. 약간의 행복감을 느끼며 가즈에 곁에 벌렁 드러누웠다. 그러고 기시치는 다시 의식을 잃었다.

두 번째로 눈을 떴을 때, 옆에 누운 가즈에는 드르렁 드르렁 코를 골고 있었다. 기시치는 그 소리를 듣고 있으려니 부끄러웠다. 튼튼한 녀석이다.

"이봐, 가즈에. 정신 차려. 살았어. 둘 다 살았어." 쓴웃음을 지으며 가즈에의 어깨를 흔들었다.

가즈에는 편안히 잠들어 있었다. 산중의 깊은 밤, 삼나무는 조용히 서 있었고, 뾰족한 바늘 같은 가지 끝에는 차가운 반달이 걸려 있었다. 괜스레 눈물이 났다. 기시치는 흐느끼듯 오열했다. 나는 아직 어린애다. 어린애가 왜 이런 고생을 해야 하는 걸까.

갑자기 옆에 있던 가즈에가 소리쳤다.

"아주머니, 아파요. 가슴이 아파요." 피리 소리 같은 목소리였다.

기시치는 화들짝 놀랐다. 이렇게 큰 소리를 냈다가

만약 산기슭을 지나가는 사람이 듣기라도 하면 큰일이라고 생각했다.

"가즈에, 여기는 여관이 아니야. 아주머니는 없어."

알아들을 리가 없다. 아파요, 아파요 소리치며 몸을 고통스럽게 배배 꼬다가 아래로 굴러 떨어졌다. 완만한 경사가 산기슭으로 난 길까지 가즈에의 몸을 굴리는 것 같아서 기시치도 억지로 몸을 굴려 그 뒤를 따랐다. 삼나무 한 그루에 가로막힌 가즈에는 나무 기둥에 붙어,

"아주머니, 추워요. 고타쓰 가져다줘요." 큰 소리로 외치고 있었다.

가까이 다가가 달빛을 받은 가즈에를 보자 더 이상 사람의 모습이 아니었다. 머리카락은 풀어헤쳐져 있었고, 그 머리카락에는 삼나무 잎사귀가 잔뜩 붙어 사자 정령의 머리카락처럼, 산속에 사는 마귀할멈의 머리카락처럼 심하게 헝클어져 있었다.

정신 차려야 한다, 나라도 정신 차려야 해. 기시치는 비틀거리며 일어나서 가즈에를 껴안고 다시 삼나무 숲 안쪽으로 돌아가려고 애썼다. 고꾸라지고, 기어오르고, 미끄러져 떨어지고, 나무뿌리에 매달리고, 흙을 파헤치며, 조금씩 가즈에의 몸을 숲 안쪽으로 끌어올렸다. 몇

시간 동안 그런 노력을 계속했을까.

아, 이제 질렸다. 이 여자는 나에겐 너무 버겁다. 좋은 여자지만, 내 손에는 너무 버겁다. 나는 무력한 인간이다. 나는 평생 이 여자를 위해 이런 고생을 해야만 하는 건가. 싫다, 이제 싫다. 헤어지자. 나는 내 힘으로 하는 데까지 했다.

그때, 분명히 결심했다.

이 여자는 안 된다. 나한테만 끝없이 의지한다. 다른 사람이 뭐라 해도 상관없다. 나는 이 여자와 헤어질 것이다.

새벽이 가까워졌다. 하늘이 하얗게 밝아 오기 시작한 것이다. 가즈에도 점점 조용해졌다. 아침 안개가 숲에 자욱하게 차올랐다.

단순해지자. 단순해지자. 남자다움이라는 이 말의 단순함을 비웃지 말자. 인간은 소박하게 사는 것 말고는 달리 살아갈 방도가 없으니까.

한쪽에 누워 있는 가즈에의 머리카락에 붙은 썩은 삼나무 잎을 하나씩 떼어 내며 생각했다.

나는 이 여자를 사랑한다. 어떻게 해야 할지 모를 정도로 사랑한다. 그것이 내 괴로움의 시작이다. 하지만,

이제 됐다. 나는 사랑하면서 멀어질 수 있는, 어떠한 강인한 힘을 얻었다. 살아가기 위해서는 사랑조차도 희생해야 한다. 뭐야, 당연한 거잖아. 세상 사람들은 모두 그렇게 살아간다. 당연하게 살아가자. 살아가기 위해서는 그것 말고는 방법이 없다. 나는 천재가 아니다. 미치광이가 아니다.

정오가 조금 지날 때까지 가즈에는 푹 잤다. 그동안 기시치는 비틀거리며 젖은 옷가지를 벗어 말렸고, 가즈에의 신발을 찾거나, 빈 약상자를 흙에 묻고, 가즈에의 옷가지에 묻은 진흙을 손수건으로 닦아 내는 등 이것저것 했다.

가즈에는 눈을 뜨자마자 기시치에게 어젯밤에 있었던 일들을 들었고

"정말 미안해요." 하며, 고개를 꾸벅 숙였다. 기시치는 웃었다.

기시치는 이제 걸을 수 있게 됐지만, 가즈에는 걷지 못했다. 두 사람은 한동안 앉아 앞으로의 일을 의논했다. 돈은 아직 십 엔쯤 남아 있었다. 기시치는 둘이 함께 도쿄로 가자고 했지만, 가즈에는 옷이 심하게 더러워져서 이 꼴로는 기차를 탈 수 없다고 해, 결국 가즈에는 다

시 택시를 타고 다니가와 온천으로 돌아가 아주머니에게 다른 온천에서 산책하다가 넘어져서 옷을 버렸다는 어설픈 거짓말을 하고, 기시치가 먼저 도쿄로 돌아가 갈아입을 옷가지와 돈을 가지고 다시 데리러 올 때까지 여관에서 요양하고 있기로 했다. 기시치는 옷을 갈아입고 혼자 삼나무 숲에서 나와 미나카미 마을로 나가 센베와 캐러멜, 사이다를 사서 다시 산으로 돌아와 가즈에와 함께 먹었다. 가즈에는 사이다를 한 모금 마시고는 토했다.

어두워질 때까지 둘이 있었다. 가즈에가 겨우 걸을 수 있게 되자 둘은 몰래 삼나무 숲을 빠져나왔다. 가즈에를 택시에 태워 다니가와까지 데려다준 뒤, 기시치는 혼자 기차를 타고 도쿄로 돌아갔다.

그리고 가즈에의 숙부에게 사정을 털어놓고 부탁을 했다. 과묵한 숙부는,

"유감이네."라며 안타까워했다.

숙부는 가즈에를 데리러 가 자기 집으로 데려왔다.

"가즈에 녀석, 여관집 딸처럼 밤에 주인아저씨와 아주머니 사이에 이불을 깔고 태평하게 자고 있지 뭔가. 참 특이한 녀석이야."라며 고개를 움츠리고 웃었다. 그밖에는 아무 말도 하지 않았다.

숙부는 좋은 사람이었다. 기시치가 가즈에와 정식으로 헤어지고 나서도 기시치와 아무렇지도 않게 술을 마시며 어울렸다. 그래도 가끔은,

"가즈에도 참 딱하지."

하고 불쑥 떠올랐다는 듯 말했고, 기시치는 그때마다 마음이 약해져서 난감했다.

여학생

女生徒

1939년 4월 잡지 ≪문학계(文学界)≫에 처음
발표된 작품이며, ≪여학생≫(1954년, 가도카와)에
수록된 글을 원문으로 하여 번역했다.

아침에 눈을 떴을 때의 기분은, 재미있다. 숨바꼭질을 할 때, 벽장의 캄캄한 어둠 속에서 가만히 쪼그리고 숨어 있다가 갑자기 술래가 문을 확 열어젖히면, 햇빛이 쏟아져 들어오면서 술래가 "찾았다!" 하고 큰 소리로 외치는 그 순간의 눈부신 빛, 그리고 느껴지는 기묘한 겸연쩍음, 그러고는 가슴이 두근거리고, 옷깃을 매만지며 조금 쑥스러운 상태로 벽장에서 나오다가 갑자기 울컥 화가 나는 그 느낌, 아니, 아니다, 그 느낌도 아니다, 왠지, 더는 견딜 수 없는 느낌이다. 상자를 열면 그 안에 또 작은 상자가 있고, 그 작은 상자를 열면 또 그 안에 더 작은 상자가 있고, 그걸 열면 또, 또 작은 상자가 있고, 그 작은 상자를 열면 또 상자가 있어서 그렇게 일곱 개, 여덟 개씩 열다 보면 결국 끝에 주사위만 한 작은 상자가 나오고, 그걸 살며시 열어 보면 아무것도 없이 텅 비어 있는, 그 느낌과 조금 비슷하다. 눈이 번쩍 떠진다니, 그런 건 거짓말. 아침은 왠지 뻔뻔스럽다. 서글픈 일들이 수없이, 수많이 가슴에 떠올라서 견딜 수가 없다. 싫어, 싫어. 나는 아침에 가장 추하다. 두 다리가 기진맥진 지쳐서, 그래서 더는 아무것도 하고 싶지 않다. 숙면을 취하지 못한 탓일까. 아침은 건강하다는 건 거짓말이다. 아침은 잿빛이야. 언제나 늘 똑같아. 가장 허무해. 아침 이불 속에서 나는 늘 염세적이다. 염증을 느낀다. 이런저런 추한 후회들이 한꺼번에 쏟아져 가슴을 틀어막아, 몸서리를 친다.

아침은, 심술쟁이.

"아빠." 하고 작은 소리로 불러 본다. 묘하게 쑥스럽기도 하고, 기쁘기도 해서 일어나 얼른 이불을 갠다. 이불을 들면서 읏차, 하는 소리를 내고는 놀라 숨을 삼켰다. 지금까지 내가 읏차, 라는 품위 없는 말을 내뱉는 사람인 줄 몰랐다. 읏차, 라니, 꼭 할머니가 하는 말 같아

거슬렸다. 왜 이런 말을 내뱉었을까. 내 몸 어딘가에 할머니가 한 명 들어앉은 듯해 기분이 별로였다. 앞으로는 조심해야지. 남들의 상스러운 걸음걸이에 눈살을 찌푸리다가, 불현듯 나 역시 그렇게 걷고 있다는 걸 깨달았을 때만큼이나 확 풀이 죽었다.

아침에는 늘 자신이 없다. 잠옷 차림으로 화장대 앞에 앉는다. 안경을 안 쓰고 거울을 들여다보면, 얼굴이 조금 흐릿하고 촉촉하게 비친다. 내 얼굴에서 안경이 제일 싫지만, 다른 사람은 모르는 안경의 장점도 있다. 안경을 쓰고 먼 곳을 보는 게 좋다. 전체가 흐릿하고, 꿈속에 있는 것처럼, 작은 구멍으로 들여다보는 그림처럼 멋지다. 더러운 건 아무것도 없다. 커다란 것만, 선명하게, 강렬하게, 빛만 눈에 들어온다. 안경을 벗고 사람들을 보는 것도 좋다. 상대의 얼굴이 모두 다정하고 곱게, 웃는 것처럼 보인다. 그리고 안경을 벗고 있을 때는 절대로 남들과 다투고 싶지도 않고, 험담도 하고 싶지 않다. 그냥 말없이, 가만히, 멍하니 있을 뿐이다. 그리고 그때의 나는 남들에게도 좋은 사람으로 보일 거라 생각하면, 더욱더 마음이 놓이고, 어리광을 부리고 싶어져서, 마음도 무척 부드러워진다.

하지만 역시 안경은 싫다. 안경을 쓰면 얼굴이라는 감각이 사라진다. 얼굴에서 비롯되는 다양한 정서, 로맨틱함, 아름다움, 강렬함, 나약함, 천진난만함, 애수, 그런 것들을 안경이 모두 차단해 버린다. 그리고 눈빛으로 대화를 나누는 것도 이상할 정도로 불가능해진다.

안경은 유령이다.

스스로 늘 안경이 싫다고 생각해서인지, 눈이 아름다운 것이 가장 좋은 것 같다. 코가 없어도, 입이 가려져 있어도, 눈이, 그 눈을 보고 있으면 더 아름답게 살아야겠다고 생각하게 만드는 눈이면 좋겠다. 내 눈은 마냥 크기만 컸지 별 매력이 없다. 물끄러미 제 눈을 바라보고 있으면 힘이 빠진다. 엄마조차 시시한 눈이라고 한다. 이런 눈을 빛이 없는 눈이라고 하는 거겠지. 둥그런 숯 같은 눈이라고 생각하니 정말 실망스럽다. 눈이 이 모양이라니, 정말 너무해. 거울을 마주하고 있으면 그때마다 물기 어린 아름다운 눈이 되고 싶다는 생각만 간절해진다. 파아란 호수 같은 눈, 푸른 초원에 누워 드넓은 하늘을 올려다보는 듯한 눈, 가끔 구름이 흘러가고 새 그림자까지 선명하게 비치는. 그런 아름다운 눈을 가진 사람을 많이 만나고 싶다.

아침부터 오월이라고 생각하니 왠지 모르게 마음이 조금 들떴다. 역시 기쁘다. 이제 여름도 가까워졌다. 정원에 나가니 딸기 꽃이 눈에 들어왔다. 아빠가 돌아가셨다는 사실이 기묘하게 느껴졌다. 죽어서 사라진다는 건 이해하기 힘든 일이다. 납득이 가지 않는다. 언니와, 헤어진 사람들과, 오랫동안 만나지 못한 사람들이 그립다. 아무래도 아침이면 지나간 일, 옛날부터 알던 사람들 생각이 괜히 가깝게, 단무지 냄새처럼 무미건조하게 떠올라서 견디기 힘들다.

자피와 가아[가여운 개라 가아(불쌍하다는 뜻의 일본어 '가와이소'에서 따온 말—옮긴이 주)라고 부른다], 두 마리가 한 덩어리처럼 부대끼며 달려왔다. 두 마리를 앞에 나란히 두고 자피만 아주 예뻐해 줬다. 자피의 새하얀 털은 빛이 나서 아름답다. 가아는 꾀죄죄하다. 자피를 예뻐하면 가아가 곁에서 울상을 짓는다는 걸 잘 안다. 가아에게 장애가 있다는 것도 안다. 가아를 보면 슬퍼서 싫다. 불쌍하고 불쌍해서 견딜 수가 없어서, 일부러 못되게 구는 것이다. 가아는 주인 없는 개처럼 보이니 언제 잡혀서 죽을지 모른다. 가아, 다리가 이러니까 도망치는 것도 느리겠지. 가아, 얼른 산속으로 들어가렴. 넌 누구에게도 사랑받지 못하니 빨리 죽는 게 나아. 나는 가아뿐 아니라 사람에게도 못된 짓을 하는 아이다. 남을 곤란하게 하고 자극한다. 정말 못된 아이다. 툇마루에 앉아 자피의 머리를 쓰다듬어 주면서 시리듯 푸른 잎을 보고 있자니, 한심해져서 흙 위에 주저앉고 싶은 마음이 들었다.

울고 싶었다. 숨을 죽이고 눈에 핏대를 세우면 조금 눈물이 나올지도 모른다는 생각에 시도해 봤지만, 실패했다. 어쩌면 이미 눈물 없는 여자가 된 걸지도 모른다.

포기하고 방 청소를 시작했다. 청소를 하다가 문득 '외국인 오키치'[막부 말, 미국 영사 해리스에게 간호부(또는 첩실)로 파견됐던 여성 사이토 기치의 이야기를 작가 주이치야 기사부로가 비극적으로 각색해 소설로 썼으며, 노래로도 불렸다.—옮긴이 주]를 불렀다. 살짝 주위를 둘러본다. 평소에는 모차르트나 바흐에 빠져 있는 내가 무의식적으로 '외국인 오키치'를 불렀다는 게 재미있었다. 이불을 정리할 때, 웃차, 하고 말하거나, 청소를 하면서 '외국인 오키치'를 부르다니, 나도 이제 틀렸구나, 싶었다. 이런 상태라면 잠꼬대로 얼마나 저속한 말을 할지, 불안해서 견딜 수가 없다. 하지만 왠지 웃음이 나 청소를 멈추고 혼자 웃었다.

어제 바느질한 새 속옷을 입었다. 가슴에 작고 하얀 장미꽃을 수놓았다. 윗옷을 입으면 이 자수는 보이지 않는다. 아무도 모를 것이다. 만족스럽다.

엄마는 누군가의 결혼 준비를 위해 아침 일찍부터 외출했다. 내가 어릴 때부터 엄마는 남을 위해 헌신하는 사람이었기 때문에 익숙하지만, 정말 놀라울 정도로 쉬지 않고 움직인다. 감탄스럽다. 아빠가 너무 공부만 하니까 엄마가 아빠 몫까지 한 것이다. 아빠는 사교 같은 것과는 거의 연이 없었는데, 엄마는 정말 기분 좋은 사람들의 모임을 만든다. 두 사람은 각자 다른 면을 갖고 있지만 서로 존경했다. 못난 곳 없는, 아름답고 안정된 부부라고 해야 할까. 아아, 내가 뭐라고, 건방진 소리를.

된장국을 데우며 부엌 입구에 앉아 집 앞의 잡목림을 멍하니 바라보았다. 그러다 보니 옛날에도, 앞으로도 이렇게 부엌 입구에 앉아 이런 자세로, 게다가 지금과 똑같은 생각을 하면서 집 앞의 잡목림을 바라봤던 것 같은, 바라보는 것 같은 기분이 들어서 과거, 현재, 미래가 한순간에 느껴지는 듯한 이상한 기분이 들었다. 이런 일이 종종 있다. 누군가와 방에 앉아 이야기를 나누고 있다. 시선이 테이블 구석에 고정돼 움직이지 않는다. 입만 움직이고 있다. 이럴 때면 이상한 착각이 든다. 언제였던가, 이렇게 같은 상태로, 같은 이야기를 하면서, 역시나 테이블 구석을 보고 있었다. 또 앞으로도 지금 이 순간이 그대로 똑같이 다가올 거라고 믿어 버리게 된다. 멀리 떨어진 시골길을 걷고 있어도 분명 이 길은 언젠가 왔던 길이라는 생각이 든다. 길을 걷다가 길가에 핀 콩잎을 슬쩍 딸 때도, 역시 이 길의 이곳에서 이 잎을 딴 적이 있다는 생각이 든다. 그리고 앞으로도 몇 번이고, 이 길을 걷다가 이곳에서 콩잎을 딸 것이라는 믿음이 생긴다. 또 이런 일도 있다. 어느 날 뜨거운 물에 몸을 담그고 있다가 문득 손을 보았다. 그러자 앞으로 몇 년이 지나 이렇게 지금처럼, 별 생각 없이 손을 보았던 일을, 그리고 손을 보면서 흠칫했던 일을 분명 떠올릴 게 틀림없다고 생각했다. 그렇게 생각하니 왠지 모르게 우울한 기분이 들었다. 또 어느 날 저녁, 밥을 그릇에 담고 있을 때, 영감, 이라고 하면 과장되게 들리겠지만, 뭔가 몸속을 스쳐 지나가는 걸 느끼고, 뭐라고 할까, 철학의 꼬리라고 표현하고 싶은데, 그것에 머리도 가슴도 구석구석 투명해져서, 뭔가, 살아간다는 것에 부드럽게 안착한 듯, 말없이, 소리도 내지 않고, 우뭇가사리 묵을 뽑을 때처럼 스르륵 유연하게, 이대로 파도에 몸을 맡기고, 아름답고 가벼이 살아갈 수 있을 것 같은 기분이 든다. 이건 철학이니 뭐니 하는 게 아니다. 도둑고양이처럼 아무 소리도 내지 않고 살아가는 예감 같은 건 좋은 일이 아니고, 오히려 두렵다. 그런 기분이 오래 계속되면 인간은 신이 내린 것처럼 되어 버리는 게 아닐까. 예수 그리스도. 하지만 여자 예수라니, 뭔가 싫다.

결국 난 한가하니까, 생활의 고충이 없으니까, 매일 보고 들으면서 솟아난 수백, 수천 개의 감수성을 처리하지 못하고, 멍하니 있다 보면 녀석들은 괴물 같은 얼굴로 곳곳에서 떠오르는 게 아닐까.

식탁에서 혼자 밥을 먹는다. 올해 처음으로 오이를 먹었다. 오이의 푸르름에서 여름이 온다. 오월 오이의 푸른 맛에는 가슴이 텅 비는 듯, 욱신거리고 간질거리는 슬픔이 있다. 혼자 식탁에서 밥을 먹다 보면 괜히 여행을 떠나고 싶어진다. 기차를 타고 싶다. 신문을 읽는다. 고노에 씨(고노에 후미마로, 정치가로 중일 전쟁기, 34, 38, 39대 총리대신을 역임했다.—옮긴이 주)의 사진이 실려 있다. 고노에 씨는 좋은 사람일까? 나는 이런 얼굴을 좋아하지 않는다. 이마가 별로다. 신문에서는 책 광고 글이 제일 재미있다. 실으려면 한 글자 한 줄에 백 엔, 이백 엔씩 광고료를 내야 하니 다들 열심이다. 한 글자 한 구절, 최대 효과를 거두기 위해 끙끙거리며 짜낸 듯한 명문이다. 이렇게 돈이 드는 문장은 세상에 별로 없겠지. 왠지 고소하다. 통쾌하다.

밥을 먹고, 문단속을 하고, 학교에 간다. 괜찮아, 비는 오지 않을 것 같지만, 그래도 어제 엄마에게 받은 좋은 우산을 꼭 들고 가고 싶어서 우산을 챙겼다. 이 우산은 엄마가 결혼 전에 쓰던 것이다. 재밌는 우산을 발견해 나는 조금 만족스러웠다. 이런 우산을 들고 파리 시내를 걷고 싶다. 아마 지금 전쟁이 끝나면 이런 낭만이 있는, 고풍스러운 우산이 유행하겠지. 이 우산에는 보닛 스타일의 모자가 잘 어울릴 것이다. 핑크색에 소매가 길고 옷깃이 큰 기모노에 검은색 실크 레이스로 짠 긴 장갑을 끼고, 챙이 넓은 큼직한 모자에 아름다운 보라색 제비꽃을 달아야지. 그리고 녹음이 짙어질 무렵 파리 레스토랑에서 점심을 먹는다. 우수에 젖은 듯 가볍게 턱을 괴고 밖을 오가는 사람들의 흐름을 지켜보고 있으면, 누군가 가만히 내 어깨를 두드린다. 갑자기 음악, 장미의 왈츠. 아, 이상하다, 이상해. 현실은 이 낡고 독특한, 손잡이가 기다란 우산 하나뿐인데. 스스로가 비참하고 불쌍했다. 성냥팔이 소녀. 어디, 풀이라도 뽑으면서 갈까.

　나가는 길에 우리 집 대문 앞 풀을 조금 뽑았다. 엄마를 위한 근로 봉사다. 오늘은 뭔가 좋은 일이 있을지도 모른다. 같은 풀이라도 왜 뽑아 버리고 싶은 풀과 가만히 놔두고 싶은 풀로 나뉘는 걸까. 예쁜 풀과 그렇지 않은 풀, 생긴 건 조금도 다르지 않은데, 안쓰러운 풀과 얄미운 풀이, 왜 이렇게 분명히 나뉘는 것일까. 논리적인 이유 같은 건 없다. 여자의 호불호란 정말이지 기준이 없는 것 같다. 십 분간의 근로 봉사를 마치고 서둘러 정류장으로 갔다. 두렁길을 지나는데 갑자기 그림을 그리고 싶었다. 도중에 신사 숲으로 난 오솔길을 지났다. 이건 내가 혼자 찾아낸 지름길이다. 오솔길을 걷다가 불현듯 아래를 내려다보니 보리가 두 치 정도 곳곳에 모여 자라고 있었다. 푸릇푸릇한 보리를 보고 있으려니 아아, 올해도 군인들이 왔다는 걸 실감했다. 작년에도 많은 병사들과 말들이 와서 이 숲에서 쉬고 갔다. 시간이 흐른 뒤에 그곳을 지나면서 봤더니 오늘처럼 보리가 쑥쑥 자라고 있었다. 하지만 그 보리는 더는 자라지 않았다. 올해도 군인들의 말 먹이통에서 쏟아져 흐물흐물 자란 보리는 숲이 이토록 어둡고 볕도 전혀 들지 않으니 가엾게도 여기까지만 자라고 죽고 말겠지.

신사 숲의 오솔길을 지나 역 근처에서 네다섯 명의 노동자와 마주쳤다. 그들은 늘 그렇듯 나를 향해 입에 담을 수 없는 천박한 말을 내뱉는다. 나는 어쩌면 좋을지 망설였다. 그들을 제치고 저 멀리 앞질러 가고 싶은데, 그러려면 그들 사이를 비집고 빠져나가야 한다. 무서워라. 그렇다고 가만히 서서 노동자들을 먼저 보내고 거리가 확 벌어질 때까지 기다리는 건 더욱더 담력이 필요한 일이다. 무례한 일이니 그들이 화를 낼 수도 있다. 몸에 열이 올라서 울음이 터질 것 같았다. 나는 울컥하는 게 부끄러워 그들을 향해 웃었다. 그리고 천천히 그들 뒤를 따라 걸어갔다. 그때는 그렇게 끝이 났지만, 분한 마음은 전차를 탄 뒤에도 사라지지 않았다. 이런 시시한 일에 태연해질 수 있도록, 빨리 강하고 결연해지고 싶다.

전차 입구 근처에 빈자리가 있어서 그곳에 짐을 슬그머니 놓고 스커트 주름을 살짝 펴고 앉으려는데, 안경 쓴 남자가 내 짐을 치우고 앉아 버렸다.

"저기요, 거기 제가 맡아 놓은 자리예요."라고 하자

남자는 쓴웃음을 짓고는 태연하게 신문을 읽기 시작했다. 곰곰이 생각해 보니 누가 더 뻔뻔한지 모르겠다. 어쩌면 내가 더 뻔뻔한 것일지도 모른다.

어쩔 수 없이 우산과 짐을 선반에 올려놓고, 손잡이를 잡고 여느 때처럼 잡지를 읽으려고 한 손으로 페이지를 넘기다가 문득 이런 생각이 들었다.

내게서 책을 빼앗는다면, 인생 경험이 없는 나는 울상을 짓게 되겠지. 그 정도로 난 책에 적힌 말들에 의지하고 있다. 책 한 권을 읽고는 그 책에 완전히 빠져서 신뢰하고, 동화되고, 공명하고, 그리고 생활을 갖다 붙인다. 또 다른 책을 읽으면 즉시 확 바뀌어서 그 책에 빠져든다. 남의 것을 훔쳐서 제 것으로 다시 만드는 재능은, 그 교활함은, 나의 유일한 특기다. 정말이지 이 교활함, 속임수에는 진저리가 난다. 날마다 실패에 실패를 거듭해, 창피만 당한다면 조금은 진중해질지도 모른다. 하지만 그러한 실패조차 어떻게든 억지 논리를 잘 갖다 붙여서, 멀쩡해 보이는 이론을 내놓고, 불쌍함을 짜내 연기하겠지.

(이런 말도 어느 책에서 읽은 적이 있다.)

정말 나는 무엇이 진짜 나인지 모르겠다. 읽을 책이

없어져서 흉내 낼 거리가 아무것도 없다면, 나는 대체 어떻게 할까. 꼼짝도 못하고 위축된 상태로 그저 코만 풀고 있을지도 모른다. 아무튼 전차 안에서 매일 이런 뜬구름 잡는 생각만 하고 있으면 안 된다. 몸에 불쾌한 온기가 남아서 도저히 견딜 수가 없다. 뭔가 해야 한다, 어떻게든 해야 하는데, 어떻게 해야 나 자신을 확실히 파악할 수 있을까. 지금까지 나의 자기비판은 아무 의미 없는 것이었다. 비판을 하고 나의 싫은 점, 약한 점을 찾아내면 바로 자기연민에 빠져 스스로를 위로하며, 빈대 잡자고 초가삼간을 태울 수 없지, 같은 결론을 내리고 마니, 비판이고 뭐고 아무 소용이 없는 것이다. 아무 생각도 안 하는 게 차라리 양심적이다.

이 잡지에도 '젊은 여성의 결점'이라는 제목으로 여러 사람이 글을 썼다. 읽다 보면 내 얘기를 하는 것 같아 부끄러워진다. 게다가 쓰는 사람에 따라 평소 멍청하다고 생각했던 사람은 그대로 멍청한 소리를 하고 있고, 사진으로 보고 세련됐다고 생각했던 사람은 세련된 말투를 구사하고 있어서 웃기다 생각하며, 가끔은 키득거리며 읽는다. 종교인은 금방 신앙 이야기를 하고, 교육자는 처음부터 끝까지 은혜, 은혜 타령이다. 정치인은 한시(漢詩)를 들고 나왔다. 작가들은 잰 체하며 멋들어진 말을 쓰고 있다. 우쭐해 있다.

하지만 다들 꽤 정확한 것들만 들고 있다. 개성이 없음. 깊이가 없음. 바람직한 희망, 바람직한 야심, 그런 것들과는 거리가 멀다. 즉, 이상이 없음. 비판은 있어도 자기 생활에 직접 관련시키는 적극성이 없음. 반성이 없음. 진정한 자각, 자기애, 자중이 없음. 용기 있는 행동을 해도 그 모든 결과에 대해 책임을 질 수 있는가. 주변 생활 방식에는 순응하고 이를 처리하는 데는 능숙하지만, 자기와 주변 생활에 관한 올바르고 강한 애정이 없음. 진정한 의미에서 겸손하지 않음. 독창성이 부족함. 모방뿐임. 인간 본연의 '사랑'이라는 감각이 결여돼 있음. 고상한 척하지만 기품 없음. 그 밖에도 많은 것들이 적혀 있었다. 정말 읽다가 정신이 번쩍 드는 순간이 많았다. 결코 부정할 수 없다.

하지만 여기 쓰인 모든 단어들이 왠지 낙관적이라, 이들의 평소 심정과 동떨어진 것들을 그냥 써 본 느낌이었다. '진정한 의미에서', '본연의' 같은 형용사를 많이 썼지만, '진정한' 사랑, '진정한' 자각이 무엇인지 또렷하게, 손에 잡힐 듯 이해되지는 않는다. 이 사람들은 알고 있을지도 모른다. 그렇다면 더욱 구체적으로, 그냥 한 마디, 오른쪽으로 가라, 왼쪽으로 가라, 하는 식으로 그저 한 마디, 권위 있게 손으로 가리켜 주는 게 훨씬 고마운 일일 텐데. 사랑 표현의 방침을 잃어버려서, 이것도 아니고 저것도 아니라고만 하지 말고, 이렇게 해라, 저렇게 해라, 강하게 말해 주면 우리는 모두 거기에 따를 것이다. 아무도 자신이 없는 걸까. 여기에 의견을 발표하는 사람들도 언제나, 어떤 경우에든 이런 의견을 갖고 있는 건 아닐지 모른다. 바람직한 희망, 바람직한 야심을 갖고 있지 않다고 꾸짖을 수 있지만, 우리가 바람직한 이상을 좇아 행동할 경우, 이들은 어디까지 우리를 지켜봐 주고 이끌어 줄 것인가.

우리는 자신이 가야 할 최선의 장소, 가고 싶은 아름다운 장소, 자신을 성장시킬 장소를 어렴풋이나마 알고 있다. 좋은 생활을 하고 싶다고 생각한다. 그야말로 바람직한 희망, 야심을 갖고 있다. 의지할 수 있을 만한 굳건한 신념을 갖고 싶다고 가슴을 졸인다. 하지만 이 모든 것을, 딸이라면 딸로서 생활 속에서 구현하려면 얼마만큼의 노력이 필요할까. 엄마, 아빠, 언니, 오빠들의 사고방식도 있다(입으로는 너무 낡은 생각이라고 말하지만, 결코 인생의 선배, 노인, 기혼자들을 경멸하지는 아니다. 오히려 언제나 지켜보고 있다). 시종일관 생활로 엮인 친척들도 있다. 지인도 있다. 친구도 있다. 그리고 거대한 힘으로 우리를 떠미는 '세상'이라는 것도 있다. 이 모든 일을 상상하거나, 보거나, 생각하다 보면 자기 개성을 키우는 것만 문제가 아니다. 그저 눈에 띄지 않도록, 평범한 많은 사람들이 지나가는 길을 묵묵히 나아가는 게 가장 영리한 것 아닐까 하는 생각을 하지 않을 수 없다. 소수를 위한 교육을 모든 사람들에게 시행하는 건 상당히 가혹한 일이다. 학교의 도덕 교육과 세상의 법칙이 무척이나 다르다는 사실을 커 가면서 점점 깨닫게 됐다. 학교의 도덕 교육을 절대적으로 지키면 그 사람은 손해를 본다. 괴짜라는 소리를 듣는다. 출세하지 못하고 늘 가난하다. 거짓말을 하지 않는 사람이 과연 있을까. 있다면 그 사람은 영원히 패배자다. 우리 친척 중에도 행실이 바르고 굳건한 신념을 갖고 이상을 추구하며 그야말로 진정한 의미로 살아가는 사람이 하나 있는데, 친척들은 모두 그 사람을 나쁘게 말한다. 바보 취급을 한다. 나 같은 사람은 그렇게 바보 취급을 당하고 패배할 것을 알면서, 엄마나 다른 사람들의 반대를 무릅쓰고 내 생각을 밀고 나

갈 수 없다. 두려운 것이다. 어렸을 때는 나도 내 생각과 남의 생각이 완전히 다를 때 엄마에게,

"왜?"라고 물었다. 그때 엄마는 뭐라 한마디로 정리해 버리면서 화를 냈다. 나쁘다, 불량하다고 하면서 엄마는 슬퍼하는 것 같았다. 아빠에게 말한 적도 있다. 아빠는 그때 그냥 조용히 웃었다. 그리고 나중에 엄마에게 '평균에서 벗어난 아이'라고 말했다고 한다. 커 가면서 나는 점점 두려워하고 흠칫거리는 사람이 됐다. 옷 한 벌 만들 때도 사람들의 생각을 신경 쓰게 됐다. 내 개성 같은 걸, 사실은 사랑하고 있지만, 앞으로도 사랑하고 싶지만, 그걸 확실히 내 것으로 체현하는 것은 두렵다. 사람들이 착한 아이라고 생각하는 사람이 되자고 늘 생각한다. 많은 사람들이 모였을 때, 나는 얼마나 비굴해질까. 입 밖으로 내고 싶지 않은 걸, 마음에도 없는 소리를 거짓으로 내뱉고 있다. 그러는 게 더 이득이라고 생각하기 때문이다. 형편없다고 생각한다. 어서 도덕이 완전히 달라지는 날이 오면 좋겠다. 그럼 이런 비굴함도, 또 나를 위해서가 아니라 남의 눈치를 보며 하루하루 쩔쩔매며 살지 않아도 되겠지.

어머, 저기 자리가 났네. 서둘러 선반에서 짐과 우산

을 내려서 재빨리 끼어들어 앉았다. 오른쪽에는 중학생, 왼쪽에는 아이를 업은 아주머니. 아주머니는 나이깨나 먹었으면서 짙은 화장에 유행하는 머리를 했다. 얼굴은 곱지만, 칙칙한 목주름이 잡힌 게 영 꼴불견이라, 힘껏 때려 주고 싶을 정도로 진저리가 났다. 사람은 서 있을 때와 앉아 있을 때 생각하는 게 완전히 달라진다. 앉아 있으면 왠지 모르게 불안하고, 무기력한 생각만 든다. 내 맞은편 자리에는 같은 또래에 비슷한 차림새의 회사원들 네다섯 명이 멍하니 앉아 있다. 서른쯤 됐을까. 하나같이 다 싫다. 눈빛이 탁하다. 패기가 없다. 하지만 내가 지금 이 중 한 사람에게 생긋 웃어 보인다면, 그것만으로도 나는 질질 끌려가서 그 사람과 결혼하지 않으면 안 되는 처지가 될지도 모른다. 여자는 제 운명을 결정짓는 데 미소 한 번으로 충분하다니. 무섭다. 신기할 정도다. 조심하자. 오늘 아침은 정말 이상한 생각만 한다. 이삼 일 전부터 우리 집 정원을 손질하러 온 정원사의 얼굴이 자꾸 눈에 밟혀 견딜 수가 없다. 머리부터 발끝까지 정원사인데, 얼굴 느낌이 뭔가 다르다. 과장해서 말하자면 사색가 같은 얼굴이다. 낯빛이 어두워서 다부진 느낌이 든다. 눈이 마음에 든다. 미간도 좁다. 코는 굉장히 들창코인데, 그게 또 까무잡잡한 피부와 어우러져 의지가 강한 느낌을 준다. 입술 모양도 꽤 괜찮다. 귀는 조금 지저분하다. 손은 그야말로 정원사 그 자체지만, 검은 모자를 꾹 눌러쓴 그늘진 얼굴은 정원사로 두기에는 아깝다는 생각이 든다. 엄마에게 서너 번이나 그 정원사는 원래부터 정원사였냐고 물었다가 결국 혼이 났다. 오늘, 짐을 싼 이 보자기는 바로 그 정원사가 처음 온 날 엄마에게 받은 것이다. 그날은 우리 집 대청소 날이라 부엌 수리 기사와 다다미 가게 직원도 왔고, 엄마도 서랍장의 물건들을 정리하고 있었는데, 그때 나온 이 보자기를 내게 준 것이다. 여성스러운 느낌의 고운 보자기. 어찌나 고운지 묶기도 아깝다. 이렇게 앉아서 무릎 위에 올려놓고 몇 번이나 가만히 들여다본다. 쓰다듬는다. 전차 안 모든 사람들에게 보여 주고 싶지만, 아무도 안 본다. 이 귀여운 보자기를, 그냥, 잠시만 봐 준다면, 나는 그 사람에게 시집을 가도 좋다. 본능이라는 말과 마주하면 울고 싶어진다. 본능의 거대함, 우리 의지로 움직일 수 없는 힘, 그런 걸 가끔 이런저런 일을 통해 알게 되면 미쳐 버릴 것 같은 기분이 든다. 어쩌면 좋을까, 머리가 멍해진다. 부정도 긍정도 없는, 그저 크나큰 무언가가 내 머리 위로 덮쳐 오는 것 같다. 그리고 나를 멋대로 끌고 다니는 것이다. 끌려가면서 만족하는 마음과 그것을 슬픈 심정으로 바라보는 또 다른 감정. 왜 우리는 자기만으로 만족하고 자기만을 평생 사랑하며 살아갈 수 없을까. 본능이 지금까지의 내 감정과 이성을 갉아먹는 걸 보는 건 비참하다. 조금이라도 자신을 잊어버리고 나면 그냥 기운이 빠진다. 그런 나와 이런 나에게도 본능이 분명히 있다는 걸 알면 눈물이 날 것 같다. 엄마, 아빠를 부르고 싶어진다. 하지만 또 진실이라는 건 의외로 내가 싫다고 생각하는 곳에 있을지도 모른다는 생각이 들자, 이제 더욱더 비참하다.

벌써 오차노미즈다. 승강장에 내리니 아무 일도 없던 것처럼 머리가 말끔했다. 지나간 일들을 서둘러 떠올리려고 애썼지만, 도무지 떠오르지 않았다. 그 뒷일을 생각하려고 조바심을 냈지만, 아무것도 생각나지 않는다. 텅 비어 있다. 그때, 때로는 꽤나 내 심금을 울린 것도 있었던 것 같고, 괴롭고 부끄러운 일도 있었을 텐데, 지나고 보면 아무 일도 없었던 것과 다를 게 없다. 지금이라는 순간은 재미있다. 지금, 지금, 지금, 하고 손가락으로 누르고 있는 동안에도, 지금은 저 멀리 날아가고 새로운 '지금'이 다가와 있다. 육교 계단을 터벅터벅 오르면서 이게 뭔가 싶었다. 바보 같다. 나는 좀 과하게 행복한 걸지도 모른다.

오늘 아침 고스기 선생님은 아름답다. 내 보자기처럼 예쁘다. 아름다운 파란색이 잘 어울리는 선생님. 가슴에 단 진홍색 카네이션도 눈에 띈다. '척'이라는 게 없었다면 이 선생님을 훨씬 더 좋아했을 텐데. 너무 멋진 척을 한다. 어딘지 모르게 억지스럽다. 저렇게 살면 피곤하겠지. 성격도 어딘가 좀 난해한 구석이 있다. 모르는 부분이 아주 많다. 근본이 어두운데 억지로 밝은 척 애쓰는 모습도 보인다. 하지만 뭐라 해도 매력적인 여성이다. 학교 선생님으로 두기에는 아깝다는 생각이 든다. 교실에서는 예전만큼 인기가 없지만, 나는, 나만큼은 전처럼 매료돼 있다. 깊은 산속 호숫가 고성에 사는 아가씨 같은 느낌이 있다. 너무 칭찬을 해 버렸다. 고스기 선생님 이야기는 왜 늘 이렇게 딱딱한 걸까. 머리가 나쁜 게 아닐까. 서글퍼진다. 아까부터 애국심에 관해 장황하게 이야기를 늘어놓는데, 그런 것쯤은 다들 잘 안다. 어떤 사람이든 자신이 태어난 곳을 사랑하는 마음은 가졌을 텐데. 지루하다. 뺨을 괴고 멍하니 창밖을 바라봤다. 바람이 세서인지 구름이 예쁘다. 정원 구석에 장미꽃이 네 송이 피어 있다. 노란 장미 하나, 흰 장미 둘, 분홍색 하나. 꽃을 바라보며 인간도 정말 좋은 점이 있구나, 생각했다. 꽃의 아름다움을 발견한 것도 인간이고, 꽃을 사랑하는 것도 인간이니 말이다.

점심시간에는 귀신 이야기를 했다. 야스베에 언니의 제1고등학교 칠 대 불가사의 중 하나인 '열리지 않는 문' 이야기에 모두 비명을 질렀다. 억지스럽지 않고 심리적이라 재미있다. 너무 소란을 떨어서 방금 점심을 먹었는데도 벌써 배가 고파졌다. 곧바로 찐빵 부인에게서 캐러멜을 나눠 받았다. 그리고 모두 다시 괴담에 빠져들었다. 누구든 이 귀신 이야기에는 관심이 생기는 모양이다. 일종의 자극일까. 그리고 괴담은 아니지만 구하라 후사노스케(일본의 실업가, 정치가. 히타치 제작소, 닛산 자동차 창립의 기반이 된 구하라 재벌의 총수로서 광산왕으로 불렸다.—옮긴이 주)에 관한 이야기는 정말 재미있었다.

오후 미술 시간에는 모두 교정에 나가 사생 연습을 했다. 이토 선생님은 왜 늘 의미도 없이 나를 곤란하게 하는 걸까. 오늘도 내게 자기 그림 모델을 하라고 했다. 반 친구들이 내가 오늘 아침 가져온 고풍스러운 우산을 보고 좋다고 야단법석을 떠는 바람에, 결국 이토 선생님에게도 들켜서, 그 우산을 들고 교정 구석에 있는 장미 옆에 서 있으라고 한 것이다. 선생님은 나의 이런 모습을 그려서 이번 전시회에 출품하겠다고 했다. 나는 그럼 삼십 분만 모델이 되겠다고 승낙했다. 조금이라도 남에게 도움이 될 수 있다는 건 기쁜 일이다. 하지만 이토 선생님과 서로 마주 보고 있자니 매우 피곤했다. 이야기가 끈적거리고 이상한 논리가 너무 많은 데다, 나를 너무 의식해서인지 스케치하면서 하는 말들도 모두 내 이야기뿐이다. 대답하기 귀찮고, 성가셨다. 알 수 없는 사람이다. 괜히 웃거나, 선생님이면서 쑥스러워하거나, 아무튼 태도가 깔끔하지가 않아 넌더리가 난다.

"죽은 여동생이 떠오릅니다."라니, 못 참겠다. 사람은 좋은 것 같지만 제스처가 너무 많다.

제스처라면 나 역시 지지 않을 만큼 많다. 게다가 나는 교활하고 영리하게 행동한다. 정말 아니꼬워서 처리하기 곤란하다. "나는 척을 너무 많이 해서 척에 끌려 다니는 거짓말쟁이 괴물이야."라고 말하는 것, 이것도 하나의 척이니 도무지 어찌할 도리가 없다. 그렇게 얌전히 선생님의 모델을 서고 있으면서도, 속으로는 '자연스러워지고 싶어, 솔직해지고 싶어.'라고 기도하는 것이다. 책 같은 건 그만 읽어. 관념뿐인 생활에, 무의미하고 오만하게 아는 척이나 하고, 경멸스럽기 짝이 없구나. 생활의 목표가 없네, 더 적극적으로 생활에, 인생에 임하렴, 스스로 모순이 있는지 없는지 자꾸 생각하거나 고민하는 것 같은데, 너의 그건 감상(感傷)일 뿐이야. 자신을 가엾게 여기며 위로하는 거지. 그리고 자신을 너무 높이 사는 것 같아. 아아, 이렇게 더러운 마음을 가진 나를 모델로 삼다니, 선생님의 그림은 분명 낙선할 것이다. 아름다울 리가 없는 걸. 이러면 안 되지만, 이토 선생님이 그저 바보처럼 보인다. 선생님은 내 속옷에 장미 자수가 놓여 있는 것조차 모른다.

가만히 같은 자세로 서 있다 보면, 이유도 없이 문득 돈이 많으면 좋겠다는 생각이 든다. 십 엔이 있으면 좋을 텐데. ≪퀴리 부인≫이 가장 읽고 싶다. 그리고 불현듯 엄마가 오래 사셨으면 좋겠다고 생각했다. 선생님의 모델을 서는 건 이상하게 힘들다. 녹초가 된다.

방과 후에는 절집 딸인 긴코와 몰래 할리우드 미용실에 가서 머리를 했다. 완성된 머리를 보고는 요청했던 것과 달라 실망했다. 어떻게 봐도 나는 전혀 예쁘지 않다. 한심하다는 생각이 들었다. 정말이지 기운이 쭉 빠졌다. 이런 곳에 와서 몰래 머리 손질이나 받다니, 더러운 암탉 한 마리가 된 기분까지 들어 뒤늦게 후회했다. 이런 곳에 왔다는 것 자체가 자신을 경멸하는 것이라고 생각했다. 긴코는 아주 신이 났다.

"이대로 선이라도 보러 갈까?" 하는 황당한 말을 내뱉고는, 어느새 정말 선을 보러 가기로 했다고 착각을 한 건지,

"이런 머리에는 어떤 색깔의 꽃을 꽂으면 좋을까?" "기모노를 입을 때 허리띠는 어떤 게 좋을까?" 하고 진지하게 물었다.

정말 아무 생각도 없는 사랑스러운 사람이다.

"선을 누구랑 볼 건데?" 나도 웃으며 물었다.

"떡집에는 떡집이 최고라니까." 하고 태연하게 대답했다. 나도 조금 놀라서 그게 무슨 뜻이냐고 물었더니, 절집 딸은 절집에 시집가는 게 제일 좋다, 평생 먹고사는 데 지장이 없으니까, 하고 대답해 다시 나를 놀라게 했다. 긴코는 무색무취한 성격이고, 그래서인지 여성스러움으로 가득하다. 학교에서 내 옆자리이지만 내가 그렇게 살갑게 대하지도 않았는데, 긴코는 나를 '가장 친

한 친구'라고 모두에게 말하고 다닌다. 귀여운 아가씨다. 하루 간격으로 편지를 건네기도 하고, 은근히 챙겨줘서 고맙긴 하지만, 오늘 너무 방방 들뜬 모습을 보이니 귀찮아졌다. 긴코와 헤어져 버스를 탔다. 왠지 모르게 우울했다. 버스 안에서 불쾌한 여자를 봤다. 옷깃이 지저분한 기모노를 입고, 헝클어진 빨간 머리를 빗 한 개로 틀어 올렸다. 손발도 지저분했다. 게다가 남자인지 여자인지 구분할 수 없을 정도로 낯빛이 검붉었다. 그리고 아아, 가슴이 답답해진다. 여자의 배는 커다랗게 불러 있었다. 이따금 혼자 히죽거린다. 암탉. 몰래 머리를 하러 미용실 같은 곳에 가는 나도 이 여자와 하나도 다를 게 없다.

아침에 전철에서 옆자리에 앉았던 화장이 짙은 아주머니도 떠올랐다. 아아, 더럽다, 더러워. 여자가 싫다. 내가 여자라서 그런지, 여자 안의 불결함을 잘 알기에, 이가 갈릴 정도로 싫다. 금붕어를 만지고 난 뒤에 그 참을 수 없는 비린내가 내 온몸에 배어 있는 것 같은데, 아무리 씻어도 사라지지 않는 것 같다. 이렇게 하루하루 나 역시 암컷의 체취를 발산하게 되는 건가 생각하면, 또한 짚이는 곳도 있어서 차라리 이대로 소녀로서 죽고 싶다는 생각이 든다. 문득 병에 걸리고 싶었다. 아주 중병에 걸려서, 땀을 폭포수처럼 흘려서 홀쭉하게 여위면, 나도 완전히 깨끗해질 수 있을지도 모르겠다. 살아 있는 한, 도저히 도망칠 수 없는 걸까. 종교의 진정한 의미를 조금은 알 것 같았다.

버스에서 내리니 조금 마음이 놓였다. 아무래도 탈것은 힘들다. 공기가 미적지근해서 도저히 견딜 수 없었다. 땅이 좋다. 흙을 밟고 걷다 보면 스스로가 좋아진다. 아무래도 나는 조금 덜렁이인 것 같다. 세상 태평한 사람이다. 집에 가자, 가자, 뭘 보고 돌아가지, 밭의 양파를 보며 돌아가자, 개구리가 우니까 집에 가자. 작은 소리로 노래하다가 얘는 어쩜 이렇게 태평할까, 하고 스스로도 답답한 마음에 키만 크는 이 몸이 미워진다. 괜찮은 여자가 되어야겠다고 생각했다.

집으로 돌아가는 시골길은 날마다 봐서 익숙했기에, 얼마나 조용한 시골인지도 잊어버렸다. 그저 나무, 길, 밭 밖에 없으니까. 오늘은 이 시골에 처음 온 외지인 흉내를 내 볼까. 나는 간다 어디의 나막신 가게 딸로 태어나 난생처음 교외의 흙을 밟는 것이다. 그럼 이 시골은 대체 어떻게 보일까. 멋진 생각이다. 처량한 생각. 나는 진지한 표정을 지으며 일부러 과장되게 두리번거렸다. 작은 가로수 길을 내려갈 때는 고개를 돌려 잎이 돋아나는 나뭇가지를 바라보면서 어머나, 하고 작게 감탄을 터뜨리고, 다리를 건널 때는 잠시 실개천을 들여다보며 수면에 얼굴을 비추고는 멍멍, 하며 개 흉내를 내며 짖거나, 눈을 가늘게 뜨고 멀리 있는 밭을 바라보며 홀린 듯 좋다, 하고 중얼거리며 한숨을 내쉬다, 신사에서 잠시 쉬어 간다. 신사 숲 속은 어두워서, 황급히 일어나 어머, 무서워라, 하며 어깨를 잔뜩 움츠리고 서둘러 숲속을 빠져나와, 숲 밖의 환한 빛에 짐짓 놀란 표정을 지으며, 여러 가지를 새롭게 느껴 보자고 마음먹고 시골길을 열심히 걷다가, 왠지 참을 수 없을 정도로 쓸쓸해졌다. 결국 길가의 풀밭에 털썩 주저앉았다. 풀 위에 앉자 방금 전까지의 들뜬 기분이 쿵 소리를 내며 사라지고, 순식간에 진지해졌다. 그리고 요즘의 나에 대해 조용히, 찬찬히 되짚어 보았다. 왜 요즘 나는 틀려먹은 걸까. 왜 이토록 불안한 걸까. 언제나 뭔가에 겁먹어 떨고 있다. 일전에도 누가 그랬다. "너는 점점 속물적으로 변해 가는구나."

그럴지도 모른다. 나는, 분명히 못쓰게 되었다. 하찮아졌다. 안 돼, 안 돼. 약해, 약해 빠졌어. 별안간 큰소리가 악 하고 터져 나올 것 같았다. 쳇, 그렇게 소리쳐서 제 나약함을 감추려 한들 소용없어. 어떻게든 해 보라고. 나는 사랑을 하는지도 모른다. 푸른 풀밭에 드러누웠다.

"아빠." 하고 불러 본다. 아빠, 아빠. 노을에 물들어 가는 하늘이 아름다워요. 그리고 저녁 안개는 핑크빛. 저녁노을빛이 안개에 녹아들어서 안개가 이토록 부드러운 핑크빛이 된 거겠죠. 그 핑크빛 안개가 하늘하늘 흘러서 나무 사이로 기어들어 가고, 길 위를 걷거나, 풀밭을 어루만지다가, 그리고 내 몸을 부드럽게 감쌉니다. 내 머리카락 한 올, 한 올까지 핑크빛은 살며시 희미하게 비추면서, 부드럽게 어루만집니다. 그보다 이 하늘은 아름다워. 난생처음 이 하늘에 고개를 숙이고 싶습니다. 나는 지금 신을 믿습니다. 이건, 이 하늘 빛깔은 뭐라고 하는 색일까요. 장미. 화재. 무지개. 천사의 날개. 커다란 사원. 아니, 그런 게 아냐. 그보다 더욱 신성해.

'모두를 사랑하고 싶다.'라고 눈물이 날 정도로 생각했어요. 가만히 하늘을 바라보고 있으려니 하늘이 점점 변해 갑니다. 점점 푸른빛을 띠어 갑니다. 그저 한숨만, 옷가지를 벗어던지고 싶어졌습니다. 지금처럼 나뭇잎과 풀이 투명하고 아름답게 보인 적이 없었습니다. 살며시 풀을 만져 보았습니다.

아름답게 살고 싶습니다.

집에 돌아와 보니 손님이 오셨다. 엄마도 집에 돌아와 있다. 여느 때처럼 뭔가 시끌벅적한 웃음소리가 들린다. 나와 단둘이 있을 때 엄마는 얼굴은 아무리 웃고 있어도 소리는 내지 않는다. 하지만 손님과 이야기할 때는 얼굴은 웃지 않고 목소리만 낭랑하게 웃는 소리를 낸다. 인사를 하고 바로 집 뒤쪽으로 가서 우물가에서 손을 씻고, 양말을 벗고 발을 씻고 있는데, 생선가게 아저씨가 와서는 기다렸죠, 매번 고마워요, 하면서 큼직한 생선 한 마리를 우물가에 두고 갔다. 무슨 생선인지는 모르겠지만, 비늘이 촘촘하게 박힌 걸 보니 북쪽 바다 생선이라는 느낌이 들었다. 생선을 접시에 옮겨 담고 다시 손을 씻는데, 홋카이도의 여름 냄새가 났다. 재작년 여름방학 때 홋카이도 언니네 집에 놀러 갔을 때가 떠올랐다. 도마코마이에 있는 언니네 집은 해안에 가까워서 그런지 내내 생선 냄새가 났다. 언니가 널찍한 부엌에서 저녁에 혼자 여성스러운 흰 손으로 능숙하게 생선을 요리하던 모습도 선명하게 떠올랐다. 나는 그때, 어째서인지 언니에게 너무도 어리광을 부리고 싶어 속이 탔지만, 언니는 그때 이미 도시도 낳은 상태였고, 나만의 언니가 아니었기에, 그때를 생각하면, 찬바람이 틈새로 쌩, 하고 불어오는 것 같아, 자꾸만 언니의 여린 어깨를 끌어안을 수 없어서, 죽을 만큼 쓸쓸한 마음으로 가만히, 그 어스름한 부엌 구석에 서서, 정신이 아득해질 정도로 언니의 하얗고 다정하게 움직이는 손끝을 바라보던 일도 떠올랐다. 지나간 일은 모두 그립다. 피붙이란 참으로 신기한 존재다. 남의 일이라면 멀어질수록 더욱 옅어져서 잊히는데, 피붙이는 그립고 아름다운 일들만 떠오르니까.

우물가의 수유나무 열매가 불그스름하게 물들어 가고 있다. 이제 이 주 더 지나면 먹어도 될지 모르겠다. 작년에는 좀 이상했다. 내가 저녁에 혼자 수유 열매를 따서 먹고 있는데, 자피가 가만히 보고 있기에 불쌍해서 한 알을 줬다. 그랬더니 자피가 먹어 버렸다. 또 두 알을 줬더니 먹었다. 너무 재미있어서 나무를 흔들어서 툭툭 떨어뜨렸더니 자피는 푹 빠져서 먹기 시작했다. 멍청한 녀석. 수유를 먹는 개는 처음 봤다. 나도 까치발로 손을 뻗어 수유를 따 먹었다. 자피도 밑에서 먹었다. 즐거웠

다. 그 일을 떠올리자 자피가 그리워져서,

"자피야!" 하고 불렀다.

자피는 현관 쪽에서 도도한 자세로 달려왔다. 갑자기 깨물어 주고 싶을 정도로 자피가 너무 사랑스러워 꼬리를 꽉 잡았더니 내 손을 살짝 물었다. 눈물이 날 것 같아 자피의 머리를 톡 건드렸다. 자피는 태연하게 우물가로 가서는 소리를 내며 물을 마셨다.

방에 들어가니 전등이 켜져 있었다. 조용했다. 아빠가 없다. 역시 아빠가 없으면 집 안에 어딘가가 크게 뻥 뚫린 채로 남아 있는 것 같아 몸서리가 쳐진다. 옷을 갈아입고, 벗어놓은 속옷의 장미 자수에 예쁘게 키스하고는 화장대 앞에 앉았는데, 거실 쪽에서 엄마와 손님의 웃음소리가 쏟아져 왠지 모르게 기분이 나빠졌다. 엄마는 나와 둘만 있을 때는 괜찮은데 손님이 오면 갑자기 나한테서 멀어지고 냉랭하게 거리를 둔다. 그럴 때마다 아빠가 보고 싶고 서러워진다.

거울을 들여다보니 얼굴이 어머나, 할 정도로 생기 넘쳤다. 얼굴은 타인이다. 나 자신의 슬픔이나 괴로움, 그런 심정과는 전혀 무관하게 개별적으로 자유롭게 살아 움직인다. 오늘은 볼연지도 바르지 않았는데 이렇게 뺨이 발그레하고, 자그마한 입술도 붉게 빛나 사랑스럽다. 안경을 벗고 살며시 웃어 봤다. 눈이 아주 곱다. 맑고 파아란 눈이다. 아름다운 저녁 하늘을 오랫동안 바라본 까닭에 이렇게 고운 눈이 된 걸까. 기쁜 일이다.

　조금 들뜬 마음으로 부엌으로 가서 쌀을 씻다가 다시 슬퍼졌다. 전에 살던 고가네이 집이 그립다. 가슴이 타들어 갈 정도로 그립다. 그 좋은 집에는 아빠도 계셨고, 언니도 있었다. 엄마도 젊었다. 내가 학교에서 돌아오면 엄마와 언니가 부엌이나 거실에서 뭔가 재미있게 이야기를 하고 있었다. 나는 간식을 받아서, 엄마와 언니에게 한껏 응석을 부리거나, 언니에게 싸움을 걸거나, 그리고 늘 혼쭐이 나서 밖으로 뛰쳐나가 자전거를 타고 저 멀리 갔다가, 저녁이면 돌아와 즐겁게 식사를 했다. 정말 즐거웠다. 자신을 들여다보거나, 불결함에 신경을 곤두세우는 일도 없이, 그저 응석만 부리면 됐다. 나는 얼마나 큰 특권을 누리고 있던 걸까. 게다가 아무렇지도 않게. 걱정도 없고, 쓸쓸함도 없고, 괴로움도 없었다. 아빠는 훌륭하고 좋은 사람이었다. 언니는 다정했고, 나는 늘 언니에게 딱 달라붙어 있었다. 하지만 조금씩 커 가면서, 무엇보다 나 자신이 추악하게 변해서, 내 특권은 어느샌가 사라지고 추한 벌거숭이가 됐다. 남에게 응석을 부리지 못하게 됐고, 늘 생각에 잠겼고, 괴로운 일만 늘어났다. 언니는 시집을 갔고, 아빠는 이제 없다. 엄마와 나만 단둘이 남겨졌다. 엄마도 쓸쓸하겠지. 일전에도 엄마는,

"앞으로 무슨 낙으로 살아야 할지 모르겠어. 너를 봐도 솔직히 그렇게 즐겁지가 않아. 용서해 줘. 행복도 아빠가 안 계시면, 오지 않는 게 나아."라고 했다. 모기가 보이면 문득 아빠를 떠올리고, 차가 맛있을 때도 분명 아빠를 떠올리겠지. 내가 아무리 엄마의 마음을 위로하며 말동무가 돼 주어도, 역시 아빠와는 다르다. 부부애라는 건 이 세상에서 가장 끈끈한 것이고, 육친의 사랑보다 숭고한 것이 틀림없다. 그런 되바라진 생각을 하니까 혼자 얼굴이 붉어져서, 나는 젖은 손으로 머리를 쓸어 올렸다. 쓱쓱 쌀을 씻으며 나는 엄마가 사랑스럽고 안쓰러워서 잘해야겠다고 진심으로 생각했다. 이렇게 웨이브를 넣은 머리는 얼른 풀어 버리고, 머리카락을 더 길게 기르자. 엄마는 전부터 내 머리가 짧으면 질색했으니까, 길게 길러서 단정하게 묶은 모습을 보여 주면 기뻐하겠지. 하지만 그렇게까지 해서 엄마를 위로하는 것

도 싫어. 꺼림칙하다. 생각해 보니 요즘 나의 짜증은 거의 엄마와 관련된 것 같다. 엄마 마음을 알아주는 착한 딸이고 싶지만 그렇다고 해서 괜히 비위를 맞추는 것도 싫다. 말하지 않아도 엄마가 내 마음을 알아주고 안심하는 게 제일 좋다. 아무리 제멋대로라고 해도 결코 세상의 웃음거리가 될 일은 하지 않을 테고, 괴롭고 쓸쓸해도 중요한 것들은 반드시 지키면서, 그렇게 엄마와 이 집을 사랑하고, 사랑하고, 사랑하니까, 엄마도 나를 절대적으로 믿고 걱정 없이 편하게 지낸다면 그걸로 만족한다. 나는 분명 멋지게 해낼 것이다. 몸이 부서져라 애쓸 것이다. 그게 지금 내게 가장 큰 기쁨이며, 살아가는 길이라고 생각하는데 엄마는 나를 하나도 믿어 주지 않고, 여전히 나를 어린애 취급한다. 내가 유치한 이야기를 하면, 엄마는 기뻐한다. 일전에도 내가 바보처럼, 일부러 우쿨렐레를 가지고 나와 튕기며 시끄럽게 굴었더니, 엄마는 진심으로 기뻐하며,

"어머, 비가 오나? 빗방울 떨어지는 소리가 들리네."

하고 모르는 척하면서 나를 놀렸다. 내가 진심으로 우쿨렐레 같은 데 빠져 있다고 생각하는 듯해서 처량한 마음에 울고 싶었다. 엄마, 나는 이제 어른이에요. 세상일은

뭐든 다 안다고요. 마음 놓고 내게 뭐든 말해 주세요. 우리 집 사정 같은 것도 나한테 전부 털어놓고, 사정이 이러니 너도 좀 정신을 차리라고 말하면, 나도 절대 신발 같은 걸 사달라고 조르지는 않을 거예요. 야무지고 검소한, 아주 검소한 여성이 될 거예요. 정말이에요. 그런데 아아, 그런데, 그런 노래가 있었다는 걸 떠올리고 홀로 키득키득 웃어 버렸다. 정신을 차려 보니 나는 멍하니 냄비에 두 손을 넣은 채, 바보처럼 이런저런 생각을 하고 있었다.

안 된다, 안 돼. 손님에게 빨리 저녁 식사를 대접해야 한다. 아까 큼직한 생선은 어떻게 할까. 일단 손질해서 된장에 재어 두자. 그렇게 먹으면 분명 맛있을 거야. 음식은 모두 감으로 해야 한다. 오이가 조금 남아 있으니 식초로 절여서 내고. 내가 잘하는 달걀말이도 해야지. 하나 더 있으면 좋은데. 아, 그래. 로코코 요리로 하자. 이건 내가 생각한 메뉴지만, 그릇 여러 개에 햄과 달걀, 파슬리, 양배추, 시금치, 부엌에 있는 재료를 모두 가져다가 예쁘게 꾸며서 솜씨 좋게 차려내는 건데, 품도 들지 않고 경제적이면서, 맛은 없지만 식탁은 풍성하고 화사해지고, 무척 호화로운 진수성찬처럼 보인다. 달걀 옆에 파란 파슬리 잎, 그 옆에 햄으로 만든 빨간 산호초가 빼꼼 얼굴을 내밀었고, 노란 양배추 잎은 모란꽃 꽃잎처럼, 새 깃털 부채처럼 접시에 깔고, 푸르른 시금치는 목장 아니면 호수. 이런 접시 두세 개를 식탁에 차려놓으면 손님들은 절로 루이 왕조를 떠올리겠지. 아니, 그 정도는 아니겠지만 어차피 난 맛있는 진수성찬을 차릴 솜씨는 없으니까, 적어도 겉보기라도 아름답게 차려내 손님을 현혹시켜 속이는 것이다. 음식은 모양이 가장 중요하다. 대체로 그렇게 하면 속일 수 있다. 하지만 이 로코코 요리에는 상당한 예술적 감각이 필요하다. 색채 배합에 관해 남들보다 민감하지 않으면 실패다. 적어도 나만큼 섬세하지 않다면 말이다. 로코코라는 말을 일전에 사전에서 찾아봤더니, 화려하기만 하고 내용이 없는 장식 양식이라 정의돼 있어서 웃어 버렸다. 명답이다. 아름다움에 내용 같은 게 있어서 뭐해. 순수한 아름다움이란 항상 무의미하고 무도덕하다. 언제나 그렇다. 그러니까 나는 로코코가 좋다.

늘 그렇지만 나는 요리를 하고 나서 이것저것 맛을 보고 있으면 왠지 극심한 허무함에 휩싸인다. 죽을 것처럼 고단하고 우울해진다. 온갖 노력의 포화 상태에 빠지는 것이다. 이제, 이제는, 뭐든, 아무래도, 상관없다. 결국은 에잇! 하고 자포자기 상태가 돼 맛도 모양도 엉망진창, 날림으로 만들어서, 정말 언짢은 표정으로 손님에게 내놓는다.

오늘 손님도 표정이 우울했다. 오모리에 사는 이마이다 씨 부부와 올해 일곱 살인 요시오다. 이마이다 씨는 이제 마흔이 다 돼 가는데, 마치 청년처럼 살결이 하얘서, 뭔가 꺼림칙하다. 왜 시키시마 담배를 피우는 걸까. 필터 없는 담배가 아니면 어쩐지 불결한 느낌이 든다. 담배는 필터 없는 것 말고는 인정할 수 없다. 시키시마를 피우는 걸 보면 그 사람의 인격까지 의심스러워진다. 매번 천장을 향해 연기를 내뿜으며 하아, 하아, 그렇군요, 같은 소리를 한다. 지금은 야학에서 학생들을 가르치고 있다고 한다. 부인은 체구가 작고 태도는 쭈뼛거리고, 품위가 없다. 사소한 일에도 얼굴을 바닥에 박듯 몸을 구부리며 숨넘어가라 웃는다. 뭐가 그렇게 웃긴 건지. 그렇게 야단스럽게 웃어 대는 게 뭔가 우아한 거라고 착각하는 것이다. 요즘 세상에서 이런 계급에 속하는 사람들이 가장 나쁘지 않을까. 제일 더럽다. 쁘띠 부르주아라고 할까. 말단 관리라고 할까. 아이도 이상하

게 되바라져서, 솔직하고 활기찬 구석이 전혀 없다. 그
렇게 생각하면서도 나는 그런 마음을 억누르며 인사를
하고, 웃고, 이야기하고, 귀엽다, 예쁘다, 하면서 요시오
의 머리를 쓰다듬어 주는 등, 꼭 거짓말을 해서 사람들
을 속이고 있으니, 이마이다 씨 부부도 그나마 나보다는
순수할지도 모른다. 모두가 내 로코코 요리를 먹고 솜씨
를 칭찬해 줘서 나는 쓸쓸하기도 하고, 분통이 터지기
도 해, 울고 싶은 심정이었지만, 그래도 애써 기쁜 표정
을 지었고, 나도 함께 식사를 했는데, 이마이다 씨 부인
이 무식한 칭찬을 끈질기게 해 대는 바람에, 역시나 속
이 편치 않아서, 그래, 이제 거짓말은 하지 않겠다고 다
짐했다.

"이런 요리는 하나도 맛이 없어요. 아무것도 없어서
제가 궁여지책으로 만든 거예요."라고 있는 그대로의 사
실을 말했다고 생각했는데, 이마이다 씨 부부는 궁여지
책이라니, 말씀도 참 잘하신다면서 손뼉을 치며 웃을 뿐
이었다. 나는 분한 마음에 젓가락과 밥공기를 던지며 큰
소리로 울어 버릴까 생각했다. 꾹 참고 억지로 생글거렸
더니 엄마까지,

"이 아이도 요즘은 도움이 많이 돼요."라고 했다. 엄

마는 내 서러운 마음을 잘 알면서 이마이다 씨에게 맞춰 주려고 그런 시시한 소리를 하며 호호 웃었다. 엄마, 그렇게까지 해서 이마이다 씨 같은 사람의 기분을 맞춰 줄 필요는 없어요. 손님을 대할 때의 엄마는 엄마가 아니다. 그냥 나약한 여자일 뿐이다. 아빠가 없다고 해서 이렇게까지 비굴해질 수 있을까. 너무 한심해서 아무 말도 나오지 않았다. 돌아가 주세요, 그만 가시라고요. 우리 아빠는 훌륭한 분이셨어요. 다정다감하고, 고아한 인격을 갖고 계셨어요. 아빠가 없다고 그렇게 우리를 우습게 볼 거면 지금 당장 돌아가 주세요. 정말 이마이다 씨에게 그렇게 말해 줄까 했다. 그래도 나는 역시 나약해서 요시오에게 햄을 잘라 주거나 부인에게 야채절임을 집어 드리는 등 이것저것 챙겼다.

식사가 끝나고 나는 바로 부엌으로 들어가 뒷정리를 시작했다. 빨리 혼자가 되고 싶었다. 딱히 새침을 떠는 건 아니지만, 저런 사람들에게 더 이상 억지로 말을 맞춰 주거나 함께 웃을 필요도 없을 것 같았다. 저런 자들에게까지 예의를, 아니, 아첨할 필요는 전혀 없다. 싫다. 더는 싫다. 나는 할 만큼 했다. 엄마도 오늘 꾹 참고 사근사근하게 구는 내 태도를 흐뭇하게 보고 있었잖아. 그걸로 족한 걸까. 굳건하게, 인간관계는 잘 대처하고, 그와 별개로 나는 나다, 하고 분명히 선을 긋고, 야무지게 매사에 대처하는 게 좋은 걸까, 아니면 남들한테 무슨 소리를 들어도 늘 자신을 잃지 않고 현혹되지 않고 살아가는 게 좋은 걸까, 어느 쪽이 좋은지 모르겠다. 평생 자기와 비슷한, 약하고 다정하고 따뜻한 사람들 속에서만 살아갈 수 있는 사람들이 부럽다. 고생 같은 건, 평생 하지 않고 살 수 있다면 굳이 할 필요도 없다. 그게 더 낫다.

제 감정을 죽이고 남에게 봉사하는 건 분명 좋은 일이지만, 앞으로 매일 이마이다 씨 부부 같은 사람들에게 억지로 웃어 주거나 맞장구를 쳐야 한다면, 미쳐 버릴지도 모르겠다. 나 같은 건 감옥에도 들여보내 주지 않겠지, 불현듯 우스운 생각이 들었다. 감옥은커녕 하녀로도 못 쓸 것이다. 누군가의 아내도 될 수 없다. 아니, 아내는 다른가. 이 사람을 위해 평생을 바치겠다는 각오를 하면 아무리 힘들어도, 새까만 얼굴로 일하면서, 충분히 삶의 보람을 느낄 수 있으니, 희망이 있으니, 나도 훌륭하게 해낼 수 있다. 당연하지 않나. 아침부터 저녁까지, 다람쥐 쳇바퀴 돌듯 일해 주마. 빨래를 벅벅 했다. 더러운 게 많이 쌓인 걸 봤을 때만큼이나 불쾌한 일이 없다.

짜증이 나서 히스테리를 부리듯 가만히 있을 수가 없다. 이대로는 죽어도 못 죽겠다. 더러운 것들을 모조리, 하나도 남김없이 다 씻어서 빨랫줄에 널어놓을 때, 나는 이제, 언제 죽어도 좋다고 생각한다.

이마이다 씨가 가시는 모양이다. 무슨 볼일이 있다며 엄마와 함께 나갔다. 순순히 따라가는 엄마도 엄마지만, 이마이다 씨가 엄마를 이용하는 건 이번만이 아니지만, 이마이다 씨 부부의 뻔뻔함이 너무 싫어서, 때려 주고 싶었다. 대문까지 배웅하고 나서 혼자 멍하니 땅거미가 지는 길을 바라보고 있으려니 울고 싶어졌다.

우편함에는 석간과 편지 두 통이 들어 있었다. 한 통은 어머니 앞으로 온 마쓰자카야 백화점의 여름 할인판매 안내. 다른 한 통은 사촌 준지가 내 앞으로 보낸 편지다. '이번에 마에바시 연대로 옮기게 됐습니다.' 어머니에게 잘 이야기해 달라는 간단한 내용이었다. 장교라도 딱히 엄청나게 멋진 생활을 하고 있지는 않겠지만, 그래도 날마다 엄격하게 군더더기 없이 생활하는 그 규율이 부럽다. 항상 해야 할 일이 정해져 있으니 마음도 편하겠구나 싶다. 나처럼 아무것도 하고 싶지 않으면 정말 아무것도 안 해도 되고 어떤 나쁜 짓도 할 수 있는 상태

여학생

이면서, 또 공부하려고 하면 무한대라고 해도 좋을 만큼 공부할 시간이 있고, 원하는 게 있으면 어지간한 건 다 이룰 수 있을 것 같고, 여기서부터 여기까지만 하라고 노력의 한계가 주어진다면 얼마나 마음이 편해질까. 단단히 제한을 걸어 주는 게 오히려 고맙다. 전쟁터에 있는 병사들의 욕망은 오직 하나, 푹 자고 싶은 욕망뿐이라는 걸 어느 책에서 읽은 적이 있는데, 그런 병사들의 고생이 안쓰럽기도 하지만 한편으론 부럽기도 하다. 불쾌한, 제자리걸음만 하는 번잡한, 밑도 끝도 없는 생각의 홍수 속에서 깨끗이 벗어나 그저 자고 싶다고 갈망하는 상태란 참으로 깨끗하고 단순해서, 생각만 해도 상쾌했다. 나도 한번쯤 군대 생활이라도 하며 단련되면 조금은 야무지고 아름다운 여자가 될 수 있을지도 모르겠다. 군대 생활을 하지 않아도 신처럼 솔직한 사람도 있는데, 나는 정말이지 몹쓸 여자다. 나쁜 여자다. 준지의 남동생인 신은 나와 나이가 같은데, 어떻게 저렇게 착할까. 나는 친척 중에서, 아니 전 세계에서 신이 가장 좋다. 신은 눈이 안 보인다. 그 젊은 나이에 실명이라니, 어쩜 이런 일이 있을까……. 이런 고요한 밤에 방에 혼자 있으면 어떤 기분일까. 우리 같으면 쓸쓸해도 책을 읽거나 경치를 감상하면서 어느 정도 기분을 달랠 수 있지만, 신은 그럴 수 없다. 그저 가만히 있을 뿐이다. 지금까지 남들보다 훨씬 더 열심히 노력해서 공부도, 테니스도, 수영도 잘했으니 지금 느끼는 쓸쓸함, 괴로움은 어떠할까. 어젯밤에도 신을 생각하며 잠자리에 든 뒤 오 분 동안 눈을 감았다. 이불에 누워 눈을 감고 있기만 해도 오 분이라는 시간은 너무 길고 답답한데, 신은 아침에도 낮에도 밤에도, 며칠, 몇 달 동안 아무것도 보지 못한 것이다. 불평하거나 한껏 짜증을 내거나, 제멋대로 군다면 나도 차라리 기쁘겠는데, 신은 아무 말도 하지 않는다. 신이 불평하거나 남의 험담을 하는 걸 들어 본 적이 없다. 게다가 항상 밝은 말투에 무덤덤한 표정이다. 그게 더더욱 내 가슴을 에게 한다.

이런저런 생각을 하며 안방을 청소하고, 다음으로 목욕물을 데웠다. 목욕물을 보며 귤 상자에 앉아, 타닥타닥 타는 석탄불을 받으며 학교 숙제를 끝냈다. 그래도 아직 목욕물이 데워지지 않아, ≪묵동기담≫(나가이 가후의 소설. 사창굴 다마노이를 무대로 소설가 오에와 창부 오유키의 만남과 이별을 그린 작품—옮긴이 주)을 다시 읽어 본다. 책에 적힌 내용들은 결코 불쾌하거나 더럽지 않다. 하지만 곳곳에서 작가의 잰 체가 눈에 걸려서 왠지 미덥지 못하고 낡은 느낌이었다. 작가가 나이가 들어서일까. 하지만 외국 작가들은 아무리 나이를 먹어도, 더욱 대담하게, 쉬이 대상을 사랑한다. 그래서 오히려 거부감이 들지 않는다. 그러나 이 작품은 일본 작품치고는 괜찮은 편에 속하지 않을까. 비교적 거짓되지 않은, 조용한 체념이 작품 밑바닥에서 느껴져 산뜻하다. 이 작가의 작품 중에서도 이 작품이 가장 깊이가 있어서, 나는 좋아한다. 이 작가는 무척 책임감이 강한 사람인 것 같다. 일본은 도덕에 너무 많이 집착하다 보니 오히려 반발을 일으켜, 이상하게 강렬한 작품이 많은 듯하다. 너무 깊은 애정을 가진 사람에게서 흔히 볼 수 있는 위악적 취미. 일부러 악랄한 악마의 가면을 쓰지만, 그로 인해 작품이 오히려 약해진다. 하지만 이 ≪묵동기담≫에는 쓸쓸함이 느껴지는, 굳건한 강인함이 있다. 나는 이 작품이 좋다.

목욕물이 데워졌다. 욕실에 전등을 켜고, 옷을 벗은 뒤 창문을 활짝 열고 조용히 물에 몸을 담갔다. 아왜나무의 푸른 잎이 창문 너머로 보인다. 잎들은 저마다 전등 불빛을 받아 눈부시게 빛나고 있다. 하늘에는 별이 반짝인다. 몇 번을 다시 봐도 반짝거린다. 넋을 잃고 하늘을 올려다보고 있으면, 일부러 보지 않으려 해도 어렴풋이 느껴지는 내 몸의 흰 빛이 시야 어딘가에 분명히 들어와 있다. 가만히 있으려니 어릴 때의 흰 살결과는 다르다는 생각이 들었다. 참을 수 없다. 육체가 자신의 의지와는 상관없이 멋대로 성장하는 것이 참을 수 없이 당혹스럽다. 무럭무럭 어른이 되어 가는 자신을 어찌할 수 없어서 서글프다. 그저 흘러가는 대로, 가만히, 자신이 어른이 되어 가는 것을 지켜보는 것 말고는 어찌할 도리가 없는 것일까. 언제까지나 인형 같은 몸으로 있고 싶다. 이리저리 물장구를 치며 어린아이인 척해도 왠지 마음이 무겁다. 앞으로 살아갈 이유가 없는 것 같아 괴로워진다. 마당 너머 들판에서, 언니! 하고 반쯤 울먹이며 외치는 다른 집 아이의 목소리가 가슴을 찌른다. 나를 부르는 건 아니었지만, 지금 그 아이가 울면서 애타게 찾는 그 '언니'가 부러웠다. 나에게도 그렇게 따르며 어리광을 피우는 동생이 하나라도 있었다면, 이토록 하루하루를 꼴사납게, 갈팡질팡하며 살지는 않을 것이다. 삶의 보람도 훨씬 더 느끼고, 평생을 동생에게 헌신하겠다는 각오도 할 수 있을 것이다. 정말 어떤 힘든 일이 있어도 견딜 수 있다. 혼자 힘으로 버티다가 문득 스스로

가 불쌍하게 느껴졌다.

목욕을 마치고, 왠지 오늘 밤은 별이 눈에 밟혀 정원으로 나가 본다. 별이 쏟아질 것 같다. 아, 벌써 여름이 가까워졌구나. 개구리들이 여기저기서 울고 있다. 보리가 술렁이는 소리가 난다. 몇 번을 올려다봐도 별이 한가득 빛나고 있다. 작년, 아니, 작년이 아니라 벌써 재작년이 되어 버렸다. 내가 산책을 가고 싶다고 억지를 부렸더니, 아빠는 아픈 몸을 이끌고 함께 나와 주셨다. 늘 젊었던 아빠. '너는 백 살까지, 나는 아흔아홉 살까지'라는 뜻의 독일어 노래를 가르쳐 주고, 별 이야기를 해 주고, 즉석에서 시를 지어 주고, 지팡이를 짚고 침을 퉤퉤뱉으며 눈을 끔뻑거리며 함께 걸어 주던 좋은 아빠, 말없이 별을 바라보고 있노라면 아빠가 또렷하게 떠오른다. 그로부터 일 년, 또 이 년이 지나, 나는 점점 몹쓸 아이가 되어 버렸다. 혼자만의 비밀을 아주 많이 갖게 됐어요.

방으로 돌아와 책상 앞에 앉아 턱을 괴고 책상 위의 백합을 바라본다. 좋은 향이 난다. 백합 향을 맡으면 이렇게 혼자 지루하게 있어도 결코 탁한 생각이 들지 않는다. 이 백합은 어제 저녁 역까지 산책하고 돌아오는 길에 꽃집에서 한 송이 사 온 것인데 꽃을 들여놓으니 방이 완전히 다른 방처럼 산뜻해졌고, 방문을 열면 백합 향기가 은은하게 나서 얼마나 좋은지 모른다. 이렇게 가만히 바라보고 있자니 정말이지 솔로몬의 모든 영광 그 이상('들의 백합화가 어떻게 자라는가 생각하여 보라 수고도 아니하고 길쌈도 아니하느니라 그러나 내가 너희에게 말하노니 솔로몬의 모든 영광으로도 입은 것이 이 꽃 하나만 같지 못하였느니라'라는 마태복음 6장의 인용─옮긴이 주)이라는 사실을 실감으로, 육체적 감각으로, 수긍할 수밖에 없었다. 문득 작년 여름에 갔던 야마가타가 떠올랐다. 산에 갔을 때 벼랑 중턱에 백합이 아주 흐드러지게 피어 있는 모습을 보고 놀라 넋을 놓고 바라봤다. 하지만 그 가파른 벼랑에는 절대 올라갈 수 없다는 걸 알고 있었기 때문에 마음이 끌려도 그저 바라만 보고 있을 수밖에 없었다. 그때 마침 근처에 있던 낯선 광부가 말없이 벼랑을 척척 기어오르더니 순식간에 두 손으로 다 안지 못할 만큼 많은 백합을 꺾어다 줬다. 그러고는 웃음기 없는 얼굴로 꽃을 모두 나에게 건넸다. 그야말로 한 아름, 한 아름이었다. 그 어떤 호화로운 무대에서도, 결혼식장에서도 이렇게 꽃을 많이 받은 사람은 없을 것이다. 꽃 때문에 현기증이 난다는 말을 그때 처음 실감했다. 새하얗고 큼지막한 꽃다발을 두 팔 가득 간신히 안으니 앞이 전혀 보이지 않았다. 감탄스러울 정도로 친절했던 그 젊고 건실한 광부는 지금 어떻게 지내고 있을까. 위험한 곳에 가서 꽃을 따다 준 것, 그뿐이었지만, 백합을 볼 때마다 난 그 광부를 떠올릴 것이다.

책상 서랍을 뒤적거리다 작년 여름에 썼던 부채를 발견했다. 하얀 종이에 겐로쿠 시대의 여인이 흐트러진 자세로 앉아 있고, 그 옆으로 파란 꽈리를 두 개 그려 놓았다. 이 부채를 보니 지난여름이 스르륵 연기처럼 피어올랐다. 야마가타에서의 생활, 기차 안, 유카타, 수박, 강, 매미, 풍경. 갑자기 이걸 들고 기차에 올라타고 싶어졌다. 부채를 펼치는 느낌이 좋으니까. 촤라락 살이 하나씩 펼쳐지며 갑자기 가벼워진다. 빙글빙글 돌리면서 놀고 있는데 엄마가 돌아왔다. 표정이 밝다.

"아아, 피곤하다, 피곤해."라고 하면서도 표정은 그리 나빠 보이지 않는다. 남을 돕는 걸 좋아하니 어쩔 수 없다.

"아니, 이야기가 길어져서."라고 말하며 옷을 갈아입고 목욕을 했다.

목욕을 마치고 나와 둘이 차를 마시는데 엄마가 괜히

생글거려서, 무슨 말을 하려나 싶었더니,

"너 전부터 <맨발의 소녀>가 보고 싶다고 졸랐지? 그렇게 가고 싶으면 다녀와도 돼. 대신 오늘 저녁은 엄마 어깨 좀 주물러 줘. 일하고 나서 보면 더 재미있지 않겠어?"

나는 기쁨을 주체할 수 없었다. <맨발의 소녀>라는 영화가 보고 싶었지만, 요즘 나는 놀기만 하고 있었기 때문에 참았다. 엄마는 그런 내 마음을 헤아리고, 내게 일을 시키고, 당당하게 영화를 보러 갈 수 있게 해 준 것이다. 정말 기쁘고 엄마가 좋아 나도 모르게 웃음이 나왔다.

엄마와 이렇게 밤에 단둘이 있는 것도 정말 오랜만인 것 같다. 엄마는 워낙 사람들을 많이 만나니까. 엄마도 세상 사람들로부터 무시당하지 않으려고 애쓰는 거겠지. 어깨를 주무르다 보니 엄마의 고단함이 내 몸에 전해질 정도로 절절히 느껴졌다. 잘해 드려야겠다고 생각했다. 아까 이마이다 씨가 왔을 때 엄마를 내심 원망했던 게 부끄러워졌다. 죄송해요, 하고 소리 없이 말해 본다. 나는 늘 내 생각만 하고, 엄마에게는 역시나 마음속 깊은 곳에서부터 어리광을 부리며 버릇없게 군다. 엄마는 그때마다 얼마나 아프고 괴로웠을지, 나는 그런 건 모르는 척 내쳐 버린다. 아빠가 돌아가신 뒤로 엄마는 정말 힘든 것이다. 나는 힘들다, 못 견디겠다며 엄마에게 완전히 의지하고 있으면서, 엄마가 조금이라도 나에게 기대면 불쾌하고 더러운 것을 본 듯한 기분이 드는 건 정말 너무 이기적이다. 엄마도, 나도, 역시 똑같이 약한 여자인 것이다. 앞으로는 엄마와 둘만의 생활에 만족하고, 늘 엄마의 마음을 헤아려 주고, 옛날이야기를 하거나, 아빠 이야기를 하면서, 하루라도 좋으니 엄마 중심으로 하루를 보내고 싶다. 그렇게 해서 번듯하게 삶의 보람을 느끼고 싶다. 마음으로는 엄마를 걱정하고, 좋은 딸이 되자고 생각하지만, 행동이나 말을 보면 이기적인 어린애일 뿐이다. 게다가 요즘의 나는 어린애처럼 순수한 구석조차 없다. 더럽고, 부끄러운 일뿐이다. 괴롭다, 고민이 있다, 외롭다, 슬프다, 그게 대체 무엇인가. 확실히 말하면 죽는다. 잘 알면서도 하나라도 그와 비슷한 명사 하나, 형용사 하나도 말하지 못하고 있지 않나. 그저 갈팡질팡하다, 종국에는 발끈하다니, 꼭 무엇 같다. 옛날 여자들은 노예라든가, 자기를 무시하는 벌레라든가, 인형이라든가, 이런저런 험담을 듣지만, 지금의 나보다는 훨씬 좋은 의미의 여성스러움이 있었고, 마음의 여유도 있었으며, 순종을 강요받는 상황을 잘 헤쳐 나가는 지혜도 있었고, 순수한 자기희생의 아름다움도 알았으며, 아무 보답을 바라지 않고 봉사하는 기쁨도 알고 있었다.

"아, 훌륭한 안마사네. 천재 아냐?"

엄마는 평소처럼 나를 놀렸다.

"그렇죠? 정성이 담겨 있으니까. 하지만 안마만 잘하는 게 아니라고요. 그것만으로는 불안하지. 더 좋은 점이 있어요."

생각을 솔직하게 털어놓으니 내가 듣기에도 몹시 후련했다. 지난 이삼 년간 내가 이토록 천진난만하게, 속 시원하게 말할 수 있던 적은 없었다. 제 분수를 똑똑히 알고 포기했을 때, 비로소 차분하고 새로운 내가 태어날 수 있을지도 모른다고 기쁜 마음으로 생각했다.

오늘 밤은 엄마에게 여러 의미로 고마운 마음에, 안마를 하고 나서 덤으로 ≪사랑의 학교≫(이탈리아 작가 에드몬도 데아미치스가 1886년에 발표한 아동문학―옮긴이 주)를 읽어 줬다. 엄마는 내가 이런 책을 읽는다고 하면 안심하는 표정을 짓는데, 얼마 전 내가 케셀의 ≪세브린느≫(프랑스 작가 조제프 케셀의 소설로 부유한 유부녀가 성적으로 일탈하는 내용을 그린 작품─옮긴이 주)를 읽고 있었더니, 가만히 책을 빼앗아 표지를 힐끗 보고는 표정이 아주 어두워졌다. 하지만 말없이 책을 바로 돌려줬다. 그렇지만 나도 뭔가 기분이 그래서 계속 읽을 마음이 사라졌다. 엄마는 ≪세브린느≫를 읽어 보지 않았을 텐데 감으로 알아챈 것 같았다. 조용한 밤에 혼자 소리를 내서 ≪사랑의 학교≫를 읽다 보면 내 목소리가 너무 멍청하게 울려 퍼져서, 읽으면서도 가끔 한심해지고, 엄마에게 부끄러워진다. 주변이 너무 조용해 이 우스꽝스러움이 더욱 눈에 띈다. ≪사랑의 학교≫는 언제 읽어도 어릴 때 느꼈던 것과 똑같은 감격을 느끼고, 내 마음도 솔직하고 깨끗해지는 기분이 들어 좋지만, 아무래도 소리 내 읽는 것과 눈으로 읽는 건 느낌이 많이 다르기 때문에, 놀라서 아무 말도 나오지 않는다. 하지만 엄마는 엔리코와 가르로네의 이야기에서는 고개를 떨어뜨리고 눈물을 흘렸다. 우리 엄마도 엔리코의 엄마처럼 훌륭하고 아름다운 엄마다.

엄마는 일찍 잠자리에 들었다. 아침부터 외출했으니 많이 피곤하겠지. 이불을 잘 덮어 주고 가장자리를 툭툭 두드렸다. 엄마는 언제든 이불에 눕자마자 눈을 감는다.

그리고 나는 욕실에서 빨래를 했다. 요즘은 이상한 버릇이 들어서 열두 시가 다 돼서야 빨래를 시작한다. 한낮에 차박거리며 시간을 허비하는 게 아까운 것 같기도 하지만, 어쩌면 그 반대일지도 모른다. 창밖으로 달님이 보였다. 쭈그리고 앉아 빨래를 하며 달님에게 살짝 웃어 보였다. 달님은 무심한 얼굴이다. 불현듯, 이 순간에 어딘가에서 불쌍하고 외로운 여자아이가 나처럼 이렇게 빨래를 하면서, 이 달님을 향해 살며시 웃었다, 분명히 웃었다고 믿게 됐다. 먼 시골 산꼭대기의 외딴집, 한밤중에 조용히 뒷문에서 빨래를 하는 괴로운 여자아이가 지금, 존재하는 것이다. 그리고 파리 뒷골목의 꾀죄죄한 아파트 복도에서 역시 혼자 몰래 빨래를 하던 내 또래 여자아이가 달님을 보며 웃었을 것이라고, 추호도 의심하지 않고, 망원경으로 직접 본 것처럼, 선연한 빛깔로 떠올랐다. 우리 모두의 고통을, 정말 아무도 모르니까. 곧 어른이 되어 버리면, 우리의 고통과 외로움은 우스운 것이었다고, 아무렇지도 않게 추억할 수 있게 될지도 모르지만, 그러나 그런 어른이 되기까지의 이 기나긴, 힘든 기간을 어떻게 살아가야 할까. 아무도 가르쳐 주지 않는다. 그냥 내버려둘 수밖에 없는, 홍역 같은 병일까. 하지만 홍역으로 죽는 사람도 있고, 홍역으로 시력을 잃는 사람도 있다. 그냥 내버려둘 수는 없다. 우리는 이토록 날마다 우울해하거나, 발끈하거나, 그러다가 잘못된 길로 들어서고, 순식간에 타락해서 돌이킬 수 없는 몸이 돼 평생 엉망으로 사는 사람도 있다. 또 한순간에 목숨을 끊는 사람도 있다. 그렇게 되고 나서 세상 사람들이 아아, 조금만 더 살아 보면 알 수 있었을 텐데, 조금 더 어른이 되면 자연스레 알게 될 텐데, 하고 아무리 아쉬워해도, 당사자로서는 너무나 괴롭다. 그래도 가까스로 거기까지 견디면서, 세상이 하는 말을 들으려고 애쓰며 열심히 귀를 기울여도, 역시 뭔가 지극히 평범한 교훈을 반복해서 말하며 진정해, 진정하시고, 하며 달랠 뿐, 우리는 언제까지나 바람을 맞고 마는 것이다. 우리는 결코 찰나주의자는 아니지만, 너무 먼 산을 가리키며 저기까지 가면 경치가 좋을 거라고들 말한다. 그건 분명 맞는 말이고, 조금의 거짓도 섞이지 않았다는 걸 알지만, 지금 이렇게 심한 복통을 앓고 있는데, 그에 대해서는, 모른 척하며 그냥 조금만 더 참아라, 저 산꼭대기까지 가면 다 해결된다, 하고 그저 그렇게만 가르친다. 분명히 누군가가 틀렸다. 나쁜 건 바로 당신이다.

　빨래를 하고, 욕실 청소를 하고, 그리고 가만히 방문을 열자 백합 향기가 났다. 후련하다. 마음속까지 투명해져서 숭고한 허무, 라고도 표현할 수 있는 기분이 들었다. 조용히 잠옷으로 갈아입는데, 지금까지 새근새근 잠든 줄 알았던 엄마가 눈을 감은 채 갑자기 말을 걸어서 흠칫했다. 엄마는 종종 이런 식으로 나를 깜짝 놀라게 한다.

　"네가 여름 신발이 갖고 싶다고 해서 오늘 시부야 간 김에 구경하고 왔어. 신발도 비싸졌더라."

　"괜찮아, 이제 별로 갖고 싶지도 않아요."

　"하지만 없으면 불편하잖아."

　"응."

　내일도 또 똑같은 하루가 오겠지. 행복은 평생, 오지 않는다. 그건 알고 있다. 하지만 분명 온다, 내일은 온다고 믿고 잠자리에 드는 게 좋겠지. 일부러 푹 요란한 소리를 내며 이부자리에 누웠다. 아아, 기분이 좋다. 이불이 차서 등이 적당히 서늘해서 나도 모르게 넋을 잃었다. 행복은 하룻밤 늦게 찾아온다. 멍하니 그런 말을 떠올렸다. 행복을 하염없이 기다리다가 끝내 참지 못하고

여학생

집을 뛰쳐나갔고, 그 이튿날, 멋진 행복의 전령이 버리고 떠난 집으로 찾아왔지만 이미 늦었다. 행복은 하룻밤 늦게 찾아온다. 행복은…….

마당을 걷는 가아의 발소리가 들린다. 타닥타닥타닥, 가아의 발소리에는 특징이 있다. 오른쪽 앞다리가 조금 짧고, 게다가 앞다리가 게처럼 휘어서 발소리에서도 쓸쓸한 느낌이 있다. 이런 한밤중에 자주 마당을 돌아다니던데, 대체 뭘 하는 걸까. 가아는 가엾다. 오늘 아침에는 못되게 굴었지만, 내일은 예뻐해 줄게.

나에게는 슬픈 버릇이 있어서 얼굴을 두 손으로 꼭 가리지 않으면 잠들지 못한다. 얼굴을 가리고 가만히 있는다.

잠들 때의 기분이란 참 이상하다. 붕어나 장어가 낚싯줄을 힘껏 잡아당기듯, 뭔가 묵직한 납 같은 힘이 실로 내 머리를 쭉 잡아당겨서, 내가 꾸벅꾸벅 잠들면, 다시 실을 살짝 놓는다. 그러면 나는 순간적으로 정신을 차린다. 또다시 힘껏 잡아당긴다. 스르르 잠이 든다. 다시 조금 실을 놓는다. 그런 일을 서너 번 반복한 뒤에 비로소 쭈욱 세게 당기면, 이번에는 아침까지.

안녕히 주무세요. 저는, 왕자님 없는 신데렐라. 제가

도쿄의 어디에 있는지 아세요? 이제 두 번 다시 뵙지 않

겠어요.

젠조를 그리며

善蔵を思う

1940년 4월 잡지 《문예(文芸)》에 처음 발표된 작품이며, 《다자이 오사무 전집 3》(1988년, 지쿠마(소보)에 수록된 글을 원문으로 하여 번역했다.

─똑똑히 말해 봐. 얼버무리지 말고 말해 봐. 농담도, 히죽거리는 것도 다 그만둬. 단 한 번이라도 좋으니 거짓 아닌 걸 말해 보라고.

　─네 말대로라면, 나는 한 번 더 감옥에 들어가야 해. 한 번 더 물에 뛰어들어야 해. 다시 한번 미치광이가 되어야만 해. 너 그때가 돼도 도망치지 않을 거지. 난 거짓말만 하고 있어. 하지만 단 한 번도 너를 속인 적은 없어. 내 거짓말은 언제나 네게 쉽게 들통 났잖아. 진짜 흉악한 거짓말쟁이는 되레 네가 존경하는 사람 중에 있을지도 모르지. 그런 사람은 싫어. 그런 사람이 되고 싶지

않아. 그렇게 반발하다가, 나는 끝내 진실조차 거짓말처럼 말하게 됐어. 조금 탁해진 물. 그래도 널 속이지는 않을 거야. 바닥까지 투명하지 않더라도 나는 오늘도 거짓말 같은 진실을 네게 들려줄 거야.

새벽녘 구름, 그건 저녁노을에서 태어난 아이다. 저녁 해가 없으면 새벽녘 구름은 태어날 수 없다. 저녁 해는 늘 생각한다. '나는 지쳤습니다. 나를 그렇게 쳐다보면 안 됩니다. 나를 사랑해서는 안 됩니다. 나는 곧 죽을 몸입니다. 하지만 내일 아침 동쪽 하늘에서 태어날 태양을 반드시 당신의 벗으로 삼아 주세요. 그건 내가 정성껏 키운 자식입니다. 살이 포동포동 오른 착한 아이랍니다.' 저녁 해가 여러분에게 그렇게 호소하더니, 서글프게 미소 짓는다. 이럴 때 여러분은 저녁 해는 건전하지 못하다, 퇴폐적이다, 같은 폭언으로 매도하고 비웃을 수 있을까. 할 수 있다고 일언지하에 대답하며 팔을 걷어붙이고 한 걸음 앞으로 나온 대장부 같은 사내는 세상에 둘도 없는 바보다. 너 같은 바보가 있어서 세상이 이렇게 살기 힘들어지는 것이다.

용서해 주길. 말이 지나쳤다. 나는 인생의 검사도 아

니고 판사도 아니다. 남을 비난할 자격은 없다. 나는 악의 자식이다. 나는 업이 깊어 아마 너의 오십 배, 백 배의 악업을 저질렀을 것이다. 실제로 지금도 나는 악업을 저지르고 있다. 아무리 조심해도 안 된다. 하루라도 악업을 저지르지 않은 날이 없다. 신에게 기도를 올리며 제 두 손을 밧줄로 묶고 땅에 납작 엎드리면서도, 불현듯 정신을 차려 보면 이미 중대한 악업을 저지르고 있다. 나는 채찍질을 당하지 않으면 안 되는 남자다. 피범벅이 될 때까지 채찍질당해도 나는 말없이 인내해야 한다.

저녁 해도 태어날 때부터 추한, 수줍은 웃음을 띠며 이 세상에 나타난 건 아니었다. 포동포동 살이 쪄서 천진난만한 기개를 보이며, 의욕만 있으면 모든 일을 반드시 이룰 수 있다며, 자신에 불타며 하늘을 가로지르던 멋진 시절도 있었다. 지금은 약자. 처음부터 약자로 태어나지는 않았다. 악의, 자신의 악을 자각한 까닭에 약한 것이다. "나는 한때 왕좌에 있었노라. 지금은 정원의 장미꽃을 바라보고 있다." 이건 내 친구 야마카시 군이 지은 말이다.

내 정원에도 장미가 있다. 여덟 그루다. 꽃은 피지 않았다. 가녀린 작은 잎새들만 찬바람에 떨고 있다. 이 장미는 속아서 산 것이다. 그 속임수가 어찌나 얄팍한지, 거의 폭력적이라 해도 좋을 정도라 나는 그때 이루 말할 수 없이 불쾌했다. 내가 구월 초에 고후에서 이곳 미타카의 밭 한복판에 있는 집으로 이사 온 지 나흘째 되던 날, 낮에 농민처럼 보이는 한 여자가 불쑥 마당에 나타나서 실례합니다, 하고 비굴하게 간드러지는 소리로 불렀다. 나는 그때 방에서 편지를 쓰고 있었는데, 동작을 멈추고 그 여자를 자세히 보았다. 서른대여섯 살쯤 되어 보이는, 살집 있는 농민 여자였다. 얼굴은 밤처럼 아랫볼이 불룩하고, 낯빛은 검푸르렀으며, 바늘처럼 가느다란 눈을 음흉하게 빛내며 웃고 있었고, 이는 새하얬다. 나는 기분이 썩 좋지 않아서 대답하지 않았다. 그러나 여자는 나를 향해 공손히 인사를 하더니 내 얼굴을 비스듬히 들여다보면서 다시 실례합니다, 하고 말했다. 저희는 이곳에서 농사를 짓는 사람들입니다. 이번에 밭에 집이 들어서게 돼서요. 장미를, 이렇게 많이 심어서 키웠는데, 집을 짓는다고 해서 가엾게도 뽑아 버려야 하거든요. 아까워서 그러는데 여기 정원에 조금만 심어 주세요. 심은 지 육 년 됐어요. 보세요, 이렇게 뿌리가 굵어져서 매년 예쁜 꽃을 피워요. 걱정 마세요, 제가 저 밭에서 매일 일하고 있으니까, 가끔씩 들여다보면서 돌보겠습니다. 저희 밭에는 달리아며 튤립이며, 화초가 가득하니 마음에 드시는 게 있으면 다음에 가져와서 심어 드릴게요. 저희도 싫은 댁에는 부탁하지 않습니다. 이 댁이 좋으니까, 좋아하니까 이렇게 부탁드리는 거예요. 장미를 이만큼만, 조금만 심게 해 주세요, 하고 나지막한 목소리로 애원했다. 나는 그게 거짓말임을 알고 있었다. 이 근처 밭은 죄다 우리 집주인의 소유였다. 나는 집을 빌릴 때, 집주인에게 그 이야기를 들어서 알고 있었다. 집주인의 식구에 대해서도 정확히 알고 있었다. 할아버지, 아들, 며느리, 손자 한 명뿐이다. 이렇게 불결하고 닳고 닳은 여자는 없을 터였다. 내가 이 미타카에 이사온 지 아직 나흘밖에 안 되었으니, 아직 아무것도 모를 거라 여기고 헛소리를 하는 게 틀림없다. 복장부터 칠칠치 못했다. 때 묻지 않은 작업복에 연보랏빛 허리끈을 단정히 묶고, 이마에 손수건을 두르고, 남색 손등 보호대에 남색 각반, 새 짚신을 신고, 자수를 놓은 내의까지, 아무리 봐도 너무 완벽했다. 꼭 연극에 나올 법한, 무척이나 관념적인 농민의 모습이었다. 가짜임이 틀림없다. 너무나 악질적인 강매였다. 그 태도와 목소리에서 어리석은 교태까지 느껴져 굉장히 역겨운 기분이 들었다. 하지만 나는 그 사람을 꾸짖어 쫓아내지 못했다.

"고생이 많으시네요. 그럼 장미를 좀 볼까요." 스스로도 어라, 싶을 만큼 정중하게 말이 나왔다. 재수 없게 걸려들었으니 어쩔 수 없다는, 무력하고 나른한 체념을 느끼면서 하는 수 없이 걸음을 멈추고 억지 미소를 지으며 툇마루로 나갔다. 음흉하고 나약한 내가 남을 어찌 탓하겠는가. 장미는 거적에 싸여 있었는데, 모두 삼십 센티미터 남짓에 여덟 그루였다. 꽃은 피어 있지 않았다.

"앞으로 꽃이 필까요?" 꽃봉오리조차 없었다.

"핍니다. 피고말고요." 내 말이 끝나지도 않았는데, 여자는 홱 낚아채듯 대꾸하더니, 눈물이 맺힌 듯한 가느다란 눈을 한껏 부릅떴다. 의심할 것도 없이 사기꾼의 눈이었다. 거짓말을 하는 사람의 눈을 보면 예외 없이 이렇게 눈물이 살짝 번져 있다. "좋은 향기가 날 겁니다, 이게 크림색입니다. 이건 옅은 빨간색이고, 이건 흰색이죠." 혼자 뭐라고 말하고 있었다. 거짓말쟁이는 습성상 한순간도 입을 다물고는 있을 수 없는 법이다.

"이 근처는 모두 그쪽 밭입니까?" 도리어 내가 민감한 것을 건드리듯 조바심을 내며 물었다.

"네, 그럼요." 조금 날선 투로 대답하더니, 두세 번 연방 고개를 끄덕였다.

"집을 짓는다면서요. 언제쯤 완성되나요?"

"이제 곧 완성될 겁니다. 으리으리한 저택이라고 하네요. 하하하." 여자는 사내처럼 대담하게 웃었다.

"당신 집이 아닌가 보네요. 그럼 밭을 팔아 버렸다는 건가요."

"네, 그래요. 팔아 버렸어요."

"이 부근은 평당 얼마쯤 해요. 꽤 값이 나가죠?"

"아닙니다, 평당 이삼십 엔쯤이죠. 헤헤." 낮게 웃는 그 얼굴을 자세히 보니 이마에 땀이 배어 있었다. 필사적으로 둘러대는 것이다.

나는 백기를 들었다. 더는 괴롭히지 말자고 생각했다. 나도 예전에 이렇게 빤한 거짓말을, 들통 날 것을 알면서도 열심히 늘어놓았던 적이 있었다. 그때도 역시 저 기묘한 눈물로 눈꺼풀이 무척 뜨거워졌던 것을 기억한다.

"심어 주세요. 얼마죠?" 빨리 이 사람을 돌려보내고 싶었다.

"어머나, 팔러 온 게 아니에요. 장미가 가여워서 부탁드리는 거예요." 여자는 얼굴 한가득 웃음을 머금고 그렇게 말하더니, 얼굴을 내 쪽으로 들이밀며 목소리를 낮췄다. "한 그루에 오십 전씩만 쳐 주세요."

"이봐." 나는 안쪽 작은 방에서 바느질하고 있던 아내를 불렀다. "이분한테 돈 드려. 장미를 샀어."

가짜 농민은 침착하게 여덟 그루의 장미나무를 심고는 뻔뻔스레 감사 인사를 남기고 돌아갔다. 나는 심어 놓은 여덟 그루의 장미나무를 툇마루에 서서 멍하니 바라보며 아내에게 말했다.

"방금 그 사람 가짜였어." 나는 제 얼굴이 새빨갛게 달아오르는 것을 의식했다. 귀밑까지 홧홧했다.

"알고 있었어요." 아내는 태연자약했다. "내가 나가서 거절하려고 했는데, 당신이 보자면서 나가 버렸잖아요. 당신만 다정하고 나는 마귀할멈처럼 보이는 게 싫어서 모른 척하고 있었어요."

"돈 아까워, 사 엔이나 뜯어내다니, 지독해. 아주 눈 뜨고 코 베였어. 사기야. 구역질 날 것 같아."

"뭐 어때요. 장미는 여기 남아 있는데."

장미는 남아 있다. 그 당연한 생각이 나에게 기묘한 용기를 북돋아 주었다. 그로부터 사오 일 동안 나는 이 장미에 푹 빠져 지냈다. 물을 줄 때도 쌀뜨물로 주었다.

억새로 부목도 만들어 주었다. 마른 잎을 한 장씩 뜯어 냈다. 가지를 쳐 주었다. 멸구처럼 생긴 작은 녹색 벌레가 붙어 있는 걸 보고 한 마리도 남기지 않고 잡아 없앴다. 시들지 마라, 시들지 마라, 뿌리를 내려라. 두근거리는 마음으로 빌었다. 장미는 시들지 않고 잘 자랐다.

나는 아침, 점심, 저녁 미련을 버리지 못하고 툇마루에 서서 울타리 너머의 밭을 바라봤다. 그 중년의 여자가 가짜가 아니라, 불쑥 밭으로 나오면 얼마나 반가울까, 생각했다. "미안합니다. 저는 당신이 가짜인 줄로만 알았어요. 사람을 의심하는 건 나쁜 짓이죠." 나는 진심으로 기뻐하며 사과하고 신에게 감사의 눈물을 흘릴지도 모른다. 튤립도, 달리아도 필요 없다. 그런 건 원하지 않는다. 그저 밭에서 일하는 모습만 보여 주면 된다. 나는 그것으로 구원받는 것이다. 나와라, 나와라, 얼굴을 보여라, 한참을 툇마루에 우두커니 서서 밭을 둘러봤지만, 밭에는 고구마 잎이 가을바람에 흔들리며 일제히 고개를 흔들어 소란스러울 뿐이고, 이따금 주인집 할아버지가 느긋하게 뒷짐을 지고 밭을 둘러보며 걸어갔다.

나는 속은 것이다. 그것이 틀림없다. 지금은 이 초라한 장미가 어떤 꽃을 피울지, 그것에만 모든 희망을 걸어야 한다. 무저항주의의 성과를 반드시 보아야 한다. 대단한 꽃을 피우지도 않겠지, 나는 반쯤 포기하고 있었다. 그런데 열흘쯤 후, 그다지 유명하지 않은 서양화가 친구가 이 미타카의 집에 놀러 와서 뜻밖의 사실을 알려 주었다.

그즈음, 나는 고향의 제법 유명한 신문사 도쿄 지국으로부터 초대장을 받았다. 「무탈히 잘 지내고 계신지요. 가을에 접어든 고향은 다행히도 황금빛 벼이삭과 진홍빛 사과로 사 년 연속 풍년을 맞이하려 합니다. 이번에 우리 현 출신 중에 예술 방면 관계자 여러분을 모시고 하룻밤 찬찬히 도쿄 이야기, 고향 쓰가루, 남부 이야기 등을 듣고자 합니다. 바쁘시겠지만 부디 참석해 자리를 빛내 주시면 감사하겠습니다.」 하는 다정한 초대의 말이 왕복엽서에 인쇄돼 있고, 날짜와 장소도 지정돼 있었다. 나는 참석하겠다고 답장을 보냈다. 전부터 고향을 그토록 두려워하면서도 왜 참석하겠다고 답장했을까. 그 이유는 세 가지였다. 그중 하나는 내가 어렸을 때부터 사람들 앞에 나서는 것을 꺼려 했고, 나이를 먹고서도 그 버릇을 고치기는커녕 더욱 심해져서 반드시 참석해야 할 모임에도 어떻게든 이유를 대서 미루다가 불참하고, 사람들에게 도리를 지키지 못하는 일이 많아서, 종국에는 오만하다는 오해를 받아 손해를 보는 경우가 많았기에, 이제부터는 노력해서라도 모임에 얼굴을 내밀고 성실하게 인사하며 시민으로서의 의무를 다하기로 남몰래 결심한 참이었기 때문이다. 둘째 이유는 예의 신문사 본사에서 주임으로 근무하는 가와우치라는 사람에게 내가 오 년 전 병을 앓았을 때 걱정을 끼쳤기 때문이었다. 가와우치 씨와는 고등학교 때부터 알고 지낸 사이다. 그는 늘 보이지 않는 곳에서 그다지 평가받지 못했던 내 소설을 지지해 주었다. 육 년 전 병에 걸렸을 때 나는 여기저기서 돈을 마구잡이로 빌렸고, 그 뒤로 조금씩 갚았지만 여전히 다 갚지 못하는 처지였는데, 그때 반쯤 미쳐서 가와우치 씨에게 돈을 빌려달라고 편지를 보낸 적이 있다. 가와우치 씨에게 답장이 왔다. 결국 거절하는 편지였지만, 그래도 나는 가와우치 씨에게 고마운 마음이 들었다. 가와우치 씨는 나 같은 일개 가난한 서생에게 자신의 집안 사정을 전부 솔직하게 털어놓아 주셨다. 이런 상황이라 자네의 바람을 도저히 들어줄 수 없는데 주저하는 것도 자네 볼 낯이 없으니 이번 기회에 단호하게 거절하겠네. 그 말의 밑바닥에 사내다

젠조를 그리며 279

운 고결함이 느껴져 나는 괴로운 와중에도 고맙게 생각했다. 그 일을 잊지 못했다. 이번 신문사의 초대는 분명 가와우치 씨가 신경 써 준 일임에 틀림없다. 핑계를 대고 빠진다면 돈을 빌려주지 않았기 때문에 참석하지 않는 것이라고, 설마 그럴 일은 없겠지만, 혹여 그런 의심을 조금이라도 받는다면 죽음보다 더 괴로울 것이다. 결코 그런 것이 아니다. 그때 일은 오히려 진심으로 감사하게 생각한다. 그러니 이번에는 무슨 일이 있어도 참석해야 한다. 그것이 두 번째 이유다. 세 번째 이유는 초대장의 글과 관련이 있었다. '황금빛 벼이삭과 진홍빛 사과로 사 년 연속 풍년을 맞이하려 하고 있다.'라는 말을 들으니, 나도 역시 쓰가루 출신인지라 무심코 참석한다고 답장을 써 버렸다. 눈앞에 떠올랐다. 고향 산천의 모습이. 나는 벌써 십 년이나 고향에 돌아가지 못했다. 팔년 전 겨울, 생각해 보면 그 시절도 괴로웠다. 나는 아오모리 검찰국의 소환을 받고 혼자 몰래 우에노에서 아오모리행 급행열차에 몸을 실었다. 아사무시 온천 근처에서 밤이 밝아 왔고, 창밖에는 눈발이 흩날리고, 아사무시의 짙은 잿빛 바다는 무겁게 출렁였으며, 파도가 유리 조각처럼 세모꼴로 날카롭게 솟구쳤고, 먹물을 흘린 것처럼 새카만 구름이 바다를 짓누르듯 낮게 드리워져 있었다. 아아, 이제 두 번 다시 이곳에 오지 말자! 그때 나는 각오를 굳혔다. 아오모리에 도착하자마자 검찰국에 가서 이런저런 조사를 받고 귀가 허가를 받은 게 한밤중이 다 돼서였다. 재판소 뒷문에서 한 발짝 밖으로 나가자마자 눈보라가 백 발의 화살처럼 두 뺨을 향해 날아들었고, 망토 자락을 홱 걷어 올려 온몸을 마구잡이로 흔들었다. 꽁꽁 얼어붙은 아무도 없는 도로 위에서, 나는 고향에 있으면서도 고독한 떠돌이 광대처럼, 성냥팔이 소녀처럼 불안한 마음에 선 채로 부르르 떨며, 이곳이 고향인가, 이것이 그 고향인가, 라며 속이 뒤집어지는 자문자답을 하기도 했다. 깊은 밤, 인적 없는 거리, 눈보라만이 굉음을 내며 하얗게 소용돌이치며 날뛰는 가운데, 나는 어깨를 움츠리고 몸을 구부린 채 정류장으로 발길을 재촉했다. 아오모리 역 앞 노점에서 국수 한 그릇을 비운 뒤, 우에노행 기차를 타고 고향 사람 누구와도 만나지 않고 곧장 도쿄로 돌아왔다. 십 년 동안 단 한 번 힐끗 보았던 고향은 나에게 이토록 괴로운 곳이었다. 지금은 고통에 무뎌지고 완전히 약해진 탓에 '황금빛 물결, 사과 같은 뺨'이라는 달콤한 말에 넘어가, 고향에 관한 해묵은 미움도 모조리 잊고, 저도 모르게 홀린 듯 참석이라고 답장을 보내 버렸다.

'참석'이라고 답장을 보낸 후, 나는 날이 갈수록 불안해졌다. 그것은 '출세'라는 개념에 사로잡혔기 때문이었다. 고향 신문사로부터 이 고장 출신 예술가로서 초청을 받는다는 건 일종의 금의환향이 아닌가. 아주 명예로운 일이 아닌가. 명사 축에 속할지도 모른다고 생각하니 갑자기 당황스럽지 않을 수 없었다. 질 나쁜 장난으로, 수많은 오명을 가진 나를 굳이 정중하게 명사 취급을 하고, 그러다 안 보이는 곳에서 혀를 날름 내밀고 서로 눈웃음을 치며 낄낄거리는 사람들이 분명 장지문 그늘에 숨어 있을 것 같아 나는 매우 불안했다. 고향 사람들은 아무도 내 작품을 읽지 않는다. 설령 읽는다 해도 주인공의 추태를 묘사한 부분만 동정 어린 미소로 찾아내고는 혀를 끌끌 차며 남들에게 이야기하고, 고향의 수치라고 매도하고 조롱하는 정도겠지. 사 년 전 도쿄에서 큰형과 잠깐 만났을 때도 네 책을 친척들에게 보내는 건 그만둬. 나도 읽고 싶지 않아. 친척들은 네 책을 읽고 뭐라고…… 하고 말하려다 불현듯 입을 꼭 다물고 고개를 숙여 버렸지만, 나는 모든 정황을 훤히 알 수 있었다. 이제 죽을 때까지 고향 사람들에게는 한 권도 보내지 않을 작정이다. 고향 출신 문인들도 고노 요이치를 제외하고는 모두 나를 비웃고 있다. 문학과는 연이 없는 화가나 조각가들도 가끔 신문에 실리는 내 작품에 대한 비판을 곧이곧대로 믿고, 똑똑한 듯, 쓴웃음을 짓는 정도겠지. 나는 결코 피해망상증 환자가 아니다. 일부러 삐딱하게 보고 있는 게 아니다. 사실 어쩌면 더 가혹한 상태일지도 모른다. 같은 예술가 동료들 사이에서도 그렇다. 말하자면, 고향 사람들이 난로 앞에 앉아 쓰시마 집안(D는 내 필명이고, 쓰시마가 성이다) 막내는 도쿄에서 아주 망신살이 뻗쳤다더라, 하고 화제에 올렸다가 금세 잊고는 다시 불을 지피고 차를 따르며 가을 축제 준비 이야기로 화제를 바꾸는 그런 상태가 아닐까 싶다. 그런 초라한 상태인 줄도 모르고, 어리석고 가난한 작가가 고향 신문사의 초대를 받고, 곧바로 참석하겠다고 답장을 보내면서 나도 출세했구나, 하고 흐뭇하게 웃고 있는 그림은 너무 가엾지 않은가. 뭐가 출세야. 금의환향도, 어림 반 푼어치도 없다. 내 경우는 바로 돼지 목에 진주목걸이다. 비웃음거리나 되겠지. 그걸 깨달았을 때, 나는 부끄러움을 이기지 못하고 데굴데굴 굴러다녔다. 망했다고 생각했다. 역시 불참했어야 했다. 아니, 참석이든 불참이든 좌우지간 답장을 보낸다는 것 자체가 이미 비열한 짓이었다. 초대를 받고도 모른 척하고 답장도 보내지 않고, 남몰래 얼굴을 붉히며 몸을 움츠리고 떠는 게 지금 내 처지에 알맞은 대응이었다.

제 나약함이, 무심코 참석하겠다고 답장을 보낸 자신의 주변머리 없음이 새삼스레 원망스러웠다. 후회해도 소용없다. 모든 건 내 어리석음에서 비롯됐다. 어차피 이렇게 된 이상, 배짱 있게 당당하게 하카마 차림으로 참석해서, 사람들이 웃든 말든, 태연하게 명사 행세를 하며, 일장연설이라도 해 볼까, 자포자기에 가까운 거친 근성도 고개를 쳐들었다. 이 세상은 힘이 전부다, 어디까지나 강하게 밀고 나가면, 결국 그를 비웃지 않게 될 것이다. 아, 얄팍해, 부끄러운 줄 알아라! 손바닥 뒤집듯 그 사람을 칭찬하고, 천박하게 경외하는 시늉을 하며, 은근히 아첨하고, 뇌물이나 보내는 주제에. 당당하게 하카마 차림으로 참석해 일장연설을 하겠다는 등 허세를 부려 봐도, 나는 안 된다. 사람들에게 민폐만 끼친다. 좋은 작품을 쓰지 못하고 있다. 모두 거짓이다. 정직하지 않다. 비굴하다. 거짓말쟁이다. 호색한이다. 약해빠졌다. 신의 심판대에 설 것까지도 없이, 나는 늘, 횡설수설한다. 고백하건대, 나는 역시 하카마를 입고 싶었던 것이다. 일장연설을 하겠다고 허세를 부리고, 천지를 뒤흔들 정도의 공상에 홀로 가슴이 쿵쾅거리고, 번쩍 정신이 들어 벌레 같은 제 모습을 깨닫고 머리를 움츠리고 사라져 버리고 싶지만, 또다시 최소한 하카마 정도는 입고 싶다는 생각이 뭉게뭉게 부풀어 오른다. 속세의 미련을 끊어 버리지 못하는 것이다. 어차피 참석할 거면 하카마를 잘 갖춰 입고, 단정한 모습으로, 나는 이가 빠져서 추하니까 가급적 웃지 않고, 시종일관 입을 꾹 다물고, 그렇게 사람들에게 또렷한 말로 그간 소원했다고 사과하자. 그럼 고향 사람들도 쓰시마의 막내는 소문으로 들었던 것보다 멀쩡한 사람이라고, 어쩌면 그렇게 생각해 줄지도 모르겠다. 참석하자. 역시 하카마를 입고 참석하자. 그렇게 모두에게 딱 부러지는 어조로 인사하고 말석에 조신하게 앉아 있으면, 나는 분명 좋은 평판을 얻게 될 것이고, 그 소문이 퍼져 약 팔십 킬로미터 떨어진 고향 마을까지 은은하게 알려져 병든 노모를 조용히 웃게 해 줄 수 있을 것이다. 절호의 기회가 아닌가. 가자, 하카마를 입고 가자, 또다시 나는 가슴이 찢어질 듯 허세를 부렸다. 버려 버리지 못하는 것이다. 고향을, 나를 그렇게 비웃은 고향을, 나는 버리지 못하고 있는 것이다. 병이 나은 뒤 사 년 동안 내 마음은 한결같았고, 더욱 치열해지기만 했을 뿐이다. 나도 결국 마음 한구석에서 금의환향이라는 것을 생각하고 있던 것이다. 나는 고향을 사랑한다. 나는 고향 사람 모두를 사랑한다!

초대의 날이 왔다. 그날은 아침부터 폭우가 쏟아졌다. 그러나 나는 참석할 작정이다. 나에게는 하카마가 있다. 제법 좋은 하카마다. 명주로 만든 하카마다. 결혼식 때 한 번 입었을 뿐, 아내는 유난스럽게 기름종이에 싸서 고리짝 바닥에 넣어 두었다. 아내는 이것을 센다이히라(센다이 지방 특산 옷감—옮긴이 주)라고 생각한다. 결혼식 때 입었으니 센다이히라가 틀림없다고 혼자 생각하는 모양이다. 그러나 나는 가난해서 센다이히라 같은 건 엄두도 못 내는 상태였기 때문에 결혼식 때도 이 명주 하카마를 겨우 준비해 입었다. 그런데 아내는 어째서인지 센다이히라라고 굳게 믿는 것 같으니 이제 와서 그 환상을 부셔 버리기도 미안해서 나는 아직도 그 실상을 말하지 못하고 있었다. 그 하카마를 입고 가고 싶었다. 나에게는 적어도 금의(錦衣)였다.

"저기, 그 좋은 하카마 좀 꺼내 줘." 아무리 그래도 센다이히라라고는 할 수 없었다.

"센다이히라요? 그만둬요. 남색 무늬 기모노에 센다이히라는 안 어울려요." 아내는 반대했다. 나는 외출용 옷이라고는 남색 무늬 기모노 한 벌밖에 없었다. 여름용 겉옷이 한 벌 있었을 텐데, 어느샌가 사라졌다.

"안 어울리지 않아. 꺼내 줘." 센다이히라가 아니라고 사실을 털어놓을까 하다가 참았다.

"웃기지 않아요?"

"상관없어. 입고 가고 싶어."

"안 돼요." 아내는 고집을 부렸다. 그 센다이히라의 추억을 소중히 여기고, 무분별하게 밖으로 나돌려서 못 쓰게 만들고 싶지 않은 이기심도 있는 것 같았다. "서지 소재도 있어요."

"그건 안 돼. 그걸 입고 다니면 꼭 영화 변사처럼 보이거든. 이제 더러워져서 입을 수도 없고."

"아침에 다림질해 놨어요. 남색 기모노에는 그게 더 어울릴 거예요."

아내는 결심을 굳힌 내 의욕이 얼마나 대단한지 모른다. 자세히 설명해 줄까도 생각했지만 귀찮았다.

"센다이히라," 결국 나까지 거짓말을 해 버렸다. "센다이히라가 좋겠다니까. 이렇게 비가 많이 오는데, 서지는 금방 주름이 질 거라고." 꼭 저걸 입고 가고 싶었다.

"서지로 해요." 아내는 이제 탄식하는 투였다. "젖지 않게 보자기에 싸서 갖고 가면 어때요? 도착해서 입으면 되잖아요."

"그래, 그럴게." 나는 포기했다.

보자기에 버선과 서지 소재 하카마를 싸서 들고, 기모노 자락을 접어서 허리에 넣은 뒤 우산을 쓰고 빗속으로 나갔다. 왠지 불길한 예감이 들었다.

연회 장소는 히비야 공원 안에 있는 유명한 서양식 레스토랑이었다. 연회 시간은 오후 다섯 시 반이었지만, 도중에 버스를 갈아타느라 시간이 걸려 나는 여섯 시가 넘어서야 도착했다. 옷을 담당하는 청년에게 몰래 부탁해 현관 옆 작은 방을 빌려 그곳에서 옷을 갈아입었다. 그 방에는 고급스러운 양복 차림에 창백한 얼굴을 한 열 살쯤 돼 보이는 남자아이가 아무렇게나 앉아 우적우적 과자를 먹으며 가정교사에게 산수를 배우고 있었다. 이 레스토랑 주인의 소중한 아들일지도 모르겠다. 가정교사는 스물일고여덟 살쯤 되는, 하얀 피부에 통통하고 차분한 여성으로, 로이드안경을 쓰고 있었다. 내가 방에서 허리띠를 다시 매고, 보자기에서 버선을 꺼내 신은 다음, 서지 소재 하카마를 만지작거리고 있는 게 안쓰러웠는지 가정교사는 조용히 다가와 하카마 입는 것을 도왔다. 하카마 끈을 앞으로 해 나비 모양으로 깔끔하게 묶어 줬다. 나는 간단히 감사 인사를 하고는 종종걸음으로 그 방을 나와, 일부러 정면의 계단을 천천히 오르다가 중간에 나비 모양의 매듭을 풀어 버렸다. 지저분하게 구겨진 끈으로 묶은 나비 모양 매듭은 쑥스럽고, 비참해서 당혹스러울 뿐이었다.

행사장을 향해 한 걸음 내디딜 때, 나는 주눅이 들 정도로 긴장했다. 지금이다. 고향에서 십 년 동안의 불명예를 회복할 수 있는 순간은 바로 지금이다. 명사 흉내를 내라, 명사. 그때 누가 내 어깨를 툭 쳤다. 돌아보니 고노 가이치 군이었다. 나는 내 치아가 보기 싫은 것도 잊고 웃어 버렸다. 고노 가이치 군과는 십년지기다. 고향이 같다는 이유만으로 어울리는 건 아니었다. 고노 군이 성실한 예술가이기 때문에 그와 친구로 지내는 것이다. 고노 가이치 군도 웃었다. 나는 더 웃었다. 조신하게 있겠다는 결심을 잊어버린 것이다.

연회 자리가 정해졌다. 나는 문자 그대로 말석이었다. 소란스러운 분위기 속에서, 이러저러하는 사이에 나는 말석에 앉게 됐다. 하지만 십 분의 삼 정도는 의식적으로 말석을 선택한 듯한 부분도 있었다. 그것은 이 모임에 대한 존경심 때문이 아니라 오히려 반발심 때문이었던 것 같다. 반발을 넘어 불손한 멸시의 마음까지 가졌던 것 같기도 하다. 나도 정확히는 모르겠다. 어쨌든 나는 말석에 앉아 있었다. 그리고 나는 분명히 편안함을 느꼈다. 이걸로 됐다, 이제라도 명예를 회복할 수 있을지도 모른다는 생각에 나는 솔직히 기뻤다. 그러나 그다음이 문제였다. 그 뒤의 내 태도는 정말 좋지 않았다. 아주 몹쓸 태도였다.

나는 정말이지, 쓸모없는 놈이다. 조금도 훌륭하지 않다. 나는 고향에 어리광을 부리고 있다. 고향 분위기를 접하면 몸이 나른해지고 자제력을 잃어 제멋대로 행동하게 된다. 스스로도 아차 싶을 정도로 망가지고, 의지의 브레이크가 녹아내려 사라져 버린다. 가슴이 불쾌하게 쿵쾅거리고 온몸의 나사가 풀려서 도저히 잰 체할 수 없다. 산해진미가 차례차례 나왔지만, 나는 가슴이 벅차 먹을 수가 없었다. 아무것도 먹지 않고 술만 마셨다. 꿀꺽꿀꺽 들이켰다. 비 때문에 창문을 모두 닫아 놔 덥고 습했고, 취기가 온몸을 돌며 숨을 헐떡여서, 내 얼굴은 아마 삶은 문어처럼 보였을 것이다. 안 된다. 이런 꼴로는 고향에서의 평판이 나빠질 것이다. 내 이런 한심한 꼴을 어머니와 형이 보면 얼마나 안타까워할까, 발을 동동 구르며 분통을 터뜨릴까, 때때로 슬픔을 느끼면서도 나는 이미 의지의 브레이크를 잃었다. 그저 술만 마셨다. 나의 태도는 치졸했다. 서른한 살이나 먹어서 애교라고는 조금도 찾아볼 수 없는데도, 여전히 정신 못차리고 어리광을 부리는 꼬락서니가 추하기 그지없었다. 술기운이 돌면서, 홀로 비탄에 젖어 이 모임 전체를 부정해 보거나, 잰 체하며 이단성을 과시하려고 작당하거나, 혹은 생각을 고쳐먹고, 아니야, 여기 모인 사람들은 모두 뛰어난 인물들이다, 친절하고 겸손한 예술가들이다, 성실하게 고생하며 살아온 사람들이다. 비열한 건 나뿐이다. 아아, 나는 겁쟁이다, 썩어빠진 여자 같다, 그렇게 이 모임이 싫으면 왜 하카마를 입고 참석한 거지, 너의 그 초조함이 눈에 뻔히 보인다, 하고 스스로를 꾸짖기도 하고, 여하튼 그때 내 심정은 정말이지 말이 아니었다. 그저 안절부절못하며 가만히 있지 않고 끊임없이 몸을 좌우로 흔들면서 술만 마시고 있었다. 술은 무시무시하게 온몸에 퍼져 나갔고, 몸이 뜨겁게 달아올라 머리에서 김이 모락모락 피어오를 정도였다.

자기소개가 시작됐다. 모두 유명한 사람들이었다. 일본화가, 서양화가, 조각가, 극작가, 무용가, 평론가, 인기 가수, 작곡가, 만화가 등 모두 일류 인물다운 관록으로 제 이름을 태연하게 소개한 뒤 가벼운 농담도 곁들였다. 나는 자포자기해서 엉뚱한 순간에 크게 박수를 보내기도 하고, 잘 듣지도 않는 주제에 계속 맞장구를 치거나 했다. 분명 다들 저 구석에 있는 꾀죄죄한 고주망태는 누구냐 하고 내심 불쾌해져서, 혐오감을 느끼며, 눈살을 찌푸리고 있었을 것이다. 나는 그걸 알고 있었지만, 도무지 의지의 브레이크가 말을 듣지 않았다. 자기소개가 돌고 돌아 점점 차례가 말석의 나에게까지 가까워졌다. 이제 내 차례가 되면 나는 이런 상태에서 대체 무슨 말로 인사를 해야 할까. 이렇게 인사불성으로 일장 연설 따위는 꿈도 꾸지 못할 것이다. 주정뱅이의 헛소리라며 비웃음을 사기나 하겠지. 느닷없이 눈 녹은 시냇물이 눈앞에 어른거렸다. 강변에 푸르른 미나리가. 아아아, 하고 싶은 말이 있다. 산더미처럼 많다. 그러나 갑자기 싫증이 났다. 어째서인지 싫어졌다. 괜찮다. 나는 영원히 고향에서 이해받지 못한 채로 끝나도 상관없다. 포기했다. 금의환향을 포기했다. 술기운이 잔뜩 올라 머리가 혼란스러웠지만, 그래도 이것저것 생각하며 고민한 끝에 오늘은 잘 먹고 갑니다, 하고 신문사 사람에게 감사 인사를 건네고, 물러나야겠다고 결심했다. 그때 내 마음속에서 가장 솔직하게, 거짓 없이 할 수 있는 말은 그 감사의 말뿐이었다. 하지만 다시 생각해 보니, 잘 먹고 갑니다, 라고만 말하고 물러나는 건 왠지 평소 자기 돈으로 술을 마시지 못하는 제 실상을 드러내는 것 같아 천박하게 들리지 않겠나, 그만두라는 내면의 목소리가 들려서 난감할 따름이었다. 내 차례가 왔다. 나는 한껏 얼굴을 찡그리며, 호통을 치고 싶을 만큼 불결한, 추녀 같은 교태를 부리며 일어나 순간적으로 생각했다. D라는 이름은 꺼내고 싶지 않다. D가 다 뭐냐, 하고 내 말은 귓등으로도 듣지 않을 테고 경멸이나 당할 게 분명하다. 내 작품이 가엾다, 독자들 볼 낯이 없다. K 마을 쓰시마 집안의 막내입니다, 라고 말하면 어머니와 형 얼굴에 먹칠을 하는 꼴이고, 지금 큰형도 고향의 어떤 사건 때문에 크게 고생하고 있다는 걸 나는 알고 있었다. 우리 집은 지난 오륙 년, 불효자인 나뿐 아니라 다른 일로도 불행한 일을 연이어 겪고 있었다. 부디 용서해 주세요.

"K 마을의 쓰시마……."라고는 말했지만, 목소리가 목구멍에 달라붙어 아무도 듣지 못한 게 틀림없다.

"다시 말해 봐!"라는 탁한 목소리가 상석에서 들려왔고, 나는 갈 곳 없는 마음을 한순간에 그 상석의 탁한 목소리를 향해 폭발시켰다.

"시끄러워, 조용히 해!" 분명 작은 소리로 말했을 텐데, 앉아서 주위를 둘러보니, 찬물을 끼얹은 것처럼 싸한 분위기였다. 다 틀렸다. 나는 구제불능의 망나니로 고향에 소문 날 게 틀림없다.

그 뒤로 이어진 나의 추잡스러운 행동에 대해서는 더이상 말하지 않겠다. 뻔뻔하게 자백한다는 건 되레 독자에게 어리광을 부린다는 증거이며, 내 죄를 조금이라도 덜어 보겠다는 비열한 생각일지도 모르니, 나는 말없이 견디며 신의 준엄한 심판을 기다려야 한다. 모두 내 잘못이다. 내가 가진 모든 악덕을 드러내고 말았다. 돌아오는 길, 비가 쏟아져서 기치조지 역에서 인력거를 탔다. 인력거꾼은 꼬부랑 영감이었다. 영감은 흠뻑 젖은 채로 비틀비틀 달리며 으음, 으음, 하고 고통스럽게 신음했다. 나는 그저 호통을 쳤다.

"뭐야, 힘들지도 않으면서 요란스럽게 끙끙대기는, 얄팍한 근성이군! 힘껏 달려!" 나는 악마의 본성을 드러냈다.

나는 그날 밤 비로소 깨달았다. 나는 출세할 수 있는 인간이 아니다. 포기해야 한다. 금의환향에 대한 동경을 이 기회에 확실히 끊어내야 한다. 돌아갈 곳이 고향밖에 없는 건 아니다, 하고 마음을 편안하게 먹고 차분해져야 한다. 나는 평생 길거리 악사로 살다 끝날지도 모른다. 미련하고 융통성 없는 이 음악을 듣고 싶은 사람만 들으면 된다. 예술은 명령할 수 없다. 예술은 권력을 얻는 순간 사멸한다.

이튿날, 서양화를 공부하는 한 친구가 미타카 집으로 찾아왔고, 나는 전날 밤의 대실패에 대해 이야기하며 내 각오를 털어놨다. 이 친구 역시 세토나이카이의 고향 섬에서 추방된 상태였다.

"고향이란 눈물점 같은 거야. 신경을 쓰면 끝이 없지. 수술해도 흉터가 남아." 이 친구의 오른쪽 눈 밑에는 팥알만 한 큰 눈물점이 있다.

나는 그런 적당한 말로는 위로가 되지 않아서 우울한

젠조를 그리며

표정으로 천장을 바라보며 담배만 피웠다.

그때였다. 친구는 내 정원에 있는 여덟 그루 장미에 주목하며 뜻밖의 사실을 알려 줬다. 제법 우수한 장미라고 했다.

"정말?"

"그런 것 같아. 이건 벌써 육 년은 된 것 같은데. 장미 농원에서 한 그루당 일 원 이상은 받을 거야." 친구는 장미에 관해서는 고생하며 나름대로 공부해 온 사람이었다. 오쿠보 자택의 좁은 정원에 장미를 사오십 그루쯤 심어서 키운다.

"하지만 이걸 팔러 온 여자는 가짜였어." 나는 속아서 장미를 산 자초지종을 들려주었다.

"상인이란 쓸데없는 거짓말까지 늘어놓는 인종이지. 꼭 팔고 싶었던 거겠지. 부인, 가위 좀 빌려주시겠습니까." 친구는 마당으로 내려가 장미의 잔가지를 부지런히 쳐냈다.

"그 여자는 고향 사람이었을까?" 왠지 모르게 뺨이 달아올랐다. "순 거짓말쟁이도 아니었네."

나는 툇마루에 앉아 담배를 피우면서, 매우 흡족해했다. 신은 존재한다. 분명 존재한다. 돌아갈 곳이 고향밖에 없는 건 아니다. 보라, 무저항주의의 성과를. 나는 스스로 행복한 사람이라고 생각했다. 슬픔은 돈을 내서라도 사라는 말이 있다. 푸른 하늘은 감옥의 창문을 통해 볼 때 가장 아름답다고 하던가. 감사한 일이다. 이 장미가 살아 있는 한 나는 마음의 왕이라고 순간 생각했다.

달려라 메로스

走れメロス

1940년 5월 잡지 《신조(新潮)》에 처음 발표된 작품이며, 《다자이 오사무 전집 3》(1988년, 지쿠마쇼보)에 수록된 글을 글을 원문으로 하여 번역했다.

메로스는 격노했다. 반드시 그 사악하고 잔인한 왕을 제거해야겠다고 결심했다. 메로스는 정치를 모른다. 메로스는 마을의 목동이다. 피리를 불며 양들과 어우러져 살아왔다. 그러나 사악함에 대해서는 남들보다 훨씬 민감했다. 오늘 새벽 메로스는 마을을 떠나 들판을 넘고 산을 넘어 사 킬로미터 떨어진 이곳 시라쿠사에 도착했다. 메로스에게는 아버지도, 어머니도 없다. 아내도 없다. 열여섯 먹은 수줍음 많은 여동생과 단둘이 산다. 이 여동생은 머지않아 마을의 건실한 목동과 결혼식을 올릴 예정이었다. 얼마 남지 않았다. 때문에 메로스는 신부 의상이며 축하연 음식을 사러 멀리 이 도시까지 온 것이다. 먼저 필요한 물건들을 산 뒤에 시내의 큰길을 어슬렁어슬렁 걸었다. 메로스에게는 죽마고우가 있었다. 세리눈티우스다. 지금은 이 시라쿠사에서 석공으로 일하고 있다. 그 친구를 이제부터 찾아가 볼 작정이다. 오랫동안 만나지 못했던지라 친구와 만나는 게 기대됐다. 걷다 보니 메로스는 마을 분위기가 좀 이상하다고 느꼈다. 쥐 죽은 듯 조용했다. 이미 해가 졌으니 마을이 어두워진 건 당연하지만, 그래도 왠지 밤이라서 그런 것만이 아니라, 도시 전체가 어쩐지 쓸쓸해 보였다. 태평한 메로스도 점점 불안해졌다. 길에서 마주친 젊은이들을 붙잡고 이 년 전 이곳에 왔을 때는 밤에도 모두가 노래를 부르며 도시가 시끌벅적했는데, 무슨 일이 있었느냐고 물었다. 젊은이들은 고개를 저으며 대답하지 않았다. 한참을 걷다가 노인을 만났다. 이번에는 더욱 강한 어조로 물었다. 노인은 대답하지 않았다. 메로스는 두 손으로 노인의 몸을 흔들며 거듭 물었다. 노인은 주변 시선을 의식하듯 낮은 목소리로 간신히 대답했다.

"왕이 사람을 죽입니다."

"왜 죽입니까?"

"사람들이 악한 마음을 품고 있다는데, 그런 마음을 품은 사람은 아무도 없습니다."

"많이 죽였습니까?"

"네, 처음에는 자기 여동생의 남편을 죽였습니다. 그 다음에는 왕의 후계자를 죽였습니다. 그러고는 동생을. 그 다음에는 동생의 아들. 그리고 황후님을. 그리고 지혜로운 신하 알렉키스 님을."

"뭐라고요? 왕이 실성했습니까?"

"아뇨. 실성한 게 아닙니다. 사람을 믿을 수 없다고 하십니다. 요즘은 신하들의 마음도 의심스럽다며 조금이라도 호화로운 생활을 하는 자에게 인질을 한 명씩 내놓으라고 명하고 계십니다. 명령을 거부하면 책형(磔刑)으로 죽습니다. 오늘 여섯 명이 죽었습니다."

이야기를 들은 메로스는 격노했다. "어처구니없는 왕이네. 살려두면 안 되겠어."

메로스는 단순한 남자였다. 그는 산 물건들을 등에 짊어지고 느릿느릿 왕의 성으로 들어갔다. 즉시 그는 순찰 중이던 병사에게 붙잡혔다. 조사를 받던 중 메로스의 주머니에서 단검이 나오자 큰 소동이 일었다. 메로스는 왕 앞으로 끌려갔다.

"이 단검으로 뭘 할 작정이었나. 고하라!" 폭군 디오니스는 조용히, 그러나 위엄 있게 추궁했다. 왕의 얼굴은 창백했고, 미간의 주름은 새긴 듯 깊었다.

"도시를 폭군의 손에서 구하려 한다." 메로스는 주눅들지 않고 대답했다.

"네놈이?" 왕은 비웃었다. "황당한 녀석이군. 너는 내 고독을 모른다."

"그만해!" 메로스는 흥분해서 반박했다. "사람의 마음을 의심하는 건 가장 부끄러워해야 할 악덕이다. 왕은 백성의 충성심마저 의심하고 있지 않나."

"의심이 정당하다는 걸 알려 준 건 너희다. 사람의 마음은 믿을 수 없다. 인간은 원래 사리사욕 덩어리다. 믿어서는 안 된다." 폭군은 침착하게 중얼거리며 한숨을 내쉬었다. "나도 평화를 바란다."

"무엇을 위한 평화지? 자기 지위를 지키기 위해서?" 이번에는 메로스가 비웃었다. "죄 없는 사람을 죽이고 뭐가 평화냐?"

"닥쳐라, 비천한 놈이." 왕은 휙 고개를 들며 대꾸했다. "입으로는 무슨 깨끗한 말을 못할까. 나는 사람의 뱃속 깊숙한 곳이 훤히 보인다. 지금 너도 십자가에 못 박히고 나서 울며 사죄해 봐야 소용없다."

"아아, 교활한 왕이로구나. 마음껏 자만해라. 나는 죽을 각오가 돼 있어. 절대로 목숨을 구걸하지 않을 것이다. 다만……." 거기까지 말하다 메로스는 발치로 시선을 떨어뜨리며 순간 망설이다가 "다만, 나를 가엾이 여긴다면 처형까지 사흘의 기한을 주시오. 하나밖에 없는 여동생이 결혼하는 모습을 보고 싶소. 결혼식을 치르고 사흘 안에 반드시 이곳으로 돌아오겠소."

"어이가 없군." 폭군은 쉰 목소리로 나지막이 웃었다. "황당한 거짓말을 하는구나. 놓아준 새가 다시 돌아온다는 말이냐?"

"그렇소. 돌아올 것이오." 메로스는 안간힘을 다해 주장했다. "나는 약속은 지킨다. 그러니 내게 사흘만 자유를 주시오. 동생이 내가 돌아오기를 기다리고 있소. 그렇게 날 믿지 못하겠다면, 이 도시에 세리눈티우스라는 석공이 있소. 내 둘도 없는 친구지. 그를 인질로 여기 두고 가겠소. 내가 도망쳐서 사흘 뒤 해 질 녘까지 이곳에 돌아오지 않으면 그 친구를 목 졸라 죽이시오. 부탁이오, 그렇게 해 주시오."

그 이야기를 들은 왕은 잔인한 생각에 씩 미소 지었

다. 건방진 소리를 하는군. 어차피 돌아오지 않을 게 분명하다. 이 거짓말쟁이에게 속은 척 놓아주는 것도 재미있겠어. 그리고 그놈을 대신해 남은 남자를 사흘째 되는 날 죽여 버리는 것도 속 시원할 테지. 인간은 이래서 믿을 수 없다고 하면서, 서글픈 얼굴로 그 인질을 책형으로 죽여 주마. 자기가 정직하다는 놈들에게 똑똑히 보여줄 수 있겠군.

"네 소원을 들어주겠다. 널 대신할 남자를 불러와라. 사흘 뒤 해 질 녘까지 돌아와라. 늦으면 그 남자는 반드시 죽는다. 조금 늦게 오도록 해라. 네 죄는 영원히 용서해 줄 테니."

"무슨 말을 하는 것이냐."

"하하. 목숨이 소중하다면, 늦게 오거라. 네 마음은 내가 다 알고 있다."

메로스는 분해서 발을 굴렀다. 아무 말도 하고 싶지 않았다.

죽마고우 세리눈티우스는 한밤중에 성으로 불려 왔다. 폭군 디오니스 앞에서 사이좋은 친구가 이 년 만에 다시 만났다. 메로스는 친구에게 모든 사정을 털어놓았다. 세리눈티우스는 말없이 고개를 끄덕이며 메로스를 꽉 끌어안았다. 친구 사이에는 그것으로 충분했다. 세리눈티우스는 밧줄에 묶였다. 메로스는 곧장 출발했다. 초여름, 밤하늘에는 별이 가득했다.

메로스는 그날 밤 한 잠도 자지 않고 사 킬로미터 길을 서둘러 달려 마을에 도착했다. 다음 날 아침, 이미 해가 중천에 떠서 마을 사람들은 들로 나가 하루 일과를 시작하고 있었다. 메로스의 열여섯 살 여동생도 오늘은 오빠 대신 양 떼를 돌보고 있었다. 비틀거리며 걸어오는 오빠의 기진맥진한 모습을 보고 깜짝 놀랐다. 그리고 오빠에게 질문을 쏟아 냈다.

"아무것도 아니야." 메로스는 억지로 웃으려고 애썼다. "도시에서 볼일을 다 보지 못하고 왔어. 곧 다시 돌아가야 해. 내일 네 결혼식을 올리자. 빨리 올리는 게 좋겠어."

여동생은 뺨을 붉혔다.

"좋아? 예쁜 옷도 사 왔어. 자, 이제 가서 마을 사람들에게 알리고 와. 결혼식은 내일이라고."

메로스는 다시 비틀거리며 집으로 돌아와 신들의 제단을 꾸미고 결혼식을 준비하고 곧 바닥에 쓰러져 숨도 쉬지 못할 정도로 깊은 잠에 빠져들었다.

잠에서 깨 보니 밤이었다. 메로스는 일어나자마자 신랑의 집으로 찾아갔다. 그리고 조금 사정이 있으니 결혼식을 내일 올리자고 부탁했다. 신랑은 깜짝 놀라며, 그럴 수는 없다, 아직 아무 준비도 하지 않았으니 포도가 열리는 계절까지 기다려 달라고 대답했다. 메로스는 기다릴 수 없으니 제발 내일 하자고 다시 간청했다. 신랑도 완고해서 좀처럼 승낙하지 않았다. 새벽까지 논의를 거듭한 끝에 간신히 신랑을 달래서 설득했다. 결혼식은 한낮에 치러졌다. 신랑 신부가 신들에게 맹세를 끝냈을 즈음 검은 구름이 하늘을 뒤덮고 비가 방울방울 내리기 시작하더니 이내 거센 폭우가 쏟아졌다. 결혼식에 참석한 마을 사람들은 무언가 불길한 기운을 느꼈지만, 그럼에도 불구하고 마음을 다잡고 좁은 집 안에서 후덥지근한 열기를 참아 가며 흥겹게 노래를 부르고 박수를 쳤다. 메로스도 희색이 만연한 얼굴로 잠시 왕과 했던 약속을 잊었다. 결혼식 분위기는 밤이 깊어지면서 절정에 이르렀고, 사람들은 바깥에 쏟아지는 폭우를 전혀 신경 쓰지 않았다. 메로스는 이대로 평생 이곳에 있고 싶다고 생각했다. 이 좋은 이들과 평생을 함께하고 싶었지만, 지금은 제 몸도 제 것이 아니었다. 마음대로 할 수 있는 일이 아니었다. 메로스는 스스로를 채찍질하며 마침내 출발을 결심했다. 내일 해 질 녘까지는 아직 충분한 시간이 있다. 잠시 눈을 붙인 뒤에 바로 출발하자고 생각했다. 그때쯤이면 비도 잦아들었을 것이다. 미련스러웠지만 조금이라도 오래 이 집에 머물고 싶었다. 메로스 정도의 남자에게도 역시 미련이라는 게 있었다. 오늘 밤, 넋 나간 것처럼 기쁨에 취해 있는 신부에게 다가갔다.

"결혼 축하해. 피곤해서 잠시 잠을 자야겠어. 일어나면 바로 도시로 갈 거야. 중요한 볼일이 있거든. 내가 없어도 네게는 이미 자상한 남편이 있으니까 결코 외롭지 않을 거야. 오빠가 가장 싫어하는 건 사람을 의심하는 것과 거짓말을 하는 거야. 너도 그건 알지? 남편에게 어떤 비밀도 만들어서는 안 된다. 네게 하고 싶은 말은 그뿐이야. 오빠는 훌륭한 사람이니 너도 자부심 갖고 살아."

신부는 꿈을 꾸는 기분으로 고개를 끄덕였다. 메로스는 신랑의 어깨를 토닥였다.

"아무 준비도 하지 못한 건 우리 쪽도 마찬가지야. 우리 집에도 보물이라고는 여동생과 양들뿐이니까. 그것 말고는 아무것도 없지. 다 주겠네. 하나 더, 메로스의 가족이 된 걸 자랑스럽게 여겨 주게.”

신랑은 손을 비비며 쑥스러워했다. 메로스는 웃으며 마을 사람들에게도 인사를 하고 자리를 떠나 양 우리에 들어가 죽은 듯 깊이 잠들었다.

잠에서 깨어난 건 다음 날 새벽이었다. 메로스는 벌떡 일어나 “아뿔싸, 늦잠을 잤나, 아니, 아직 괜찮아, 지금 당장 출발하면 약속한 시간까지 충분히 도착할 수 있어. 오늘만큼은 꼭 그 왕에게 인간에게는 신의라는 게 존재한다는 걸 보여 주자. 그리고 웃으며 처형대에 오를 것이다. 메로스는 느긋하게 채비를 했다. 비도 어느 정도 잦아든 것 같았다. 떠날 채비는 끝났다. 자, 메로스는 두 팔을 크게 흔들며 화살처럼 빗속으로 달려 나갔다.

나는 오늘 밤, 죽는다. 죽기 위해 달려가는 것이다. 나를 대신한 친구를 구하기 위해 달려가는 것이다. 왕의 간교함을 깨부수기 위해 달려가는 것이다. 달리지 않으면 안 된다. 그리고 나는 죽는다. 젊어서부터 명예를 지켜라. 잘 있어라, 고향아. 젊은 메로스는 괴로웠다. 몇 번이나 멈춰 설 뻔했다. 달려, 달려, 큰 소리로 자신을 채찍질하며 달렸다. 마을을 떠나 들판을 가로지르고 숲을 지나 이웃 마을에 도착했을 즈음에는, 비도 그치고 해가 높이 떠올라 슬슬 더워지고 있었다. 메로스는 이마에 맺힌 땀을 주먹으로 닦으며, 여기까지 왔으니 괜찮다, 이제 고향에 대한 미련은 없다. 동생 부부는 분명 잘 살 것이다. 이제 마음에 걸리는 건 아무것도 없다. 곧바로 성에 가면 그걸로 됐다. 그렇게 서두를 필요 없다. 천천히 가자, 원래의 태평한 성격으로 돌아온 메로스는 좋아하는 노래를 근사한 목소리로 부르기 시작했다. 어슬렁어슬렁 걸어서 어느덧 중간쯤 이르렀을 때, 느닷없이 재앙이 찾아왔다. 메로스의 발이 딱 멈췄다. 보라, 앞의 강을. 어제 내린 호우로 산의 수원지가 범람했고, 탁류가 힘차게 하류로 몰려와 사납게 다리를 부쉈다. 콸콸 소리를 내며 쏟아지는 거센 물살이 흔적도 남기지 않고 강 너머로 건너가는 다리를 날려 버렸다. 메로스는 망연자실하게 서 있었다. 이리저리 둘러보고, 또 목청껏 불러봤지만, 나룻배도 남김없이 물살에 휩쓸려 그림자조차 없었고, 뱃사공의 모습도 보이지 않았다. 강물은 점점 불어나 바다처럼 되어 가고 있다. 메로스는 강둑에 주저앉아 울부짖으며 제우스에게 손을 들어 애원했다. "제발 진정시켜 주세요, 미쳐 날뛰는 강물을! 이러는 동안에도 시간은 흘러가고 있습니다. 태양도 이미 중천에 있습니다. 해가 지기 전에 성에 도착하지 못하면 소중한 친구가 나 때문에 죽게 됩니다."

탁류는 메로스의 외침을 비웃기라도 하듯 더욱더 거세게 날뛰었다. 물살이 물살을 집어삼켜 소용돌이치며 몸집을 불려 갔고, 시간은 시시각각 사라졌다. 그쯤 되니 메로스도 각오해야 했다. 헤엄쳐 건너는 것 말고는 다른 방법이 없다. 아, 신들이시여 굽어 살펴 주소서! 탁류에도 굴하지 않는 사랑과 신의의 위대한 힘을 지금이야말로 발휘해 보리라. 메로스는 거침없이 물살에 뛰어들어 백 마리 이무기가 버둥거리는 듯한 거센 물살에 맞서 필사적으로 싸우기 시작했다. 모든 힘을 다해 밀려오는 소용돌이와 잡아당기는 물살을 이를 악물고 헤치며, 용맹스럽게 나아가는 인간의 모습을 신들도 측은하게 여겼는지, 끝내 연민을 베풀어 주었다. 밀려나면서도 결국 건너편 나무를 붙잡는 데 성공한 것이다. 다행이다. 메로스는 말처럼 몸을 부르르 떤 뒤에 곧장 다시 발길을 재촉했다. 한순간도 허투루 쓸 수 없었다. 태양은 이미 서쪽으로 저물고 있었다. 거친 숨을 몰아쉬며 고갯길에 올라 꼭대기까지 와서 한숨 돌렸을 때, 갑자기 눈앞에 산적 떼가 나타났다.

"거기 서라."

"이게 무슨 짓이지. 나는 해가 지기 전에 성에 가야 한다. 보내 줘."

"어딜. 가진 걸 다 두고 가라."

"나는 목숨 말고는 아무것도 가진 게 없다. 그 하나밖에 없는 목숨도 이제 왕에게 바쳐야 한다."

"그 목숨을 내놓거라."

"너희는 왕의 명령으로 나를 여기서 기다리고 있었던 거군."

산적들은 말없이 일제히 곤봉을 휘둘렀다. 메로스는 휙 몸을 피해 새처럼 근처에 있던 자에게 달려들어 곤봉을 빼앗았다.

"유감이지만 정의를 위한 일이다!" 용맹하게 일격을 가해 순식간에 셋을 쓰러뜨리고 남은 자들이 흠칫하는 틈을 타서 잽싸게 달려 고개를 내려갔다. 단숨에 내려왔지만, 역시나 기진맥진했고, 하필이면 그때 작열하는 오후의 태양이 그 열기를 더해 와서, 메로스는 몇 번이고 현기증을 느꼈다. 이러면 안 된다, 정신을 다잡고 비틀비틀 두세 걸음 걷다가 결국 힘없이 무릎을 꿇었다. 일어설 수가 없었다. 하늘을 우러르며 분루를 흘렸다. 아아, 탁류를 헤치고 산적을 셋이나 쓰러뜨린 위타천(불교의 신으로 군신이며 발이 빠른 것으로 알려져 있다.—옮긴이 주), 난관을 뚫고 여기까지 온 메로스여. 진정한 용자, 메로스여. 지금 여기서 힘이 다해 움직일 수 없게 되다니, 한심하구나. 사랑하는 친구는 너를 믿었다는 이유로 곧 죽어야 한다. 너는 희대의 불신의 인간, 이것이 바로 왕이 노리는 거다, 하고 자신을 꾸짖어 봤지만, 온몸에 기운이 빠져 이제는 애벌레만큼도 앞으로 나아갈 수 없었다. 길가의 풀숲에 털썩 쓰러졌다. 몸이 피곤하면 정신도 함께 피로해진다. 이제 아무래도 상관없다, 용자에게 어울리지 않는 삐뚤어진 근성이 마음 한구석에 둥지를 틀었다. 나는 이만큼 노력했다. 약속을 어길 마음은 조금도 없었다. 신이시어 굽어 살피소서, 저는 있는 힘껏 노력했습니다. 움직이지 못할 정도까지 달려왔습니다. 나는 불신의 인간이 아닙니다. 아아, 할 수만 있다면 내 가슴을 갈라 시뻘건 심장을 보여 주고 싶다. 사랑과 신의의 혈액만으로 움직이는 이 심장을 보여 주고 싶다. 그러나 나는 이 중요한 순간에 정력도 끈기도 다 소진돼 버렸다. 나는 진정 불행한 남자다. 분명 모두가 나를 비웃겠지. 가족들도 비웃음을 당할 것이다. 나는 친구를 속였다. 도중에 쓰러지는 건 처음부터 아무것도 하지 않는 것과 같다. 아아, 이제 상관없다. 이것이 나의 숙명인지도 모른다. 세리눈티우스, 용서해 줘. 너는 언제나 나를 믿었지. 나도 너를 속이지 않았어. 우리는 진정 서로에게 좋은 친구였어. 단 한 번도 어두운 의혹의 구름을 서로의 가슴에 품은 적이 없었지. 지금도 너는 나를 열심히 기다리고 있겠지. 아아, 기다리고 있겠지. 고맙다, 세리눈티우스. 용케도 나를 믿어 줬구나. 그걸 생각하면 가슴이 벅차올라. 친구 사이의 신의는 이 세상에서 가장 자랑스러워해야 할 보물이니까. 세리눈티우스, 나는 달렸어. 너를 속일 생각은 추호도 없었어. 믿어 줘! 정말 서둘러 여기까지 왔어. 탁류를 뚫고 말이야. 산적들에게 에워싸였지만, 쓱 빠져나와 단숨에 고개를 질주해 내려왔어. 나라서 가능했던 일이야. 아아, 더 이상 나에게 바라지 말아 줘. 그냥 내버려둬. 아무래도 상관없어, 나는 졌어. 한심하다. 웃어 줘. 왕은 나에게 좀 늦게 오라고 속삭였지. 늦으면 인질을 죽이고 나를 살려 주겠다고 약속했어. 나는 왕의 비열함을 증오했지. 하지만 막상 지금, 나는 왕의 말대로 하고 있어. 나는 늦을 거야. 왕은 지레짐작해서 나를 비웃을 거고, 그리고 아무렇지 않게 나를 풀어 주겠지. 그렇게 되면 죽는 것보다 더 고통스러울 거야. 나는 영원히 배신자가 된다. 지상에서 가장 불명예스러운 인종. 세리눈티우스, 나도 죽을게. 너와 함께 죽게 해 줘. 너만은 틀림없이 나를 믿어 주겠지. 아니, 이것도 혼자만의 착각인가? 아아, 차라리 악덕자로서 살아남을까. 고향에는 내 집이 있어. 양 떼도 있지. 동생 부부가 설마 나를 고향에서 쫓아내지는 않겠지. 정의니, 신의니, 사랑이니, 생각해 보면 모두 부질없다. 사람을 죽이고 내가 산다. 그것이 인간 세상의 법칙이 아닌가. 아아, 모든 게 다 바보 같다. 나는 추악한 배신자야. 어떻게든 마음대로 하라지. 어찌할 도리가 없다. 사지를 뻗고, 꾸벅꾸벅 졸고 말았다.

문득 귓가에 졸졸 물 흐르는 소리가 들렸다. 가만히 고개를 들고 숨을 삼키며 귀를 기울였다. 발치에 물이 흐르는 모양이다. 비틀거리며 일어나 둘러보니 바위틈에서 뭔가 작게 속삭이며 맑은 샘물이 솟아오르고 있었다. 그 샘물에 빨려 들어가듯 메로스는 몸을 숙였다. 두 손으로 물을 떠서 한 모금 마셨다. 후우, 긴 한숨이 나오며 꿈에서 깬 것 같았다. 걸을 수 있다. 가자. 육체의 피로가 회복되면서, 미약하게나마 희망이 솟아올랐다. 의

무를 다할 수 있으리라는 희망 말이다. 자신이 죽고 명예를 지킬 수 있다는 희망 말이다. 기우는 해는 붉은빛을 나뭇잎에 비춰 잎도 가지도 불타오를 듯 빛나고 있다. 일몰까지는 아직 시간이 남았다. 나를 기다리는 사람이 있다. 추호도 의심하지 않고 조용히 기대하는 사람이 있다. 나를 믿어 주는 사람이 있다. 내 목숨 따위는 문제가 아니다. 죽음으로 사죄한다느니, 그런 태평한 소리를 할 때가 아니다. 나는 신뢰에 보답해야 한다. 지금은 그저 그뿐이다. 달려라! 메로스.

나를 믿어 주는 사람이 있다. 나를 믿어 주는 사람이 있다. 방금 전, 그 악마의 속삭임은, 그건 꿈이었다. 악몽이다. 잊어버려라. 오장육부가 피곤하면 불현듯 그런 악몽을 꾸는 법이다. 메로스, 네가 부끄러워할 일이 아니다. 역시 너는 진정한 용자다. 다시 일어나서 달릴 수 있게 되지 않았나. 고마운 일이다! 나는 정의의 기사로 죽을 수 있다. 아아, 해가 저물고 있다. 순식간에 지고 있다. 기다려 주소서, 제우스시여, 저는 날 때부터 정직한 사람이었습니다. 정직한 사람으로 죽게 해 주세요.

길 가는 행인들을 제치고, 뛰어서 밀치며, 메로스는 검은 바람처럼 달렸다. 들판에서 벌어지는 잔치, 그 잔

치판 한가운데를 가로질러, 사람들을 놀라게 하고, 개를 걷어차고, 시냇물을 건너, 조금씩 저물어 가는 태양보다 열 배는 더 빨리 달렸다. 한 무리의 여행자들과 스쳐 지나간 순간, 불길한 대화를 들었다. "지금쯤 그 남자도 처형대에 매달렸겠지." 아아, 그 남자, 그 남자를 위해 나는 지금 이렇게 달려가는 것이다. 그 남자를 죽게 해서는 안 된다. 서둘러, 메로스. 늦어서는 안 돼. 사랑과 신의의 힘을 지금이라도 알려 줘야 해. 차림새 같은 건 상관없어. 메로스는 이제 거의 벌거벗은 상태였다. 숨도 쉬지 못하고 두 번, 세 번, 입에서 피를 토했다. 보인다. 저 멀리 작게 시라쿠사의 탑루가 보인다. 탑루는 석양을 받아 반짝반짝 빛나고 있었다.

"아, 메로스 님." 탄식하는 목소리가 바람과 함께 들려왔다.

"누구지?" 메로스는 달리며 물었다.

"필로스트라투스입니다. 메로스 님의 친구 세리눈티우스 님의 제자입니다." 젊은 석공은 메로스의 뒤를 따라 달리며 외쳤다. "이제 틀렸습니다. 부질없는 짓이에요. 그만 달리세요. 이제 그분을 구할 수 없어요."

"아니, 아직 해가 지지 않았어."

"지금 그분이 사형에 처해지려 하고 있어요. 아아, 늦었습니다. 원망스럽네요. 아주 조금만, 조금만 더 빨랐더라면!"

"아니, 아직 해가 지지 않았어." 메로스는 가슴이 찢어지는 듯 비통한 심정으로 커다랗고 새빨간 석양만 바라보고 있었다. 달리는 것 말고는 다른 생각은 할 수 없다.

"그만하세요. 그만 달리세요. 지금은 메로스 님의 목숨이 중요해요. 그분은 당신을 믿고 있었습니다. 태연하게 형장으로 끌려 나오셨어요. 왕이 그분을 수없이 조롱했지만 메로스는 꼭 올 거라고만 대답하며 강한 신념을 버리지 않았습니다."

"그래서 달리는 거야. 그가 나를 믿어 주기에 달리는 거라고. 늦었는지, 늦지 않았는지는 중요하지 않아. 사람의 목숨도 중요하지 않지. 나는 뭔가 더 무섭도록 거대한 걸 위해 달리고 있는 거야. 나를 따라와! 필로스트라투스."

"아아, 실성하셨어요. 그럼 계속 달리세요. 어쩌면 제시간에 도착할 수 있을지도 모르니까요. 마음껏 달리세요."

말은 필요 없다. 아직 해가 지지 않았다. 마지막 죽을 힘을 다해 메로스는 달렸다. 메로스의 머릿속은 텅 비어 있었다. 아무 생각도 하지 않았다. 그저 영문을 알 수 없는 거대한 힘에 이끌려 달렸다. 태양은 일렁이며 지평선 너머로 저물었고, 마지막 남은 한 줄기 빛마저 사라지려 하던 순간, 메로스는 질풍처럼 형장으로 돌진했다. 늦지 않게 도착했다.

"멈춰라. 그 사람을 죽여서는 안 된다. 메로스가 돌아왔다. 약속대로 지금 돌아왔다." 메로스는 큰 소리로 형장의 군중을 향해 외쳤지만, 목이 메어서 쉰 목소리가 희미하게 나왔을 뿐, 군중은 누구 하나 그의 도착을 알아차리지 못했다. 이미 처형대의 기둥이 높이 세워졌고, 밧줄에 묶인 세리눈티우스는 서서히 매달렸다. 그 광경을 목격한 메로스는 마지막 용기를 짜내, 탁한 물살을 헤치고 헤엄쳤을 때처럼 군중을 헤치고, 헤치고 나아가,

"나다! 죽어야 할 사람은 나다. 메로스다. 그를 인질로 삼은 내가 여기 있다!" 쉰 목소리로 힘껏 외치며, 마침내 처형대에 매달린 친구의 두 발을 부여잡았다. 군중은 술렁거렸다. 장하다. 용서해 줘라, 이구동성으로 아우성쳤다. 세리눈티우스의 밧줄이 풀렸다.

"세리눈티우스." 메로스는 눈물을 글썽이며 말했다.

"나를 쳐. 힘껏 내 뺨을 쳐. 나는 도중에 한 번 나쁜 꿈을 꿨어. 네가 만일 나를 때리지 않으면 나는 너와 포옹할 자격도 없어."

세리눈티우스는 모든 것을 헤아린 듯 고개를 끄덕이며 형장 전체에 울려 퍼질 정도로 큰 소리로 메로스의 오른쪽 뺨을 때렸다. 그리고는 다정하게 미소 지었다.

"메로스, 너도 나를 때려. 똑같이 큰 소리 나게 내 뺨을 때려. 나는 지난 사흘 동안 딱 한 번, 너를 의심했어. 태어나서 처음으로 널 의심했어. 네가 날 때려 주지 않으면 나는 너와 포옹할 수 없어."

메로스는 소리 나게 팔을 휘둘러 세리눈티우스의 뺨을 때렸다.

"고맙다, 친구야." 두 사람은 동시에 말하고는 서로 부둥켜안았고, 기쁨에 겨워 엉엉 울음을 터뜨렸다.

군중 사이에도 흐느끼는 소리가 들렸다. 폭군 디오니스는 군중 뒤에서 두 사람의 모습을 뚫어져라 쳐다보고 있다가 조용히 두 사람에게 다가가 얼굴을 붉히며 이렇게 말했다.

"너희의 소원이 이루어졌다. 너희는 내 마음을 이겼다. 신의란 결코 공허한 망상이 아니었다. 부디 나도 친구로 삼아 주지 않겠나. 제발 내 소원을 들어 주게. 너희의 친구로 삼아 주게."

군중 사이에서 환호성이 터져 나왔다.

"만세, 디오니스 왕 만세."

한 소녀가 메로스에게 붉은 망토를 건넸다. 메로스는 어리둥절했다. 친구가 조심스럽게 일러주었다.

"메로스, 너 벌거벗고 있잖아. 빨리 그 망토를 걸쳐. 이 귀여운 아가씨는 자네의 벌거벗은 몸을 모든 사람들이 보는 게 싫은 거야."

용자의 얼굴이 붉어졌다.

(옛 전설과 실러의 시에서)

부끄러움

恥

1942년 1월 잡지 《부인화보(婦人畵報)》에 처음 발표된 작품이며, 《다자이 오사무 전집 4》(1988년, 지쿠마(쇼보)에 수록된 글을 원문으로 하여 번역했다.

기쿠코 씨, 창피를 당했어요. 정말이지 창피했답니다. 얼굴에서 불이 난다, 같은 표현으로는 한참 부족해요. 초원을 데굴데굴 구르며 아악, 소리쳐도 풀리지 않을 정도예요. 사무엘하에 이런 구절이 있습니다. '다말이 재를 자기의 머리에 덮어쓰고 그의 채색옷을 찢고 손을 머리 위에 얹고 가서 크게 울부짖으니라.' 가여운 동생 다말. 젊은 여자는 부끄러워서 어찌할 수 없을 때는 정말 머리에 재라도 뒤집어쓰고 울고 싶은 마음이 든다니까. 다말의 심정을 알 것 같아요.

　기쿠코 씨, 역시 당신 말이 맞았어요. 소설가 따위는

인간쓰레기야. 아니요, 악마예요. 끔찍한 종자들이에요. 저한테 큰 창피를 줬어요. 기쿠코 씨, 지금까지 당신에게 비밀로 했지만, 소설가 도다 씨에게 몰래 편지를 보내고 있었어요. 그러다가 드디어 한 번 만났는데 큰 창피를 당하고 말았죠. 이게 뭐람.

처음부터 전부 말씀드릴게요. 구월 초에 저는 도다 씨에게 이런 편지를 보냈어요. 아주 잰 체하는 편지였죠.

「실례합니다. 결례인 줄 알면서도 편지를 씁니다. 아마 귀하의 소설에는 여성 독자가 하나도 없는 것으로 압니다. 여자들은 줄창 광고하는 책만 읽죠. 여자에게는 자기 취향이란 게 없습니다. 남들이 읽으니까 나도 읽어야지 하는 허영심으로 읽는 거죠. 아는 척하는 사람을 유난히 존경합니다. 쓸데없는 논리를 높이 삽니다. 실례되는 말입니다만 귀하께서는 그런 논리를 전혀 모르는 것 같습니다. 학식도 없는 것 같습니다. 귀하의 소설을 저는 작년 여름부터 읽기 시작해서 거의 다 읽었습니다. 그래서 직접 뵐 것도 없이 귀하의 신변 사정, 외모, 풍채까지 모든 걸 알고 있습니다. 귀하께 여성 독자가 한 명도 없다는 건 확정적이라고 생각했습니다. 귀하께서는 자신의 가난, 인색함, 꼴사나운 부부싸움, 저속한 질병, 추한 외모와 지저분한 차림새, 문어 다리를 질겅거리며 소주를 마시고, 난동을 부리다 땅바닥에 쓰러져 잠들고, 빚더미에 앉았고, 그 밖에도 수많은 불명예스럽고 추잡한 일들만 조금도 꾸미지 않고 고백하십니다. 그래서는 안 됩니다. 여자는 본능적으로 청결을 중시합니다. 소설을 읽으면서, 조금은 귀하가 안쓰럽다고 생각하면서도 정수리가 벗겨지기 시작했다든가, 이가 너덜너덜 빠졌다든가 하는 글을 읽으면, 역시 너무 꼴사나워서 쓴웃음이 나오고 맙니다. 죄송하지만, 경멸하고 싶어집니다. 게다가 귀하는 입에 담기도 민망한, 불결한 곳의 여자를 찾아가신다면서요? 그 사실만으로 이미 결정적입니다. 저조차 코를 막고 읽은 적이 있습니다. 여자들이 남김없이 귀하를 경멸하고, 눈살을 찌푸리는 건 당연한 일입니다. 저는 귀하의 소설을 친구들 몰래 읽었습니다. 제가 귀하의 소설을 읽는다는 사실을 친구들이 알게 되면, 저는 조롱을 당하고 인격을 의심받고 절교당할 거예요. 부디 귀하께서도 조금이라도 반성해 주시기 바랍니다. 저는 귀하의 무학(無學)이나 문장의 치졸함, 혹은 인격의 천박함, 사려 깊지 못한 점, 머리가 나쁜 점 등 무

부끄러움

수히 많은 결점을 보면서도 그 밑바닥에 있는 한줄기 애수를 찾아냈습니다. 저는 그 애수를 아낍니다. 다른 여자들은 모릅니다. 앞서 말씀드렸듯 여자들은 허영심으로만 책을 읽기 때문에 고상한 척하는 피서지의 연애나 사상적인 소설 같은 걸 선호하지만, 저는 그뿐 아니라 귀하의 소설 밑바닥에 있는 일종의 애수도 귀하다고 믿었습니다. 부디 귀하는 자신 추한 외모나 과거의 지저분한 행실, 또는 형편없는 문장력에 절망하지 마시고, 귀하 특유의 애수를 소중히 여기시는 동시에 건강에 유의하시고, 철학이나 어학을 조금 더 공부해 사상의 깊이를 더욱 추구해 주세요. 만약 귀하의 애수가 앞으로 철학적으로 정리된다면 귀하의 소설도 지금처럼 조롱받지 않을 것이며, 귀하의 인격도 완성될 것이라 믿습니다. 그날에는 저도 익명을 벗고 제 주소와 이름을 밝히고 귀하를 만나 뵙고 싶지만, 지금은 먼발치에서 성원만 보내드림에 그치고자 합니다. 미리 말씀드리지만, 이것은 팬레터가 아닙니다. 부인께 보여 드리며 나한테도 여자 팬이 생겼다는 저속한 농을 던지시지는 말아 주세요. 저는 자존심이 있습니다.」

기쿠코 씨, 대충 이런 편지를 썼어요. 귀하, 귀하 하고 부르는 건 좀 불편했지만 '당신'이라고 부르기에는 도다 씨와 저는 너무 나이 차이가 나고, 게다가 너무 친근해서 싫어요. 도다 씨가 나잇값 못하고 자아도취에 빠져서 이상한 착각이라도 하면 곤란하기도 하고요. 그렇다고 '선생님'이라고 부를 만큼 존경하지도 않아요. 게다가 도다 씨는 학식이 없으니까 '선생님'이라고 부르는 건 너무 부자연스럽다고 생각했죠. 그래서 '귀하'라고 부르기로 했는데, '귀하'도 역시 좀 이상하네요. 하지만 저는 이 편지를 보내고도 양심의 가책은 느끼지 않았어요. 잘한 일이라고 생각했죠. 가여운 사람에게 조금이라도 도움을 주는 건 기분 좋은 일이니까요. 허나 저는 이 편지에 주소도, 이름도 쓰지 않았어요. 무섭잖아요. 지저분한 차림새로 취해서 우리 집에 찾아오기라도 하면, 엄마가 얼마나 놀라실까요. 돈을 빌려달라고 협박을 할지도 모르고, 어쨌든 몹쓸 버릇을 가진 분이니 어떤 무서운 짓을 저지를지도 모르니까 저는 영영 정체 모를 여자로 남고 싶었어요. 하지만 기쿠코 씨, 불가능했어요. 아주 끔찍한 일이 벌어졌거든요. 그러고는 얼마 지나지 않아 다시 한번 도다 씨에게 편지를 쓰지 않을 수 없는 사

부끄러움

정이 생겨 버렸어요. 게다가 이번에는 주소도 이름도 똑바로 알려야 했죠.

기쿠코 씨, 저는 가여운 아이랍니다. 그때 보낸 편지 내용을 알려 드리면 대충 사정을 알 수 있으실 테니, 읽으시고 웃지 말아 주세요.

「도다 님, 저는 정말 놀랐습니다. 어떻게 제 정체를 알아내신 거죠? 그래요, 제 이름은 가즈코입니다. 그리고 교수의 딸이고 스물세 살입니다. 아주 멋지게 허를 찔려 버렸네요. 이번 달 ≪문학세계≫의 신작을 읽고 저는 어안이 벙벙해졌습니다. 정말이지 소설가라는 직업은 방심할 수 없는 직업이라는 생각이 들었어요. 어떻게 아신 걸까요. 게다가 제 마음까지 꿰뚫어 보시고 '음란한 공상까지 하게 되었습니다.'라고 신랄한 일침을 날리는 것을 보니, 확실히 귀하가 놀라우리만치 진보했다고 생각했습니다. 제 그 익명의 편지가 바로 당신의 창작 욕구를 불러일으켰다는 건 제게도 기쁜 일이었습니다. 한 여성의 지지가 작가를 이토록 분기하게 할 줄은 꿈에도 몰랐습니다. 듣자 하니 위고나 발자크 같은 거장들도 모두 여성의 보호와 위로 덕에 수많은 걸작을 남길 수 있었다고 합니다. 저도 미약하나마 귀하를 돕기로 각오를 굳혔습니다. 부디 마음을 다잡고 잘해 나가시기를 바랍니다. 종종 편지하겠습니다. 귀하의 이번 소설에서 여성 심리를 조금이나마 해부하고 있는 것은 확실히 진전이라 할 수 있고, 재기 넘치고 감탄스러운 부분도 곳곳에 있었지만, 아직 미흡한 부분도 있습니다. 저는 젊은 여성이니 앞으로 여성의 다양한 심리를 가르쳐 드리겠습니다. 귀하는 장래가 촉망되는 문필가라고 생각합니다. 작품도 점점 발전하고 있는 것 같고요. 부디 독서를 더 많이 해 철학적 교양도 쌓으시기 바랍니다. 교양이 부족하면 거장은 될 수 없습니다. 힘든 일이 생기면 주저하지 말고 편지를 주세요. 이미 밝혀졌으니 익명은 그만두겠습니다. 제 주소와 이름은 표기한 대로입니다. 가명이 아니니 안심하세요. 귀하가 언젠가, 완성된 인격을 갖추게 되면 꼭 만나 뵙고 싶지만, 그전까지는 편지를 주고받는 정도에서 참아 주세요. 정말이지 이번에는 놀랐습니다. 제 이름까지 제대로 알고 계시다니요. 분명 귀하는 제 편지에 흥분해 야단법석을 떨며 친구들에게 보여 주고, 그러고는 편지의 소인 등을 실마리 삼아 신문사에 다니는 친구에게라도 부탁해 마침내 제 이름을 알아낸 것이 아닐까 생각하는데, 아닌가요? 남자분들은 여자에게 편지를 받으면 바로 소란을 떨어서 큰일이에요. 어떻게 제 이름과 스물세 살이라는 사실까지 아셨는지 편지로 알려 주세요. 오래 편지하고 지내요. 다음부터는 좀 더 다정한 편지를 보내 드릴게요. 그럼 건강 조심하세요.」

기쿠코 씨, 저는 지금 이 편지를 옮겨 적으며 몇 번이고 울먹거렸답니다. 온몸에 식은땀이 줄줄 흐르는 느낌이에요. 이해해 주세요. 제가 착각했어요. 저에 관해 쓴 게 아니었어요. 저를 전혀 고려하지 않았다고요. 아아, 부끄러워, 부끄러워요. 기쿠코 씨, 불쌍히 여겨 주세요. 끝까지 말씀드릴게요.

도다 씨가 이번 달 ≪문학세계≫에 발표한 <나나구사(七草)>라는 단편 소설, 읽어 보셨나요? 스물셋 아가씨가 사랑을 지나치게 두려워하고, 마음을 뺏기기 싫어서 결국 부유한 예순 노인과 결혼하지만, 역시 싫증이 나서 자살한다는 줄거리의 소설입니다. 조금 노골적이고 어둡지만, 도다 씨의 개성이 잘 드러났어요. 저는 그 소설을 읽고 꼭 저를 모델로 해서 쓴 소설이라고 착각하고 말았어요. 어째서인지, 두세 줄 읽자마자 그런 생각이 들어서, 파랗게 질려 버렸거든요. 왜냐하면 그 여주인공의 이름은 저와 똑같은 가즈코였으니까요. 나이도 같은 스물셋이었고, 아버지가 대학교수인 것까지 똑같지 뭐예요. 그 밖에는 제 신상과 전혀 다른데도, 왠지 모르게 이 소설은 제 편지에서 힌트를 얻어 창작한 것이 틀림없다고 믿어 버린 거죠. 그로 인해 큰 망신을 당하게 된 거예요.

사오 일 뒤에 도다 씨에게 엽서를 받았는데, 거기에는 이렇게 적혀 있었어요.

「삼가 답장을 드립니다. 편지를 받았습니다. 지지해 주셔서 감사합니다. 또한, 일전의 편지도 분명 읽었습니다. 저는 지금까지 단 한 번도 다른 분이 주신 편지를 집 사람에게 보여 주며 웃는 등 무례한 짓을 한 적이 없습니다. 또한 친구에게 보여 줘서 소란을 피운 적도 없습니다. 그 점은 알아주시기 바랍니다. 또한 저의 인격이 완성되면 만나 주신다고 하셨는데, 대체 인간은 스스로 자기를 완성할 수 있는 존재일까요? 이만 줄입니다.」

역시 소설가라는 사람들은 언변이 뛰어나다고 생각했습니다. 한 방 먹었구나, 분한 마음이 들었습니다. 저는 종일 넋 나간 사람처럼 있다가 다음 날 아침 갑자기 도다 씨를 만나고 싶어졌습니다. 만나 드리지 않으면 안 된다. 그 사람은 지금 분명 괴로워하고 있을 것이다. 내가 지금 만나 주지 않으면 그 사람은 타락해 버릴지도 모른다. 그 사람은 내가 찾아오기를 기다리고 있을 것이다. 만나 드려야지요. 저는 곧바로 채비를 시작했습니다. 기쿠코 씨, 공동주택에 사는 빈곤한 작가를 찾아가는데 사치스러운 차림으로 갈 수 있을까요? 그럴 수는 없죠. 어느 부인 단체의 간사들이 여우 목도리를 두르고 빈민촌 시찰을 갔다가 문제가 된 적이 있지 않습니까? 조심해야 합니다. 소설에서 보니 도다 씨는 입을 옷도 없어 속이 튀어나온 솜옷 한 장만 입는다고 합니다. 그리고 집의 다다미는 찢어져서 신문지를 방 가득 깔고 그 위에 앉아 계신다고도 합니다. 그런 어려운 형편의 집에 제가 얼마 전에 새로 맞춘 분홍색 원피스 같은 걸 입고 간다면, 도다 씨 가족들이 얼마나 속상하고 주눅이 들겠어요, 결례라고 생각했습니다. 저는 여학교 시절에 입었던, 여기저기 기운 치마에, 그리고 역시 옛날 스키를 탈

때 입었던 노란색 재킷을 입었습니다. 이 재킷은 이제 작아서 팔이 껑충하게 팔꿈치까지 올라와요. 소맷단도 풀어져서, 실이 죽 늘어져 있는, 그야말로 완벽한 옷이었어요. 도다 씨가 매년 가을이면 각기병으로 고생한다는 것도 소설을 통해 알고 있었기 때문에, 제 침대 담요 한 장을 보자기에 싸서 가져가기로 했습니다. 다리에 담요를 두르고 일하시라고 충고하고 싶었어요. 저는 엄마 몰래 뒷문으로 빠져나갔습니다. 기쿠코 씨도 아시겠지만, 제 앞니 한 개가 떼어 낼 수 있는 의치잖아요. 전철에서 의치를 떼서 일부러 못생겨 보이도록 꾸미기도 했어요. 도다 씨는 분명 치아가 많이 빠져 있을 테니, 창피하지 않도록, 안심시키려고 저도 치아가 좋지 않은 모습을 보여 주려고 했던 거예요. 머리도 헝클어뜨리고 아주 추하고 빈한 여자가 되었습니다. 약하고 무지한 가난뱅이를 위로하기 위해서는 아주 세심한 곳까지 마음을 써야 하거든요.

도다 씨의 집은 교외에 있어요. 전철에서 내려서 파출소에 물어봐 의외로 쉽게 도다 씨의 집을 찾았습니다. 기쿠코 씨, 도다 씨의 집은 공통주택이 아니었어요. 작지만 깔끔한 분위기의 번듯한 단독주택이었지요. 정원도 잘 가꾸어져 있었고, 가을 장미가 흐드러지게 피어 있었습니다. 모두 예상치 못한 상황이었어요. 현관문을 열자, 신발장 위에 국화를 꽂아 놓은 수반이 놓여 있었습니다. 차분하고 우아한 부인이 나와 제게 인사를 했어요. 저는 집을 잘못 찾아온 게 아닌가 싶었습니다.

"저, 소설을 쓰시는 도다 씨 댁이 여기 맞나요?" 하고 저는 쭈뼛거리며 물었습니다.

"맞아요." 다정하게 대답하는 부인의 미소에 눈이 부셨어요.

"선생님께서는." 저도 모르게 선생님이라는 말이 튀어나왔죠. "선생님께서는 댁에 계신가요?"

부인은 저를 선생님의 서재로 안내해 주셨어요. 진지한 얼굴의 남자가 책상 앞에 단정하게 앉아 있었습니다. 솜옷 차림은 아니었습니다. 무슨 옷감인지는 모르겠지만, 짙은 파란색의 도톰한 겹옷에다가 검은색 바탕에 흰 줄이 들어간 각띠를 매고 계셨어요. 서재는 찻집 느낌이 났어요. 도코노마에는 한시 족자가 걸려 있었고요. 저는 한 글자도 읽을 수 없었죠. 대나무 바구니에는 담쟁이 넝쿨을 예쁘게 꽂아 놓았더라고요. 책상 옆에는 책이 산처럼 쌓여 있고요.

전혀 달랐어요. 이가 빠진 곳도 없었고, 머리도 벗겨지지 않았죠. 얼굴은 멀끔했어요. 불결한 느낌은 조금도 찾아볼 수 없었습니다. 이 사람이 소주를 마시고 땅바닥에 쓰러져 잔다는 걸 믿을 수 없었습니다.

"소설 속 느낌과 실제로 만난 느낌이 전혀 다르네요." 나는 다시 마음을 다잡고 말했어요.

"그런가요." 가벼운 대답이 돌아왔습니다. 저에게 그다지 관심이 없는 눈치였습니다.

"어떻게 저를 아셨나요? 그걸 여쭈러 왔어요." 나는 그렇게 말하며 상황을 면피하려 했습니다.

"무슨 말씀이세요?" 전혀 반응을 보이지 않았습니다.

"제가 이름과 주소를 숨겼는데 선생님은 꿰뚫어 보셨잖아요. 일전에 편지를 보내면서 그 점을 가장 먼저 물어봤을 텐데요."

"저는 당신에 대해 모릅니다. 이상한 말씀을 하시네요." 맑은 눈으로 제 얼굴을 똑바로 쳐다보며 옅은 미소를 지었습니다.

"어머나!" 저는 당황해 안절부절못하기 시작했습니다. "그렇다면 제 편지가 무슨 뜻인지도 모르셨을 텐데, 아무 말씀도 안 하시다니, 너무하시네요. 절 얼간이라 생각하신 거죠?"

저는 울고 싶었습니다. 착각에 빠져 설레발을 치고 있던 건가. 너무, 너무나. 기쿠코 씨, 얼굴에서 불이 난다, 같은 표현으로는 한참 부족해요. 초원을 데굴데굴 구르며 아악, 소리쳐도 풀리지 않을 정도였어요.

"그럼 그 편지를 돌려주세요. 부끄러워서 참을 수가 없네요. 돌려주세요."

도다 씨는 진지한 표정으로 고개를 끄덕였습니다. 화가 났을지도 몰라요. 뭐 이런 여자가 다 있나, 하고 기가 막혔겠죠.

"찾아보겠습니다. 매일 오는 편지를 일일이 보관해둘 수 없어서 이미 없을지도 모르지만, 나중에 집사람에게 찾아보라고 하겠습니다. 찾으면 보내드리겠습니다. 두 통이었나요?"

"두 통입니다." 비참한 기분으로 대답했어요.

"제 소설이 당신의 신상과 비슷하다고 하시던데, 저는 소설에 절대 모델을 쓰지 않아요. 전부 픽션입니다. 애초에 당신의 첫 번째 편지는," 그는 갑자기 입을 꾹 다물고 고개를 숙였어요.

"실례가 많았습니다." 저는 이가 빠진, 비루한 거렁뱅이 여자였어요. 너무 작은 재킷의 소매는 다 터졌죠. 남색 치마는 잔뜩 구겨져 주름투성이고요. 저는 머리에서 발끝까지 경멸당하고 있었어요. 소설가는 악마다! 거짓 말쟁이다! 가난하지도 않으면서 가난뱅이인 척하고 있다. 멀끔한 외모를 가졌으면서 못생겼다고 동정을 받고 있다. 공부도 많이 하면서 무학이라며 시치미를 떼고 있다. 아내를 사랑하는 주제에 매일 부부싸움을 한다고 헛소리를 해 댄다. 괴롭지도 않은데 힘든 시늉을 한다. 나는 속았다. 말없이 고개를 숙인 뒤 일어섰습니다.

"아프신 곳은 어떠세요? 각기병 말이에요."

"저는 건강합니다."

저는 이런 사람을 위해 담요를 가져온 거였어요. 다시 가지고 돌아가야 했죠. 기쿠코 씨, 너무 창피해서 담요 꾸러미를 안고 돌아오는 길에 울음을 터뜨렸어요. 담요에 얼굴을 묻고 울었어요. 길에서 한 자동차 운전자가 멍청아! 앞 똑바로 보고 걸어, 하고 호통을 쳤어요.

이삼 일 후에 제가 보낸 편지 두 통이 큰 봉투에 담겨 등기우편으로 도착했습니다. 저는 그때까지도 아직 희미하게나마 한 줄기 희망을 갖고 있었어요. 혹시 선생님께서 나의 부끄러움을 구제해 줄 수 있는 좋은 말씀을 써서 보내 주시지는 않았을까? 이 큰 봉투에 내가 보낸 편지 두 통 말고도 선생님의 다정한 위로의 편지가 들어 있지 않을까? 저는 봉투를 꼭 안고 기도한 뒤에 봉투를 뜯어 봤습니다만, 아무것도 없었습니다. 제가 보낸 편지 두 통 말고는 아무것도 들어 있지 않았습니다. 혹시 제 편지의 뒷면에 낙서하듯 뭔가 감상이라도 적어 놓으시지 않았을까 싶어서 한 장, 한 장, 저는 제 편지의 편지지 뒷면과 앞면을 꼼꼼히 살펴봤지만, 아무것도 적혀 있지 않았어요. 이 부끄러움. 이해할 수 있으실까요? 재를 머리에 덮어쓰고 싶은 심정이었습니다. 나는 십 년쯤 늙어 버렸습니다. 소설가라는 직업은 한심해요. 인간쓰레기야. 순 거짓말만 늘어놓고 있잖아요. 전혀 낭만적이지 않아요. 평범한 가정에 앉아서, 그렇게 비루한 차림새에 앞니가 빠진 여자를 싸늘하게 경멸하며 배웅도 하지 않고, 영원히 모르는 척 잰 체하며 살겠다니, 정말 대단하죠? 그런 걸 사기꾼이라고 해야 하지 않을까요.

기다리다

待つ

1942년 6월 잡지 《여성(女性)》에 처음 발표된 작품이며, 《여학생》(1954년, 가도카와)에 수록된 글을 원문으로 하여 번역했다.

국철의 그 작은 역에 저는 매일 사람을 마중 나갑니다. 누구인지도 모르는 사람을 맞이하려요.

시장에서 장을 보고 돌아오는 길에는 반드시 역에 들러 차가운 벤치에 앉아 장바구니를 무릎에 놓고 멍하니 개찰구를 바라봅니다. 상하행 열차가 승강장에 도착할 때마다 많은 사람들이 열차 출입구에서 우르르 쏟아져 나와 모두가 화난 표정으로 개찰구로 와서 정기권을 내밀거나 표를 건네고는, 눈길도 주지 않고 서둘러 걸어서, 제가 앉은 벤치 앞을 지나 역전 광장으로 나가고, 그렇게 제각기 사방으로 흩어져 갑니다. 저는 멍하니 앉아 있습니다. 누군가 웃으며 제게 말을 건넵니다. 오오, 무서워. 아아, 곤란해. 가슴이 두근거립니다. 생각만 해도 등에 찬물을 끼얹은 듯 오싹해지고 숨이 막힙니다. 하지만 저는 역시 누군가를 기다리고 있습니다. 도대체 저는 매일 이곳에 앉아 누구를 기다리고 있는 것일까요. 어떤 사람? 아니, 제가 기다리는 건 인간이 아닐지도 모릅니다. 저는 인간이 싫습니다. 아니, 무섭습니다. 사람과 얼굴을 마주하고 별일 없으신가요, 날이 추워졌네요, 하고 원치도 않는 인사를 적당히 늘어놓고 있으면, 왠지 세상 천지에 저만 한 거짓말쟁이가 없다는 괴로운 기분이 들어 죽고 싶어집니다. 그럼 상대방도 괜히 저를 경계하며 하나마나한 칭찬이나 점잔을 빼며 거짓 감상 같은 걸 늘어놓잖아요. 저는 그걸 들으면 상대방의 쩨쩨한 경계심이 서글퍼지고, 그러다 결국 세상이 싫고 싫어서 견딜 수 없어집니다. 세상 사람들이란 서로 경직된 인사를 하고, 경계하고, 그렇게 서로에게 지쳐서 일생을 보내는 걸까요? 저는 사람을 만나는 게 싫습니다. 그래서 저는 웬만한 일이 아니면 제가 먼저 친구에게 놀러 가거나 하지는 않았습니다. 집에서 어머니와 둘이 조용히 바느질하는 걸 가장 편하게 느낍니다. 그런데 드디어 큰 전쟁이 시작되고 주변이 극도로 긴장하게 된 뒤로는 저만 집에서 매일 멍하니 있는 게 무척 나쁜 일인 것 같아 왠지 불안하고 영 마음이 편치 않았습니다. 몸이 가루가 되어라 일해서 직접적으로 도움이 되고 싶은 기분이었습니다. 저는 지금까지의 제 삶에 자신감을 잃어버렸습니다.

집에 가만히 앉아 있을 수도 없고, 그렇다고 밖으로 나가 봐도 제게는 어디도 갈 곳이 없습니다. 장을 보고 돌아오는 길에 역에 들러 멍하니 역의 차가운 벤치에 앉아 있습니다. 누군가 불쑥 나타난다면! 그런 기대와, 아아, 나타나면 곤란하다, 어쩌지 하는 공포와, 그래도 나타난다면 어쩔 수 없다, 그 사람에게 이 목숨을 바치자, 내 운은 그때 결정되는 것이다, 그런 체념과도 같은 각오와 그 밖의 갖가지 괘씸한 공상 등이 이상하게 얽혀서 가슴이 벅차올라 질식할 정도로 괴로워집니다. 살아 있는 것인지 죽어 있는 것인지 알 수 없는, 백일몽을 꾸는 듯한, 어딘지 모르게 불안한 심정이 돼, 역 앞의, 사람들이 오가는 모습도 망원경을 거꾸로 들여다보는 것처럼 작고 멀게만 느껴져서, 세상이 조용해집니다. 아, 저는 대체 무엇을 기다리고 있는 것일까요. 어쩌면 저는 아주 음란한 여자일지도 모릅니다. 큰 전쟁이 시작돼, 왠지 불안하고, 몸이 가루가 되어라 일해서 도움이 되고 싶다는 말은 거짓말이고, 사실은 그런 그럴싸한 구실을 만들어 자신의 경박한 공상을 실현할 좋은 기회를 노리고 있는지도 모릅니다. 여기 이렇게 앉아 멍한 표정을 짓고 있지만, 가슴속에서는 불순한 계획이 활활 타오르고 있는 것 같기도 합니다.

도대체 저는 누구를 기다리고 있는 걸까요. 또렷한 형태는 아무것도 없습니다. 그저, 불안할 뿐입니다. 그러나 저는 기다리고 있습니다. 큰 전쟁이 시작된 뒤로는, 매일, 매일, 장을 보고 돌아가는 길에 역에 들러, 이 차가운 벤치에 앉아 기다리고 있습니다. 누군가가, 한 사람이, 웃으며 저에게 말을 건넵니다. 오오, 두려워. 아아, 난감해. 제가 기다리는 건 당신이 아닙니다. 그렇다면 대체 저는 누구를 기다리고 있는 걸까요. 남편. 아뇨. 연인. 아닙니다. 친구. 싫어. 돈. 그럴 리가. 귀신. 아아, 싫어.

좀 더 부드럽고, 화사하고, 멋진 것. 뭔가, 잘 모르겠어. 예를 들면, 봄 같은 것. 아니, 아니야. 푸른 잎. 오월. 보리밭을 흐르는 맑은 물. 역시, 아니야. 아아, 그래도 저는 기다리고 있습니다. 설레는 마음으로 기다리고 있

습니다. 사람들이 하나 둘 눈앞을 지나갑니다. 저것도 아
니고, 이것도 아니야. 저는 장바구니를 들고, 잘게 떨면
서 한마음으로, 간절히 기다리고 있습니다. 저를 잊지 말
아 주세요. 매일, 매일, 역에 마중 나갔다가 덧없이 집으
로 돌아오는 스무 살의 여자애를 비웃지 말고 부디 기억
해 주세요. 그 작은 역의 이름은 알려 드리지 않겠어요.
알려 드리지 않아도 당신은 언젠가 저를 찾을 거예요.

기다리다　　　　　　　　　　　　　　　347

금주의 마음

禁酒の心

1943년 1월 잡지 ≪현대문학(現代文學)≫에 처음 발표된 작품이며, ≪다자이 오사무 전집 5≫(1989년, 지쿠마쇼보)에 수록된 글을 원문으로 하여 번역했다.

나는 금주를 하려 한다. 오늘날 술은 인간을 무척이나 비굴하게 만드는 것 같다. 옛날에는 술로 호연지기를 기르기도 했다지만, 지금은 그저 정신을 경박하게 만들 뿐이다. 근래 나는 술을 지극히 미워하고 있다. 적어도 양식 있는 사람이라면 이제는 단호히 술잔을 박살내야 한다.

평소 술을 좋아하는 사람은 그 정신이 어찌나 인색하고 쩨쩨해지고 있는지, 한 되의 배급주 병을 십오 등분해 눈금을 긋고, 매일 딱 눈금 한 칸씩 마시고 가끔 도를 지나쳐 두 칸을 마셨을 때는, 바로 한 눈금만큼 물을 더

해 병을 옆으로 안고 흔들어 술과 물, 양쪽의 화합발효를 꾀하는 등 진심으로 실소를 금할 수 없다. 또한 배급되는 세 컵짜리 소주에 주전자 가득 끓인 싸구려 녹차를 섞어서, 그 갈색 액체를 작은 잔에 부어 마시면서, 이 위스키에는 찻기둥이 서 있군, 썩 기분이 좋아, 하며 억지스러운 허세를 부리며 호탕하게 웃어 보이지만, 곁에 자리한 아내 얼굴에 미소 한 자락 없으니 더욱더 비참한 모양새다. 그리고 옛날에는 저녁에 술을 한잔하고 있을 때 멀리서 친구가 불쑥 찾아오면, 야, 정말 잘 왔어, 마침 술친구가 필요했는데, 차린 건 없지만 한잔하자, 라는 식으로 활기 넘쳤지만 지금은 너무 침울하다.

"이봐, 이제 눈금 한 칸만큼 마실 거니까, 현관문을 닫고 자물쇠를 걸어, 그리고 덧창도 모두 닫아 버리고. 사람들이 보고 부러워해도 좀 껄끄럽잖아." 눈금 한 칸만큼만 따른 그 한 잔을 부러워하는 사람도 없을 테지만 정신상태가 매우 인색하고 쩨쩨해져 있어서는 그야말로 바람소리와 학 울음소리에도 놀라고 바깥에서 나는 발자국 소리에도 일일이 가슴 졸이며, 뭔가 자기가 어마어마한 큰 죄라도 저지르고 있는 기분이 들어서는, 세상사람 모두가 자신을 지극히 원망하고 있을지도 모른다는, 형언할 수 없는 공포와 불안과 절망과 분노와 한탄과 기도와, 실로 복잡한 심경으로 방 안의 불을 끄고 구부정하게 앉아 찔끔찔끔 핥듯이 술을 마신다.

"계십니까." 현관에서 소리가 들린다.

"왔구나!" 온몸이 긴장되고, 이 술을 빼앗길 수는 없다, 자 이 술병은 찬장에 숨겨, 아직 두 눈금이나 남았다고, 내일과 모레 치야. 이 술잔에도 아직 세 모금 남아 있지만, 이건 자기 전에 마실 거니까, 이 술잔은 이대로 놔 둬, 건드리지 말고 보자기라도 씌워 두라고, 자, 빠뜨린 건 없겠지, 라고 부릅뜬 눈으로 방 안을 둘러보고는, 갑자기 나긋나긋한 목소리로,

"누구세요?"

아, 글을 쓰면서도 구역질이 날 지경이다. 인간도 이쯤 되면, 이미 못쓴다. 호연지기고 나발이고 없다. '달밤, 눈 쌓인 아침, 꽃 아래서도 한가롭게 이야기하며 술잔을 내놓는다. 갖가지 일들에 흥취를 돋우는 것이니.'라고 말한 옛사람들의 우아한 마음가짐을 조금 배우며 반성하도록 노력해야 한다. 그렇게까지 해서 술을 마시고 싶은가. 저녁노을에 붉게 물들어, 폭포수처럼 땀을 흘리고, 수염을 기른 건장한 사내들이 호프 앞에 가지런히

금주의 마음

줄을 서고, 이따금 슬며시 발돋움해 호프의 둥근 창문으로 안을 들여다보고는 고개를 저으며 한숨을 쉰다. 좀처럼 차례가 돌아오지 않는 모양이다. 실내는 시장바닥처럼 붐비고 있다. 팔꿈치와 팔꿈치가 부딪히고 서로 옆 손님을 견제하며, 지지 않겠다는 양 큰 소리로 여기 맥주 빨리요, 여기 맥주 등등 동북 방언으로 말하는 이도 있고, 떠들썩하다. 겨우 맥주 한 잔이 나와 거의 무아지경으로 들이켜고 있으면 미안하다는 말도 없이, 다음 손님의 범상치 않은 칙칙한 눈빛이 자신을 의자에서 밀어내고 끼어든다. 즉, 얼떨떨한 상태로 퇴장해야만 한다. 정신을 가다듬고 한 잔 더, 하고 다시 문밖에 길게 늘어선 줄 맨 끝에 서서 차례를 기다린다. 이것을 서너 번 정도 반복하다 보면 몸도 마음도 지쳐서 기진맥진하고, 아, 취했다, 하고 힘없이 중얼거리며 귀갓길에 오른다. 국내에 술이 극도로 부족한 건 결코 아닌 것 같다. 요즘 들어 술을 마시는 사람이 많아진 게 아닌가 하는 생각이 든다. 조금 부족해졌다는 소문이 돌면서 지금까지 술을 마셔 본 적 없는 사람까지, 좋아, 지금이라도 한잔 마셔 보자, 뭐든 경험해 보지 않으면 손해다, 실행해 보자, 라는 이상한 그야말로 소인배의 탐욕 같은 정신 때문에 배급되는 술을 어쨌든 마신다, 호프라는 곳에도 한번 돌격해 옥신각신해 보고 싶다, 무슨 일이든 질 수는 없지, 오뎅바라는 곳에도 한번 가 보고 싶다, 카페라는 곳도 소문은 들었지만 대체 어떤 느낌일지 꼭 경험해 보고 싶다. 그런 시시한 향상심에서 어느샌가 어엿한 술꾼이 돼, 돈이 없을 때는 한 모금의 술을 아쉬워하고, 찻기둥이 선 위스키를 기꺼워하며, 더는 끊지 못하게 된 사람들도 꽤 많지 않을까. 소인배들은 구제할 길이 없다.

가끔 술집에 가 보면 정말이지 불쾌한 일뿐이다. 손님들의 얄팍한 허세와 비굴함, 가게 주인의 오만하고 탐욕스러운 모습, 아아, 이제 술은 싫다, 갈 때마다 나는 금주하리라 결심을 새로이 다지지만, 때가 무르익지 않았다고나 할까, 아직은 술을 끊지 못했다.

가게에 들어간다. "어서 오세요."라는 말을 들으며 가게에서 웃는 얼굴로 반겨 주던 건 이제 옛날 일이다. 지금은 손님이 웃는 낯을 지어야 한다. "안녕하세요." 하고 손님이 가게 주인이며 종업원을 향해 만면에 비굴한 웃음을 지으며 인사를 건네고 묵살당하는 것이 예삿일이 된 것 같다. 정중하게 모자를 벗고 인사를 건네며, 가게 주인을 "사장님!" 하고 부르며 생명보험을 팔러 온 사람

금주의 마음

같은 신사도 있지만, 이 역시 술을 마시러 온 손님이고, 그 역시 관례처럼 묵살당하고 만다. 더 주도면밀한 녀석은 들어오자마자 가게 카운터 위에 놓여 있는 화분을 만지작거리기 시작한다. "안 되겠네, 물을 조금 줘야겠어." 라고 주인 들으란 듯 중얼거리며 두 손으로 화장실 물을 떠다가 화분에 뿌린다. 동작만 거창하지, 실제로 화분속 나무에 떨어지는 물은 고작 두세 방울이다. 주머니에서 가위를 꺼내 잔가지를 잘라 가지런히 다듬는다. 전속 정원사인 줄 알았더니 그것도 아니다. 의외로 은행 임원이거나 그렇다. 가게 주인의 비위를 맞추려고 일부러 주머니에 가위를 넣어서 왔을 텐데, 애쓴 보람도 없이 역시 주인에게는 묵살당했다. 소박한 재주도, 화려한 재주도, 이 수법, 저 수법도, 무엇 하나 도움이 되지 않는다. 하나같이 냉정하게 묵살당하고 있다. 하지만 손님들도 그 묵살에 굴하지 않고 어떻게든 한 잔이라도 더 마시고 싶은 마음에, 종국에는 가게 직원도 아니면서 가게에 누군가가 들어오면 일일이 "어서 오세요!"라고 외치고, 또 누군가가 가게를 나가면 꼭 "고맙습니다!" 하고 외친다. 누가 봐도 착란, 발광 상태다. 정말 안쓰러운 사태다. 주인은 홀로 차분하게 중얼거렸다.

"오늘의 메뉴는 도미소금구이."

곧바로 한 청년이 테이블을 두드렸다.

"와, 고마워요! 내가 진짜 좋아하는 건데. 정말 잘됐다." 속마음은 조금도 잘됐다고 생각하지 않았다. 비싸겠지, 지금까지 도미소금구이 같은 건 먹어 본 적도 없는데. 하지만 지금은 아주 기뻐하는 척해야 한다. 정말 힘든 곳이다, 젠장! "도미소금구이는 못 참지." 실제로도 못 참을 지경이었다.

다른 손님도 여기서는 질 수 없었다. 여기도, 여기도, 하며 한 접시에 이 엔이나 하는 도미소금구이를 주문한다. 이걸로 어쨌든 한 병은 마실 수 있다. 하지만 주인에게 자비란 없었다. 쉰 목소리로 또 중얼거렸다.

"돼지고기조림도 있는데."

"오, 돼지고기조림?" 노신사는 씩 웃으며 "그거 기다렸는데!"라고 말한다. 하지만 속으로는 난감할 따름이었다. 노신사는 이가 좋지 않아 돼지고기를 씹을 수 없기 때문이다.

"다음은 돼지고기조림이야. 나쁘지 않지. 사장님, 역시 뭘 좀 아시네." 등 빤히 들여다보이는 어리석은 아첨을 하면, 다른 손님들도 질세라 한 접시에 이 엔이나 하는 수상쩍은 조림을 주문한다. 하지만 이쯤에서 주머니 사정이 불안해져 낙오하는 이도 있다.

"전 돼지고기조림은 됐어요." 의기소침해져서 육 호 활자(삼 제곱밀리미터 크기의 활자—옮긴이 주)처럼 조그마한 목소리로 말하고는 일어서서 "계산해 주세요."라고 한다.

다른 손님들은 이 가여운 패배자의 퇴장을 지켜보며 어리석은 우월감에 쾌감을 느끼는 듯,

"아, 오늘 아주 잘 먹었어요. 사장님, 더 맛있는 건 없어요? 한 접시 더 줘요."라며 정신 나간 소리까지 하고 만다. 술을 마시러 온 건지, 음식을 먹으러 온 건지 분간이 가지 않게 된 것이다.

역시 술은 요물이다.

생각하는 갈대

もの思う葦

≪다자이 오사무 전집 10≫(1989년, 지쿠마쇼보)에 수록된 글을 원문으로 하여 번역했다. 원문은 1, 2, 3으로 나뉘어 있었으나 한 편으로 묶었다.

1

서문

'생각하는 갈대'라는 제목으로 일본낭만파(1930년대 후반, 야스다 요주로가 중심이 돼 근대를 비판하고 고대를 찬양하며, 일본 전통으로의 회귀를 제창한 문학 사상—옮긴이 주)의 기관지에 약 일 년 정도 계속 글을 연재하자고 마음먹은 건 다음과 같은 이유에서다.

'살아 있자고 생각했으므로' 나는 생업에 충실해야 하지 않겠는가. 이유는 간단하다.

나는 지난 사오 년 동안 이미 소설을 일곱 편이나 그냥 발표했다. 그냥이라는 건 돈을 받지 않았다는 뜻이다. 그러나 이 일곱 편은 각각 내 평생의 소설의 견본 역할을 했다. 발표 당시만 해도 목숨을 걸겠다며 의욕이 넘쳤지만, 결과적으로 보면 나는 그냥 저널리즘(언론)에 일곱 편의 견본을 제출한 것에 지나지 않는다. 내 소설을 사겠다는 사람이 생겼다. 팔았다. 팔고 나서 생각했다. 이제, 슬슬, 그냥 소설을 쓰는 것은 그만두자. 욕심이 생겼다.

'인간은 평생 같은 수준의 작품밖에 쓸 수 없다.' 콕토의 말로 기억한다. 오늘의 나 역시 이 말을 방패로 삼는다. 한 작품 더 보여 줘요, 한 작품 더 보여 줘요, 주제넘은 시장의 목소리에 대답한다. '마찬가지다. ……무대를 주시오. ……내 작품이 마음에 들 것이야. ……내가 그리워지면 찾아오도록. 나는 봉투에서 일곱 편의 견본을 꺼내, 다시 만날 때까지. 나는 그 일곱 편에 뿌려진 나의 피와 땀에 대해서는 말하지 않겠다. 읽어 보면 알 수 있겠지. 이미 나에게는 선택받을 자격이 있다.' 사겠다는 사람이 없으면 어쩌지.

나는 욕심이 생겨서, 모든 일에 쩨쩨해져서, 공짜로

소설을 발표하는 것이 아까워졌지만, 만약 사겠다는 사람이 없다면, 그러는 동안 내 이름은 점점 사람들에게 잊힐 테고, 어두운 오뎅바 같은 데서 그이는 죽은 게 분명하다고 수군거리겠지. 그럼 나는 생업이고 뭐고 끝장이다. 여러모로 생각한 끝에 '생각하는 갈대'라는 제목으로 매달, 혹은 격월로 대여섯 장씩 이런저런 이야기를 써 내려가기로 마음먹은 것이다. 여러분에게 잊히지 않도록 내가 열심히 공부하는 모습을 가끔 엿보게 해 주려는 비열한 속셈이다.

허영의 시장

데카르트의 ≪격정론≫은 명성에 비해 재미는 없는 책인데, 거기에 '숭배란 자신에게 이익이 되기를 바라는 감정이다.'라는 구절이 있다. 데카르트도 영 멍청하기만 한 건 아닌가 보다 했지만, '수치란 자신에게 이익이 되기를 바라는 감정' 또는 '경멸은 우리에게 이익이 되기를 바라는 뭐뭐'처럼 어떤 감정이든 닥치는 대로 '자신에게 이익이 되기를 바라는 뭐뭐'라는 구절에 끼워 넣으면, 그리 어색하지 않다. 차라리 '어떤 감정이든 자기연민에서 비롯된다.'라고 하면, 그나마 참신한 논리처럼 들린다. 헌신이나 겸양, 의협 같은 미덕들이 다 자신을 위해서라는 욕심을 마치 못 볼 것이라도 되는 양 꽁꽁 감추게 만들었으니, 지금 엉터리로 '자신을 위해서'라고 말해도, 혜안이라며 황송해하는 일이 전혀 없다고도 할 수 없는 사태에 이르렀으니, 데카르트가 딱히 탁월한 견해를 말한 건 아니다. 인간은 약점, 세련되게 말하면, 어깨뼈 사이에 나뭇잎이 붙었던 곳(영웅 지크프리트가 용을 베었을 때 용의 피를 뒤집어쓰고 불사의 육체를 얻었지만, 그때 보리수 나뭇잎이 어깨뼈 사이에 붙어 있던 까닭에 피가 묻지 않아 약점이 되었다는 전설을 인용한 것—옮긴이 주)을 향해 쏘는 화살을 진실이라 부르며 극찬한다. 그러나 다 알려진 약점에 화살을 쏘기보다는, 그것을 알면서도 일부러 그곳을 피해 쏘아서, 상대에게 네 약점을 안다는 걸 넌지시 비추고, 자신은 모르고 실수한 거라며 중얼거리면서, 정말 몰랐던 것처럼 구는 것도 또한 재미있지 않은가. 허영의 시장의 자부심도 여기에 있다. 이 시장에 모이는 사람들은 모두 식탐은 돼지와 같고, 흥분하기로는 개코원숭이와 같아서, 자신에게 이익이 되기를 바라는 감정이라면 이들을 이길 도리가 없다. 또한 헌신, 겸양, 의협심을 갖춘 듯 뽐내며, 봉황, 극락조의 탁월함과 화려함을 가장하려는 감정은 이 시장에 모인 사람들을 도저히 이길 수 없다. 이렇게 말하는 나도 죽을상을 해서는, 세상의 평가 같은 건 신경 쓰지 않는 척 초연하게 손사래를 치지만, 내심 야차처럼 적을 논파하기 위해 십 엔쯤 주고 사립탐정을 고용해서, 논적(論敵)의 출신과 학문과 소행과 질병과 실패를 적나라하게 캐내, 그걸 참고로 제 논리를 탄탄하게 만들어 나간다. 인과(因果).

'나는 덧없고 어리석은 이 허영의 시장을 사랑한다. 평생 이 허영의 시장에서 살며, 죽을 때까지 갖가지 쓸모없는 노력을 계속해 나가려고 한다.'

허영의 시장의 그런 상념을 잠결에 정리하다 보니, 나는 훌륭한 동지를 찾아냈다. 안토니 반 다이크. 그가 스물세 살에 그린 자화상이다. 아사히 클럽에 실린 걸 보았는데, 고지마 기쿠오라는 화가의 해설은 이러했다. '배경은 즐겨 쓰는 암갈색. 풍성한 금발의 고수머리가 이마로 흘러내린다. 살짝 가려져 조신하게 감추고 있는 신경질적이고 날카로운 푸른 눈도, 관능적인 앵두 빛 입술도 상당한 실력이다. 티 없이 고운 여자 같은 살결 아래로 아름다운 핏빛이 장밋빛으로 비친다. 흑갈색 옷에 눈처럼 새하얀 옷깃과 소매. 짙은 남색 비단 망토를 멋스럽게 걸쳤다. 이 그림은 이탈리아에서 그린 것인데, 어깨에 걸친 금사슬은 만토바 후작의 선물이라고 한다.' 또한, '그의 작품은 늘 완성된 뒤의 박수갈채를 목표로 하여, 병약한 몸에 채찍질하는 그의 허영심의 결정이기도 했다.'라는데, 그렇겠지. 당당하게 제 낯짝을 이리도 요염할 정도로 아름답게 그려 내서, 아마도 한 귀부인에게 엄청난 고가에 팔아치웠음이 분명한 스물세 살 애송이의 수치심 없는 뻔뻔스러움을 생각하면…… 견디기 힘들 정도로 얄밉다.

패배의 노래

'끌려가는 자의 노래'라는 말이 있다. 여윈 말에 실려 형장으로 끌려가는 사형수가 제 비참한 처지를 드러내지 않으려는 듯 그야말로 태평하게 말 위에서 나지막이 흥얼거리는 노래를 말하는 것인데, 패배를 인정하지 않는 우스꽝스러운 꼬락서니를 조롱하는 말 같지만, 문학도 그런 게 아닐까. 우선 내 주변의 윤리 문제에 관해서 이야기해 보자. 내가 하지 않으면 아무도 말하지 않을 테니 내가 다음과 같이 당연한 말을 해도, 무슨 영웅의 말처럼 울려 퍼질지도 모르지만, 나는 내 늙은 어머니를 싫어한다. 낳아 준 부모지만 좋아할 수가 없다. 무지. 그 이유 때문에 견딜 수가 없다. 다음으로 나는 요쓰야 괴담의 이에몬에게 동정심을 느끼는 사람이라는 걸 말해 둬야 한다. 정말이지, 아내의 머리카락이 빠지고 얼굴이 잔뜩 부어올라 고름이 흐르고, 거기다 아침부터 밤까지 질질 짜기나 한다면 이에몬이 아니더라도 모기장을 전당포에 맡기고 놀러 나가고 싶을 것이다. 다음은 우정과 금전의 상호관계에 관해, 그다음에는 스승과 제자의 인사에 관해, 다음은 군인에 관해 얼마든지 말할 수 있지만, 지금 당장 감옥에 들어가기는 싫으니 이쯤에서 그만두겠다. 요컨대 내가 하고 싶은 말은, 나에게는 양심이 없다는 것이다. 처음부터 그런 건 없었다. 채찍 그림자만 봐도 덜덜 떠는, 바꿔 말해 세상으로부터 배척당할지도 모른다는 염려, 감옥에 대한 증오, 그런 것을 사람들은 양심의 가책이라고 부르는 것 같다. 자기 보존의 본능은 수레를 끄는 말이나 집을 지키는 개한테도 있다. 그러나 이런 일상 윤리의 뻔한 헛소리를 모르는 척 답습하는 것이 또 세상의 그리운 모습이며, 혈기를 이기지 못하고 멍청한 짓을 하지 말라며 같은 숙소의 회사원이 나를 꾸짖었다. 아니야, 나는 마음을 다잡고 속으로 중얼거렸다. 나는 새로운 윤리를 수립할 것이다. 아름다움과 지혜를 기준으로 한 새로운 윤리를 만들 것이다. 아름다운 것, 지혜로운 것은 모두 옳다. 추함과 어리석음은 사형이다. 그렇게 다시 일어난들, 자, 내가 무엇을 할 수 있었을까. 살인, 방화, 강간, 전율에 휩싸여 그러한 것들을 동경해도 무엇 하나 하지 못했다. 벌떡 일어났다가 엉덩방아를 찧었다. 회사원은 다시 나타나서 체념과 태만의 장점을 설파했다. 누나는 걱정하는 어머니를 생각하라며 어리석기 짝이 없는 편지를 보낸다. 슬슬 광란이 시작된다. 뭐든 좋다, 남이 하지 말라는 일을 계산 없이 한다. 정신없이 하루하루를 보내다가 미쳐서, 끝내 자살 시도와 입원을 하고 만다. 그리고 나의 '노래'도 바로 이 직후부터 시작된다. 끌려가는 자, 여윈 말에 몸을 싣고, 태평하게 콧노래를 부른다. '나는 신의 양아들. 매사 해결되지 않은 채 신의 판단에 맡기는 게 싫다. 모든 걸 스스로 해결하고 싶다. 신은 나를 도와주지 않았다. 나는 영감을 믿지 않는다. 지성의 장인. 회의의 명인. 일부러 어설프게 쓰거나, 일부러 재미없게 써 보는 둥, 신을 두려워하지 않는 무모한 인간. 완벽하게 안다고 할 정도로 아는 것이다. 아아, 여기서 내려다보면 다들 어리석고 지저분하구나.'라고 떠들어 보지만, 어라, 형장이 바로 눈앞에 보인다. 그리고 이 남자도 '창조하면서 고통스럽고 용감하게 몰락할 것이다.'라고 차라투스트라가 어슬렁어슬렁 등장해 필요 없는 주석을 하나 덧붙였다.

어떤 실험 보고

사람은 남에게 영향을 줄 수도 없으며, 또한 남에게 영향을 받을 수도 없다.

노년

누가 권해서 ≪화전서≫(노를 완성했다고 일컬어지는 무로마치 시대의 인물인 제아미가 남긴 노의 이론서―옮긴이 주)를 읽었다. '서른네다섯, 이 무렵에 노의 기량이 절정에 달한다. 여기서 이 책의 가르침을 깨우쳐 기량이 출중해지면, 반드시 천하의 인정을 받아 명망을 얻게 될 것이다. 만약 지금 이 시기에 천하의 인정을 받지 못하고 명망도 얻지 못한다면, 아무리 뛰어나더라도 아직 참된 꽃을 피우지 못한 배우라는 걸 알아야 한다. 만일 꽃을 피우지 못한다면 마흔부터 노의 기량은 퇴보할 것이다. 그것은 훗날 꽃을 피우지 못했던 증거로 나타나리라. 때문에 기량이 발전하는 건 서른네다섯까지의 시기, 퇴보하는 건 마흔이 넘어서부터이다. 다시 말하는데, 이 시기에 세상에 인정받지 못하면 노의 정수에 이르렀다고 생각해서는 안 된다. 등등.' 또 이렇게 말한다. '마흔대여섯. 이 시기부터 연기의 수법이 바뀐다. 설령 천하의 인정을 받아 노의 극치에 이르더라도, 좋은 조연 배우를 두어야 한다. 노의 기량은 떨어지지 않더라도, 점차 늙어 가는 까닭에 몸의 아름다움도, 관객의 눈에 비치는 아름다움도 시들어 간다. 빼어난 미남이라면 모를까, 웬만큼 괜찮은 외모라도 맨얼굴로 연기하는 사루가쿠(일본의 전통 예능—옮긴이 주)는 나이가 들면 보기 괴로워진다. 그때부터 이 사루가쿠는 없는 것이나 마찬가지다. 이 시기부터는 너무 품이 드는 흉내를 내서는 안 된다. 원래 자신에게 어울리는 모습을 편안하게, 무리하지 않고, 조연 배우도 돋보이게 하면서, 자신은 상대 역할을 하듯 조용히 연기하는 것이 좋다. 조연 배우가 없는 경우에는, 더욱더 섬세한 기교로 몸을 쓰는 노를 해서는 안 된다. 등등.'

다음은 도손의 말이다. '바쇼는 쉰하나에 죽었다. (중략) 이에 나는 깜짝 놀랐다. 어린 시절부터 노인이다, 노인이다, 착각했던 바쇼에 대한 나의 생각을 바꾸지 않으면 안 될 때가 됐다. (중략) 마흔 즈음에 바쇼는 이미 노인의 기분이었구나, 라고 바바도 말했다. (중략) 좌우지간 내 마음의 놀라움은, 오늘까지 제 가슴에 그려 온 바쇼의 심상은 십, 이십 년 더 젊어졌다. 등등.'

요즘 로한의 문장에 대해 이러쿵저러쿵 시끄럽게 말이 많은데, 그건 로한의 ≪오층탑≫이나 ≪일구검≫처럼 옛 명작을 읽지 않은 사람이 하는 말 아닌가.

≪다마카쓰마≫(에도 시대의 국학자 모토오리 노리나가의 수필—옮긴이 주)에도 다음과 같은 문장이 있다. '요즘 사람들이 신사의 쓸쓸함을 귀하다 여기는 건 옛 신사의 번성했던 모습을 알지 못하기 때문이리라.'

그러나 나는 노인에 대해 감탄한 것이 하나 있다. 해질 녘 공중탕, 씻는 곳 구석에서 혼자 뭔가를 하는 노인이 있었다. 자세히 보니 허접한 일본식 면도기로 수염을 밀고 있었다. 거울도 없이, 어스름한 곳에서 침착하게 면도를 하고 있었다. 그때만큼은 신음을 흘릴 정도로 감탄했다. 몇 천 번, 몇 만 번의 경험이 이 노인에게 거울도 없이 손으로 얼굴을 더듬으며 수염을 쓱쓱 미는 법을 가르친 것이다. 이렇게 쌓인 경험 앞에서는 무슨 짓을 하더라도 도저히 이길 도리가 없다. 그렇게 생각하며 그 뒤로 조심하다 보니, 우리 집주인인 예순 즈음의 영감님 또한 뭐든 모르는 게 없었다. 분갈이는 장마 때만 해야 한다든지, 개미를 퇴치하려면 이렇게 해야 좋다든지, 다방면으로 박식했다. 우리보다 마흔 번이나 많은 여름을 보냈고, 마흔 번이나 많이 꽃구경을 했고, 좌우지간 마흔 번은 더 봄, 여름, 가을, 겨울을 보아 온 것이다. 그러나 예술에 대해서는 그렇지 않다. '점 찍기 3년, 선 긋기 10년'이라는 다소 비장한 수련의 규율은 옛 직공들의 무지한 영웅주의에 지나지 않는다. 쇠는 빨갛게 달아올랐을 때 쳐야 한다. 꽃은 활짝 피었을 때 즐겨야 한다. 나는 만성(晚成)의 예술이란 것을 부정한다.

난해

'태초에 말씀이 계시니라. 이 말씀이 하나님과 함께 계셨으니, 이 말씀은 곧 하나님이시니라. 그가 태초에 하나님과 함께 계셨고 만물이 그로 말미암아 지은 바 되었으니 지은 것이 하나도 그가 없이는 된 것이 없느니라. 그 안에 생명이 있었으니 이 생명은 사람들의 빛이

라. 빛이 어둠에 비치되 어둠이 깨닫지 못하더라. 등등.'
나는 이 문장을, 이 상념을 난해하다 생각했다.

그러나 어느 날 문득 각도를 바꿔 생각해 보니, 이 문
장은 진정 평범한 걸 말하고 있을 뿐이었다. 그로부터
나는 이렇게 생각했다. 문학에서 '난해'란 있을 수 없다.
'난해'는 '자연' 속에만 존재한다. 문학이란 그 난해한 자
연을 저마다 자기만의 각도에서 단숨에 베고(벤 척을 하
고), 얼마나 깨끗하게 베어 냈는지를 자랑하는 데 숨어
있는 게 아닐까.

진애(塵埃) 속 인간

≪한산시≫(중국 당나라 때의 시인 한산의 시집—옮긴이
주)를 읽었는데, 불경 같아 재미없었다. 그중에 이런 시
가 있다.

유유한 진애 속 인간,
늘 진애 속 정취를 즐긴다.
등등.

'유유한'은 거짓말이겠지만, '진애 속 인간'은 이런저

런 생각이 들게 했다.

≪다마카쓰마≫에도 이런 말이 있다.

'대대로 배운 이들, 또한 요즘 세상에 학문하는 이들도 모두, 사람 사는 곳에서 먼, 고요한 산과 숲속이 거처로서 바람직하다 하지만, 나는 어찌된 영문인지 전혀 그런 줄 모르겠고, 다만 사람이 많고 시끌벅적한 곳이 좋다. 속세에서 떨어진 곳은 쓸쓸해 마음도 시드는 것 같다. 등등.'

건강과 금전적인 조건만 허락한다면 나도 긴자 한가운데에 집을 얻어 살면서 날마다 돌이킬 수 없는 말을 하고, 돌이킬 수 없는 일을 해야 할 텐데, 지금 백사청송의 땅에서 등나무 의자에 누워 몸이나 비틀고 있는 처지다. 살기 힘든 세상임을 남들보다 뼈저리게 느끼니 수난자라 불려야 할 사토 하루오, 이부세 마스지, 나카타니 다카오, 이제 와서 출가해 속세를 등지지도 못하고, 도심의 먼지 속에서 몸부림치며 신음하는 모습을 생각하면, ……아니, 강 건너 불구경할 처지가 아니다.

제 작품의 좋고 나쁨을 남에게 물어보는 것에 대하여
제 작품의 좋고 나쁨은 자기가 가장 잘 안다. 천 개 중

하나라도 자기가 좋다고 납득한 작품이 있다면, 그보다 나은 건 없다. 각자의 가슴속 소리에 귀를 기울여라.

서간집

어? 당신은 당신의 창작집보다 서간집에 더 신경을 쓰시는군요. ……작가는 초연히 고개를 떨어뜨리며 대답했다. 네, 저는 지금까지 어리석은 편지를 여기저기 너무나 많이 뿌리고 다녔으니까요. (깊은 한숨을 내쉬며) 대작가는 못 될 것 같군요.

이건 웃을 이야기가 아니다. 신기해서 견딜 수가 없다. 일본에서는 위대한 작가가 세상을 떠난 뒤 출간하는 전집에 반드시 서간집이라는 것이 한두 권씩 들어간다. 작품보다 서간이 훨씬 더 많은 전집도 있었던 것 같은데, 그런 것에는 또 특별한 사정이 있었을지도 모른다.

작가의 서간, 수첩의 조각, 그리고 작가가 열 살 때 쓴 글, 자유화. 나에겐 모두 다 시시하게 느껴진다. 세상을 떠난 작가와 생전에 깊은 친분이 있었고, 지금 그 작가를 추모하는 마음이 너무 큰 나머지, 그가 취미로 그린 화집 한 권을 출간해 가까운 친지들에게 나눠 주는 일 같은 건, 또 다르다. 생판 남이 이래라저래라 참견할 일이 아니다.

　나는 독자의 입장에서, 예컨대 체호프의 독자로서 그의 서간집에서 아무것도 발견하지 못했다. 그의 작품 <갈매기> 속 뜨리고린의 독백을 서간집 곳곳의 구석에서 어렴풋이 들을 수 있었을 뿐이다.

　독자 혹은 여러 작가들의 서간집을 읽고, 그로부터 작가의 조심성 없는 민낯을 발견한 줄 알고 의기양양할지도 모르지만, 그들이 거기서 적절하게 포착한 건 이 작가 또한 하루에 세 번, 세 끼를 먹었다, 저 작가도 밤일을 좋아한다 등등 평범한 생활 기록에 불과하다. 이미 잘 아는 일이다. 그야말로 말하기조차 촌스러운 이야기다. 그럼에도 불구하고 독자는 한번 잡은 귀신의 목을 놓으려 하지 않고, 괴테는 매독이었다고 한다, 프루스트도 출판사에는 고개를 못 들었던 게 아니냐, 고초와 이치요는 어떤 사이였을까. 그리고 작가가 생명을 담아 쓴 작품집은 문학의 초보적인 것으로 치부하고, 오로지 일기나 서간집만 뒤적거린다. 옛말에 장수를 쏘려면 먼저 말을 쏘라고 하지 않았는가. 문학론은 더 묻지 않고, 가는 곳마다 죄다 인물평만 화려하다.

　작가들도 이 현상을 가만히 넘기지 못하고, 작품은 뒷

전, 오로지 자신의 서간집을 만드느라 바빠서, 십년지기 친구에게 보내는 편지에도 하카마를 입고 부채를 들고 한 글자 한 구절, 활자가 되었을 때 시각적인 효과를 고려하고, 남이 언뜻 읽어도 이해할 수 있도록 문장에 일일이 필요도 없는 주석을 다는, 그러한 번거로움 때문에 작품다운 작품은 하나도 쓰지 못하고, 쓸데없이 편지글에만 명성이 자자한, 그런 사람까지 나오는 것이 아닌가.

서간집에 쓸 돈이 있다면, 작품집을 더 멋지게 꾸미는 게 낫다. 세상에 발표될 것을 예상했던 것 같기도 하고, 예상치 못했던 것 같기도 한, 애매모호한 편지, 그리고 일기. 개구리를 움켜쥔 것처럼 영 기분이 별로다. 차라리 어느 한쪽을 고르는 편이 낫다.

일찍이 나는 편지도 없거니와 일기도 없는, 시 열 편 정도, 번역시 열 편 정도의 괜찮은 유작집을 애독한 적이 있다. 도미나가 다로라는 사람의 것인데, 그중 시 두 편, 번역시 한 편은 지금도 내 어두운 가슴에 불을 밝히고 있다. 유일무이한 것. 불후의 것. 서간집 속에는 절대로 없는 것.

병법

문장에서 이 부분을 들어내야 할지, 아니면 이대로 두는 것이 좋을지, 어찌해야 할지 모를 때는 반드시 그 부분을 들어내야 한다. 하물며, 그 부분에 뭐라 덧붙이는 건 말할 것도 없다.

In a Word

구보타 만타로나, 고지마 마사지로, 누군가의 글에서 분명히 읽은 적이 있는 것 같은데, 아니면 내 착각일 수도 있다. 아쿠타가와 류노스케가 논쟁 중에 자주 "요컨대?"라는 질문을 연발하며 논적들을 괴롭게 했다는 회고담 말이다. 구보타인지, 고지마인지는 까맣게 잊어버렸지만, 좌우지간 아주 느긋한 투였다. 이 말에는 우리도 정말이지 입을 다물 수밖에 없었죠, 같은 말투였다. 누가 알았겠는가, 아쿠타가와는 이 '요컨대'를 파악하기 위해 눈에 핏발이 서서 쫓아가고 또 쫓아가다가, 간호사며 보모조차 쉬이 할 수 있는 음독자살을 해 버렸다. 일찍이 나 역시 이 '요컨대'를 추궁하는 데 급급했다. 명석한 결론을 원했다. 옆길로 새는 즐거움을 몰랐다. 순환소수의 기묘함을 몰랐다. 변하지 않은 영원의 진리를 지금 당장 이 손으로 움켜쥐고 싶었다.

"요컨대, 더 공부해야 한다는 거야." "피차 말이야." 밤 새워 논쟁한 끝에 벌렁 누워 그렇게 말하며 함께 큰소리를 친다. 그것이 결론이다. 요즘은 그것으로 족하다 생각한다.

나는 엄청난 문제에 발을 들이고 만 것 같다. 처음에는 이런 소리를 할 작정이 아니었다.

'In a Word(한 마디로)'라는 소제목으로 세상 사람들은 셰스토프(러시아의 비합리주의 사상가—옮긴이 주)를 가짜라는 한 마디로 잘라 말하고, 요코미쓰 리이치(일본의 신감각파 소설가—옮긴이 주)를 노마(둔한 말)라는 두 글자로 정리하고, 회의론의 모순을 불과 몇 마디로 지적하고 끝내며, 지드의 소설을 이류라고 단칼에 처리하고, 일본 낭만파는 고생을 모르는 녀석들이라며 걷어차 버리고, 나아가서는 <요미우리신문>의 불통 평론가처럼 한 편의 이야기(나의 <원숭이 섬>)를 한 줄의 풍자, 격언으로 압축하려 애쓰는 등 갖가지 살벌한 행태를 말해 보려 했는데, 가을 하늘 때문인지, 불현듯 마음이 변해서 스스로 생각해도 이상하게 되어 버렸다. 이건 명백한 실패다.

병든 몸의 문장과 그 핸디캡에 대하여

확실히 나는 지금, 어리광을 부리고 있다. 아내는 아직도 나를 병자 취급하고 있고, 이 우스운 글을 읽는 사람들도 내 병을 알 것이다. 병자이기 때문에 쓴웃음을 지으며 나를 용서하는 것이다.

자네, 건강한 몸을 만들게. 작가의 전기에는 어떤 삼면 기사도 들어가서는 안 되네.

덧붙임. 문예 잡지 ≪산문≫ 시월호에 실린 야마기시 가이시의 <데카당론(論)>은 섬세하게 빚어낸 글이니, 좋은 글을 읽고 싶은 사람은 이것을 읽으시길.

≪쇠운(衰運)≫에 보내는 말
서늘하게 물이 차 있으니
이래서는 사람들이 모르겠지
불을 뿜었던 산의 흔적이라는 것을.

이쿠타 초코의 시다. ≪쇠운≫의 독자 제형에게 좋은 암시가 된다면 다행이겠다.

자네, 이제 한 달이 지나면 스물다섯이니, 자기를 잘 돌보고, 슬슬 길 없는 길로 나아가는 게 좋네. 그리고 높고 단단한 탑을 세워, 그 탑으로 하여금 나그네들에게 백 년 후까지 '여기 한 남자가 있었다.'라고 반드시, 반드시 이야기하도록 하게. 오늘 밤 내 이 말을 자네는 이대로 순순히 받아들이게.

다스 게마이네에 대하여

지금으로부터 이 년 전쯤에 코예베르 선생(라파엘 폰 코예베르, 러시아 출신 철학자로 도쿄제국대학에서 철학을 가르쳤다.—옮긴이 주)의 ≪실러론≫을 읽고, 아니 읽으라고 해서 읽었는데, 실러는 그 작품에서 인간 본성으로부터 다스 게마이네(das gemeine, 비속성)를 몰아내고 우르슈탄트(urstand, 본연의 상태)로 돌아가게 했다. 거기에서야말로 진정한 자유가 탄생했다. 그런 내용의 소론을 발견한 것이다. 코예베르 선생은 그 고상한 얼굴로 "우리는 이 다스 게마이네라는 개펄에서 좀처럼 발을 빼지 못하는구나……."라고 탄식했다. 나 역시 가볍게 한숨을 흘렸다. '다스 게마이네', '다스 게마이네' 이 서글픈 상념이 내 머릿속 한구석에 들러붙어 떨어지지 않았다.

지금 일본에서 다소나마 우르슈탄트에 가까운 문인은 시라카바파의 동인들, 가사이 젠조, 사토 하루오. 가사이, 사토, 이들은 자유라기보다는 희대의 삐뚤어진 자라고 하는 게 자유의 의미를 더욱 잘 표현할 수 있으니 참으로 묘하다. 다스 게마이네는 기쿠치 간이다. 게다가 우르슈탄트든 다스 게마이네든 그 우열을 당장 여기서 가리려는 건 당치도 않다. 기쿠치 간 씨의 다스 게마이네가 가진 슬픔을 정면으로 바라보고 논하려는 이가 없는 걸 나는 안타깝게 생각한다. 어쨌든 나의 소설 <다스 게마이네>를 발표하고 며칠 뒤에, 다음과 같은 발신인 불명의 엽서가 한 장 날아들었다.

현세의 몸에
네가 그린
소녀 그림
마음으로 흉내 내어
쓸쓸하구나

봄꽃과 가을 단풍은 모두 아름답다는 제목으로.
작자 미상.

이름을 밝혀라! 나는 이 한 수를 위해 확실히 일고여덟 일, 그저 가슴이 타들어 갈 정도로 설레어 하며 돌아다녔다. 우르슈탄트도, 코예베르 선생도 알 게 뭐냐. 결국 나는 일개 감상(感傷)가에 지나지 않는 게 아닌가.

금전에 대하여

결국 금전은 최상의 것이 아니었다. 지금 내가 만약 천 엔을 받아도, 네가 원한다면, 너에게 주마. 남은 건 푸른 하늘과도 같은 태곳적 모습을 간직한 티끌 없는 애정과, ……그리고 가장 잔혹하면서, 가장 느긋한 복수심.

방심에 대하여

삼라만상의 아름다움에 베이고 짓밟혀, 혀를 데이거나, 가슴이 타들어 가, 남자 혼자 비틀거리면서도 어느 날 밤 문득, 희미하게 빛나는 한줄기 길을 발견했다! 라고 착각하며 튀어 오른다. 달린다. 하염없이 달린다. 한순간에 일어난 일이다. 나는 이 순간을 방심의 아름다움이라고 부르려 한다. 결코 데모니세(dämonische, 인간의 마음 깊숙한 곳에 감추어져 있어서 인간의 의지, 의향, 지성에 관계없이 인간을 어떤 행동으로 몰아가고 타인에게도 강한 영향을

주는 거대한 힘, 예술에 있어서 비합리적인 천재적 창조력을 나타
내는 말로 괴테의 인생관, 예술관에 큰 영향을 줬다.─옮긴이 주)
때문이 아니다. 인간 저력의 극치다. 나는 신도 귀신도
믿지 않는다. 오로지 인간만을 믿는다. 게곤 폭포가 말
라 버린다 해도 나는 딱히 통탄하지 않는다. 그러나 배
우 우자에몬의 건강은 기원하지 않을 수 없다. 가키에몬
의 그 어떤 작품에도 흠집을 내지 말기를. 오늘 이후로
'인공의 미'라는 말을 쓰는 게 좋을 것이다. 아무리 천의
(天衣)라도 꿰맨 곳이 없으면 꼴사나워서 볼 수 없다.

덧붙임. 완전한 방심 후에 찾아오는 어마어마한 권태
를 자네는 아는가, 모르는가.

처세의 비결
절도를 지키는 것. 절도를 지키는 것.

료쿠우
야스다 군이 말하길, "요즘은 료쿠우를 읽고 있습
니다." 료쿠우는 일찍이 정직하고 올바른 남자라 자칭
한 적이 있다[사이토 료쿠우는 메이지 시대의 소설가, 평론가
로, 정직정태부(正直正太夫)라는 필명을 쓰기도 했다.─옮긴이

주]. 야스다 군. 이 과감한 용기에 끌렸는가.

다시 편지에 대하여

친구도 만나지 않고 이렇게 혼자 시골에 있다 보면, 부끄러운 편지를 쓰는 횟수도 점점 늘어날 수밖에 없다. 그런데 얼마 전에 나는 작가의 서간집, 일기, 흔적들을 모두 시시하다고 말해 버렸다. 지금도 그렇게 생각한다. 좋다고 허락한 내 편지는 내 손으로 발표한다. 아래의 두 통이다. (실제 편지와 문장의 조사는 다를 수도 있지만 양해해 주길.)

「야스다 군.

나 역시 이십 대라네. 욱신거리는 혀와 타들어 가는 가슴으로, 하늘 높이 날아가는 기러기 소리를 듣네. 오늘 밤, 바람이 찬데 몸 둘 곳 없군. 이만 줄이네.」

다른 한 통은,

(잠 못 이루는 어느 밤, 연상의 지인에게 쓴 편지)

「안타깝게도 그마저도 광언에 지나지 않았네. 스스

로 이마를 벽에 박아 이 목숨을 끊고 싶었지. 가엾어라, 이 역시 '문장'에 지나지 않네. 이보게, 나는 각오가 됐어. 나의 예술은 장난감이 가진 아름다움과 조금도 다를 바가 없음을. 저 장난감 북의 아름다움과. (한 줄 띄우고) 두견새, 숨이 끊어지기 직전에 남긴 한 마디는 '죽어도 교언영색(巧言令色)하라!'」

그 밖에도 신경이 쓰이는 편지가 세 통 더 있지만, 그 것들에 대해서는 나중에 다시 기회가 있겠지. (없을지도 모른다.)

덧붙임. 문예잡지 ≪비망≫ 제6호에 실린 데카타나 히데미쓰(무뢰파 작가로 알려진 다나카 히데미쓰의 필명—옮긴이 주) <하늘에 부는 바람>은 읽을 만한 작품이다. 문장을 구사함에 있어서 조금 더 엄격했더라면 더할 나위 없었겠지만.

2

제멋대로라는 것

문학을 위해 제멋대로 구는 건 좋은 일이다. 사회적으로는 이삼십 엔밖에 안 될 텐데, 그조차 못하면서, 이제 와 무슨 문학이란 말인가.

백화요란주의(百花繚亂主義)

후쿠모토 가즈오(일본의 경제학자이자 일본공산당의 이론적 지도자—옮긴이 주), 대지진, 총리 암살, 그 밖의 혼란스러운 일들이 수천 가지. 나는 소년기, 청년기에 말하자면 '봐서는 안 될 것'만을 이 눈으로 보고, 이 귀로 듣고 말았다. 스물여덟 살을 경계로 해 그보다 더 젊은 청년, 모두 말 못할, 남들은 모를 고통을 맛보고 있다. 이 몸을 어디에 두어야 할 것인가. 그조차도 스스로 알지 못한다.

여기에 넘어서는 안 되는 굵고 새카만 선이 있다. 세대가, 무대가, 조금씩 돌고 있다. 서로 통하지 않는 엄숙한 슬픔, 아니, 오열조차 나는 느낄 수 있다. 우리는 긴 여행을 했다. 궁지에 몰려, 여행 중 잠자리 머리맡에 놓인 꽃 한 송이에 일본낭만파라는 이름을 붙여 보았다. 이 한 줄기. 죽림칠현도 수풀 속에서 나와 하마터면 굶어죽을 뻔한 것을 모면한 모양새, 좋구나, 스스로 이렇게 칭했다고 한다. "나는 꽃이면서 꽃을 가꾼다. 나는 아직도 적절한 시기를 모른다."

또 이렇게도 말한다. "책략의 꽃, 좋구나. 침묵의 꽃, 좋구나. 이해의 꽃, 좋구나. 모방의 꽃, 좋구나. 방화(放火)의 꽃, 좋구나. 우리는 늘, 입 밖으로 내는 말 한 마디 한 마디를 단단히 책임져야 한다."

가엾도다, 이 화원의 신비로움이여.

이 꽃밭의 기이한 아름다움의 비결을 묻자, 그 꽃을 가꾸는 사람이면서 꽃 중 한 사람이, 한바탕 가을바람을 불러일으키며 대답한다. "우리는 언제든 죽습니다." 한 마디. 두 마디는 깔끔하지 않다.

꽃은 곳곳에 한 송이, 한 송이 흐드러지게 피어서, "살아 있는 것들을 사랑하라." "나는 새롭지 않다. 그러나 결코 낡지는 않겠다." "목숨을 건다면 모두 존귀하다." "결국 인간은 말할 가치도 없다." "불가해한 것은 도손의 표정." "아니, 그 일에 관해서는 내가." "아니, 나다. 나야." "사람은 사람을 비웃으면 안 된다." 등등.

일본낭만파여 단결하라, 가 아니다. 일본낭만파, 또 그 지지자 각각의 개성을 중대한 것이라 여기며, 어떠한 모욕도 용서하지 않으며, 각자 삶의 방식과 작품의 특수성에도 죽어도 양보하지 않는 자긍심을 갖고, 전국 구석구석에 이르기까지, 타오르듯이 피어 보자, 라는 것이다.

솔로몬 왕과 천민

나는 태어났을 때가 가장 출세한 상태였다. 돌아가신 아버지는 귀족원 의원이었다. 아버지는 우유로 얼굴을 씻었다. 남겨진 자식은 차츰 몰락했다. 글을 써서 돈벌이할 필요가 있었다.

나는 솔로몬 왕의 끝 모를 슬픔도, 천민의 비루함도, 모두 알고 있을 터다.

문장

문장에 좋고 나쁨의 구별은 분명히 있다. 면모, 자태와 같은 것일까. 숙명이다. 어찌할 도리가 없다.

감사의 문학

일본에는 '방심이 가장 큰 적'이라는 말이 있어 늘 인간을 작고 빈약하게 만든다. 예술적 기량이란 어느 수준까지 올라가면 결코 더 늘지도 않고, 또 딱히 떨어지지도 않는 것 같다. 의심스럽다면 시가 나오야, 사토 하루오 등을 보도록. 그래도 괜찮은 것 같기도 하다. (도손에 대해서는 다른 기회에 쓸 생각이다.) 유럽의 대작가는 쉰이 넘고 환갑이 넘어도 그저 양으로 승부한다. 매너리즘의 퇴적이다. 메밀국수든 우뭇가사리 묵이든 산더미처럼 쌓아 두면 멋져 보이겠지. 도손은 유럽인일지도 모른다.

그러나 감사를 위해서, 나는, 혹은 돈 위해서, 혹은 자식을 위해서, 혹은 유서를 위해서 고생해서 글을 쓰는 것에 지나지 않는다. 남을 비웃지 않고, 오로지 자신만을 가끔씩 비웃고 있다. 그러다 보면 나쁜 문학은 단번에 읽히지 않는다. 민중이라는 혼돈의 괴물은 그러한 점에서 정확하다. 지극히 뛰어난 작품을 써서, 내 일은 끝났다며 청경우독하며 하루하루를 살아가는 좋은 작가도 있다. 일찍이 축복받은 사람. 단테의 지옥편을 거쳐 천국편까지 음미할 수 있던 사람. 또 파우스트의 메피스토펠레스 행세를 하며 그레트헨의 존재조차 잊은 복수의 작가도 있다. 나는 어느 쪽도 심판할 수 없지만, 이것만은 말할 수 있다. <창문을 연다>, <사람 좋은 부

부>, <출세>, <귤>, <봄>, <결혼까지>, <잉어>, <나한
백나무> 등(차례대로 사토 하루오, 시가 나오야, 기쿠치 간, 아
쿠타가와 류노스케, 도요시마 요시오, 다키이 고사쿠, 이부세 마
스지, 후카다 규야의 작품—옮긴이 주) 살아 있음에 대한 감
사로 가득 찬 소설이야말로 불멸의 가치를 가진다.

심판

인간을 심판할 때. 그건 자신에게서 주검을, 신을, 느
끼고 있을 때다.

무간나락

눌러도, 열어도, 꿈쩍도 하지 않는 문이 세상에 있다.
지옥문조차 냉정하게 지난 단테도 이 문에 대해서는 언
급을 피했다.

여담

여기에는 '오가이와 소세키'라는 제목으로, 오가이의
작품이 좀처럼 정당한 평가를 받지 못하는 반면, 세속적
인 나쓰메 소세키의 전집이 더욱더 주목받는 세태가 눈
물이 날 정도로 안타까워서, 참고 노트와 책을 찾아보았

으나, '나'의 기가 꺾여서 쓰지 못했다. 이날 밤, 한숨도 자지 못했고, 아침이 되어서야 겨우 해결책을 찾았다. 그 해결책이란 시간이었다. 그들 스물일곱 살의 겨울은, 어쩌고저쩌고. 괜히 깊이 생각하면 항상 이런 식의 해결책밖에 나오지 않는다.

차라리 기자들과 함께 난로에 둘러앉아 저널리즘의 슬픔에 관해 이야기해 볼까.

나는 매일 아침 신문지상에서 기자들의 서명 없는 글과 사진을 보면 서글픈 마음이 든다. (때로는 불쾌할 때도 있다.) 이것이야말로 읽고 버려지고, 버리고 못 본 척하면 끝인 듯한 느낌이라 덧없다는 생각이 든다. 그러나 '세상이 이런 것이다.'라는 속삭임이 들린다면, 나는 그러하다고 고개를 끄덕일지 모른다는 느낌마저 든다. 흘러간 물은 두 번 다시 돌아오지 않는다고 한다. 생생유전(生生流轉, 만물이 그치지 않고 변화 유전하다.—옮긴이 주)이라는 말도 있다. 애당초 이 세상에 태어난 게 잘못의 발단임을 알아야 한다.

Alles Oder Nichts

입센의 희곡에서 시작돼(Alles Oder Nichts는 '전부 아니면 무'라는 뜻으로 입센의 희곡 <브란>의 주인공 브란 목사의 신조다.—옮긴이 주) 조금씩 유럽인들에게 회자되던 이 말이, 흘러, 흘러, 이제는 신문 당선작의 어설픈 장편 소설 속에까지 손쉽게 들어가 있는 걸 보고, 나 자신도 조롱당한 느낌에 발끈했다. 내 생각의 근저에 유유히 흐르는 물줄기 또한 이 말이었기에.

나는 소학교 때도 중학교 때도 반에서 일등이었다. 고등학교에 들어가서는 삼등으로 떨어졌다. 나는 일부러 갖은 수단을 동원해 반에서 꼴찌까지 떨어졌다. 대학에 들어가서는 프랑스어를 못한다는 이유로 굴욕을 당할 것을 예감하고 거의 학교에 나가지 않았다. 문학에 있어서도 누구도 나를 얕잡아 보는 것을 용납할 수 없었다. 완전히 나의 패배를 의식했다면 나는 문학조차 관둘수 있다.

그러나 한 마디 연락도 받지 못했는데, 내가 어느 문학상(당시 창설된 아쿠타가와 상을 말한다.—옮긴이 주) 후보에 올랐으며 탈락했다는 사실까지 덧붙여 세상에 발표됐다. 사람이 저마다 가진 자존심의 세기가 다르다는 사실을 알아야 할 것이다. 그러나 수상자들의 작품을 한 번 읽어 보고 고백건대, 나는 내심 안도했다. 나는 패배하지 않았다. 앞으로도 글을 쓸 수 있다. 누구도 허락하지 않은 나 혼자만의 길을 걸어갈 수 있다는 확신.

나는 어려서부터 가혹할 정도로 엄하던 돌아가신 아버지와 큰형에게 철저하게 교육받았는데, 나 또한 인간으로서 조금 고집스러운 면이 있으며, 문학에 관해서는 절대적으로 이기적인 댄디즘을 신봉하고, 십년지기 친구에게도 쉬이 마음을 허락하지 않고, 죽어서도 깃발을 오른손에 들고 이를 갈며 거리를 비틀거리며 걸어갈 자신의 집요한 업보를 느끼고 있다. 하루아침에 생활에 패배해 만사휴의한 끝에 귀를 찢는 소리와 함께 나는 사카이 마히토처럼 ≪문예방담≫은커녕, ≪문예분담≫ 같은 잡지를 생업으로 삼고 돌을 갉아먹어서라도 연명할 수 있을지도 모른다. 수재 하자마 간이치(오자키 고요의 소설 ≪금색야차≫의 주인공으로, 학생 하자마 간이치와 약혼자인 미야, 그리고 미야에게 접근하는 도미야마 다다쓰구의 삼각관계를 그린 소설. 국내에는 ≪장한몽≫으로 번안돼 소개됐다.—옮긴이 주)가 학업을 중단하고 부유한 고리대금업자가 된다는 주제는 지금의 신문에 연재되는 수많은 소설들보다 한층 절실한 세상의 단면을 보여 준다.

나는 지금 자진하여 너의 슬픈 갱지에 내 심장을 움

켜쥐어 꺼낸 시를 쓴다. 웬만한 사람에게는 결코 보여주지 않았던 소중한 미발표 시 한 편을.

덧붙인다. 내가 갱지라는 이유만으로 쓴다고 생각하지 말기를, 원고지 두 장에 써 내려간 네 편지를 읽고, 말하자면 쓰레기통 속의 연꽃이란 것을 분명히 느꼈기 때문이다. 너 역시 예수의 고난에 괴로워하고, 시들어버린 보들레르의 모습에 가슴 졸이고 태우며, 분명히 나와 함께 우열을 가릴 수 없는 좋은 작품 한두 편을 썼으리라고 추측하기 때문이다. 단, 나는 이번 한 번만 쓰겠다. 어떤 사람과도 친목하고 싶지 않다.

인과

사적(공기총에 코르크 총알을 넣고 인형 등을 쏘아 맞히면 경품으로 갖는 놀이—옮긴이 주)을

좋아하는

머리 큰

동생.

형은, 언제든, 생명을, 주겠다.

3

갈대의 자계(自戒)

첫째, 오직 세상만 바라보라. 자연 풍경에 빠져 허우적거리는 제 모습을 자각할 때는 '내가 늙고 쇠약해졌구나.'라고 솔직하게 패배를 고백하라.

둘째, 같은 말을 두 번 되풀이해 입 밖으로 내지 마라.

셋째, '아직 멀었다.'

감상에 대하여

감상이라니! 동그란 달걀도 자르기에 따라서는 멋지게 사각형이 되지 않나. 눈을 내리깔고 입술을 오므리는 척할 수도 있고, 방금 전 다카마가하라(일본 신화에서 신들이 사는 천상계—옮긴이 주)에서 온 원시인의 소박한 모습을 흉내 낼 수도 있다. 나에게 단 한 가지 확실한 건 자신의 육체다. 이렇게 자면서 열 손가락을 본다. 움직인다. 오른손 검지. 움직인다. 왼쪽 새끼손가락. 이것도 움직인다. 이를 한동안 바라보고 있으면 '아아, 나는 현실이다.'라는 생각이 든다. 나머지는 모두, 모든 것이 일절, 천 갈래로 나뉘어 날아가는 구름의 마음으로, 살았는지 죽었는지, 그조차 분명치 않은 것이다. 그런데 감히, 감히! 감상이라니.

멀리서 이 모습을 바라보던 한 남자가 말하길, "아주 간단한 일이다. 자존심. 이것 하나다."

마저도

≪긴카이슈≫(긴카이와카슈, 가마쿠라 막부 삼 대 쇼군, 미나모토노 사네토모의 와카집의 약칭—옮긴이 주)를 읽으신 분은 아시겠지만, 사네토모의 시 중에 '마저도'라는 구절이 있다. 앞뒤는 잘 기억이 나지 않지만, 가련하다, 짐승 마저도 등등 하는 시였다.

이십 대의 심정으로는, 반드시 '마저도'라고 말해야 하는 것이다. 여기까지 애썼는데도 ……마저도, 라고 말하고 싶어지는 게 아닌가. 사네토모를 가장 잘 아는 마부치는 국어를 지키겠다는 의미에서 이 구절을 택하지 않았다. 지금에 이르러서는 좋은 일을 했다고 생각할 뿐, 딱히 마부치를 원망하지 않는다.

자안(慈眼)

'자안'이란 고인이 된 형의 유작에 형이 직접 붙인 이름인데, 푸른빛에 높이는 약 육십 센티미터쯤 되는 이 불상이 지금 내 방 한구석에 놓여 있다. 세상을 떠난 형이 스물일곱에 남긴 마지막 작품이다. 형은 스물여덟 살 여름에 죽었다.

그러고 보니 나도 이제 스물일곱 살이다. 게다가 죽은 형의 회색 줄무늬 기모노를 입고 누워 있다. 이삼 년 전, 죄 없는 이를 때리고, 발로 차고, 말처럼 거리를 질주하고, 지금도 가끔 성질이 폭발해 돌이킬 수 없는 일을 저지르고 만다. 될 대로 되라고, 종일 거만하게 누워 있다 보면, 제 몸에 자안의 물결이 넘실거리면서 말없이, 온화한 에비스(일본의 칠복신 중 하나로 어업과 상업의 신, 흔히 웃고 있는 얼굴로 묘사된다.—옮긴이 주) 얼굴이 되어 있는 경우가 많다. 스스로도 도무지 알 수가 없다.

요즘은 이게 다이니 독자들은 쓸데없는 논리를 덧붙이지 말기를.

중대한 것

아는 것이 최고는 아니다. 인간의 지식에는 한계가 있어서 위로 아무개 씨에서부터 아래로 아무개 씨에 이르기까지 모두 엇비슷하다.

중대한 건 힘이다. 미켈란젤로는 그런 일을 하지 않아도 되는 부유한 신분이었는데도, 남의 힘을 일절 빌리지 않고 모든 걸 혼자서, 대리석 덩어리를 산에서 마을 작업장까지 끌어서 옮기다가 몸이 망가지고 말았다.

덧붙인다. 미켈란젤로는 사람을 싫어했기 때문에 사람들에게 그토록 미움을 받았다고 한다.

적

진정으로 나를 부정할 수 있는 사람은, (나는 십일월 바다를 바라보면서 생각한다.) 농민이다. 십 대째 물도 못 마실 만큼 가난한 농민뿐이다.

니와 후미오, 가와바타 야스나리, 이치무라 우자에몬(다이쇼, 쇼와 초기에 활동한 가부키 배우, 미남으로 유명했다.—옮긴이 주) 등등. 나는 감기 한 번만 걸려도 신경이 쓰인다.

추기. 본지 연재 중에 동향 친구인 곤 간이치(1956년 <벽의 꽃>으로 제35회 나오키 상을 수상한 소설가—옮긴이 주)의 <갈매기의 장>을 읽다. 그 뛰어난 문장은 내 가슴까지 설레게 했다. 이 멋진 문장이 향하는 곳을 바라보고 있는 사람, 결코 나만이 아니리라 확신한다.

건강

아무것도 하고 싶지 않다는 무의식의 상태는 그 사람
이 건강하기 때문이다. 그는 적어도 고통이 없는 상태
다. 그렇다면 위로는 나폴레옹, 미켈란젤로, 아래로는
이토 히로부미, 오자키 고요에 이르기까지, 그 모든 업
적은 다 미쳐 버린 상태에서 이룬 걸까? 그렇고말고. 틀
림없다. 건강이란 만족스러운 돼지. 졸린 개.

K군

엄청난 비밀을 캐묻듯, 쭈뼛쭈뼛 과장된 몸짓으로 내
게 묻는다. "당신은 문학을 좋아합니까?" 나는 입을 다
물고 대답하지 않았다. 생김새만큼은 늠름했지만, 아무
런 지식도 없는 열여덟 소년이다. 내가 어려워하는 유일
무이한 존재였다.

포즈

처음부터 공허를 느끼면서 주제에 히죽거린다. "공허
한 척."

그림엽서

이 점에서는 나는 야마기시 가이시와 의견을 달리한다. 나는 깊은 산속의 꽃밭, 첫눈이 내린 후지산 영봉. 백사장을 따라 펼쳐진 센본마츠바라(경승지로서 유명한 스루가 해안을 따라 펼쳐진 소나무 숲―옮긴이 주), 또는 단풍 사이에 숨은 기요히메타키, 그런 그림엽서보다 아사쿠사 상점가의 그림엽서를 더 좋아한다. 인파. 떠들썩함. 전생의 인연으로 이곳에 모이고, 때마침 그때 사진에 찍히고, 짊어지고 태어난 숙명에 휘둘리면서도, 제 운명을 개척할 수단을 이것저것 생각하며 걸어간다. 나는 이 천여 명의 사람들 중 어느 누구도 비웃을 수 없다. 저마다 애쓰고 있을 것이 분명하다. 그들 각자의 집. 아버지, 어머니, 아내와 자식들. 나는 한 사람 한 사람의 표정과 골격을 살펴보며 두 시간 남짓한 시간을 잊는다.

거짓 없는 신고

침묵하던 피고인이 갑작스레 일어나 말했다.

"저는 사물을 잘 알고 있습니다. 더 많이 알고자 합니다. 저는 솔직합니다. 솔직하게 이야기하고자 합니다."

재판장, 방청객, 변호사들조차도 깔깔대며 웃었다.

피고인은 앉은 채 두 손으로 얼굴을 가리고 있었다. 밤이 되자 혀를 깨물고 싸늘한 주검이 됐다.

난마(乱麻)를 태워서 끊다

소설론이 요즘처럼 엉클어지면 한마디로 이를 덮어버리고 싶어진다. 프랑스는 시인의 나라. 십구 세기 러시아는 소설가의 나라. 일본은 고사기, 일본서기, 만엽의 나라. 장편 소설 같은 것의 나라가 아니다. 소설가라면 먼저 이국인이 되어라. 이것도, 저것도, 저 좋을 대로 하겠다는 건 절대로 안 된다. 그대의 형이나 벗이 되어 줄 자. 푸시킨, 레르몬토프, 고골, 톨스토이, 도스토옙스키, 안드레예프, 체호프, 금세 열 손가락이 부족할 기세가 아닌가.

최후의 스탠드플레이

다빈치 평전을 대충 읽다가 한 장의 삽화와 마주쳤다. <최후의 만찬>이다. 눈이 휘둥그레졌다. 이건 그야말로 지옥도다. 혼잡스럽기 짝이 없고, 천지가 진동하는 대소동. 아니, 인간 세상에서 가장 애절한 아수라장의 모습이다.

십구 세기 유럽의 문호들도 어릴 적 이 그림을 보며 무서운 설명을 들었으리라.

"너희 중 한 사람이 나를 팔아넘길 것이다." 예수가 그렇게 중얼거리며 자신의 모든 희망을 훌쩍 버려 버리는 찰나의 모습을 교묘하게 포착했다. 다빈치는 예수의 끝없이 깊은 우수(憂愁)와, 자신과 자기 몸을 조용히 내던진 뒤의 한없는 자애의 마음을 알고 있었다. 그리고 또한 열두 사도 저마다의 이기적인 숭배와 존경의 마음도 잘 알고 있었다. 좋아, 이걸 일본낭만파 동인들에게 부탁해 연극으로 만들자. 용맹스럽기 그지없는 표정을 지으며, 참인참마(斬人斬馬, 사람이고 말이고 모두 베어 버리겠다는 뜻—옮긴이 주)의 몸짓을 보이고 있는 베드로는 누구? 오로지 제 결백을 증명하는 데만 급급한 빌립은 누구? 예수의 가슴 앞에 잠든 듯 고개 숙인 이 작은 비둘기처럼 우아하고 어여쁜 요한은 누구? 그리고 마지막으로, 슬픔의 절정에서 오히려 희미하게 밝아진 얼굴의 예수는 누구?

야마기시가 스스로 예수 역을 자처하고 나설 것 같기도 하지만, 과연 어떨까. 나카타니 다카오라는 멋진 청년의 존재를 결코 잊어서는 안 되며, 게다가 '일본낭만파'라는 눈도 없고 귀도 없는 혼돈의 괴물까지 기다리고 있다. 유다. 왼손으로 무서운 것을 막고, 오른손으로 돈 주머니를 단단히 붙잡고 있다. 자네, 그 역할을 나에게 양보해 주지 않겠나. 나는 일본낭만파를 사랑하는 마음이 가장 깊지만, 또한 미워하는 마음도 가장 높기에.

냉혹함에 대하여

엄혹함과 냉혹함은 이미 그 뿌리부터 서로 다르다. 엄혹함의 깊은 곳에는 인간 본연의 따뜻한 배려가 가득하지만, 냉혹함은 마치 허접한 유리 용기 같아서, 여기에서는 어떠한 꽃 한 송이도 피지 못하니 전혀 인연이 없다.

나의 서글픔

밤길을 걷는데 풀숲 속에서 바스락 소리가 났다. 살모사가 도망치는 소리다.

문장에 대하여

문인이라면 글솜씨가 빼어나지 않으면 안 된다. 좋은 문장이란 '정이 담기고, 편안하며, 마음 그대로의 진실을 노래하는' 태도를 가리킨다. '정이 담기고'는 우에다 빈(평론가, 시인, 영문학자. 외국 문학, 특히 서양 상징시를 소개하고 번역하는 일에 힘썼다.—옮긴이 주)의 젊은 시절 글이다.

문득 생각하다

뭐야, 다들 같은 말을 지껄이잖아.

Y코

그 속삭임에는 진지한 울림이 담겨 있었다. 단 두 번만. 그 여운은 나를 난처하게 만들었다.

"내가 뭔가 바보 같은 소리를 했나 보네."

"나한테도 개성이 있어. 하지만 그렇게 말하는데 가만히 있을 수밖에 없잖아."

말의 기묘함

'혀가 꼬이다.' '혀뿌리가 바들거리다.' '혀를 내두르다.' '혀를 살랑거리다.'

만담

내가 생각하는 만담 주고받기란 예컨대 다음과 같은

것을 가리킨다.

문. '너는 도대체 누구에게 보여 주려고 연지를 바르고 까맣게 이를 물들인 거야?'

답. '모두, 님을 위해. 당신을 위해.'

실실 웃고 넘어갈 문답이 아니다. 때리는 것조차 손이 더러워진다. 네 안에도!

나의 신화

인슈 이나바(돗토리현 동부를 부르는 말—옮긴이 주)의 작은 토끼. 털을 뽑혀서 바닷물에 몸을 담갔다, 햇볕으로 말렸다. 이것은 고통의 시작이다.

인슈 이나바의 작은 토끼. 민물로 몸을 씻고, 부들 이삭을 촘촘하게 깔고 푹신푹신한 꽃이삭에 파묻혀 잠을 잤다. 이것은 안락의 시작이리라.

가장 일상다반사적인 것

'나는 남자다.' 이 발견. 그는 아내의 '여성'을 깨닫고 나서야 비로소 자신의 '남성'을 깨달았다. 같이 산 지 칠 년째였다.

게에 대하여

아베 지로의 에세이 중에 작은 게가 자기 집 부엌에서 옆으로 튀어 날아갔다. 게도 날 수 있구나, 생각하니 눈물이 나왔다는 문장이 있다. 그 부분만은 괜찮다.

우리 집 정원에도 이따금 게가 기어 들어온다. 겨자씨만 한 게를 본 적 있는가? 겨자씨만 한 게와 겨자씨만 한 게가 목숨을 걸고 싸우고 있었다. 그때 나는 꼼짝도 할 수 없었다.

나의 댄디즘

'브루투스, 너마저.'

인간, 이러한 쓴맛을 보지 않은 이가 과거, 단 한 명이라도 있었을까. 자신이 가장 신뢰하는 이는, 일생에서 중대한 순간에 반드시 자신의 얼굴에 더러운 돌을 던진다. 퍽 하고 던진다.

얼마 전에 친구 야스다 요주로(문예평론가. 근대 비판과 전통으로의 회귀를 제창한 일본낭만파 사상의 중심인물—옮긴이 주)의 글에서 바쇼의 명구 한 절을 발견했다. '나팔꽃이여 낮에는 걸어 잠그는 울타리 문.' 그래, 이것이 최고다. 그러나…… 또…… 아니. 이게 최고다. 이게 최고다!

≪만년≫에 대하여

나는 이 단편집 한 권을 위해 십 년을 허비했다. 십 년
동안 시민들과 같은 산뜻한 아침밥을 먹지 않았다. 나는
이 책 한 권 때문에 몸 둘 곳을 잃고, 끊임없이 자존심에
상처를 입고, 세상의 찬바람을 맞으면서 어슬렁거렸다.
수만 엔의 돈을 낭비했다. 큰형을 얼마나 고생시켰는지
고개를 들 수가 없다. 혀를 태우고, 가슴을 졸이며, 이
몸을 도저히 회복할 수 없을 정도로 일부러 망가뜨렸다.
백 편이 넘는 소설을 찢어 버렸다. 원고지 오만 장. 그리
고 남은 건 고작 이것뿐이다. 이뿐이다. 원고지 육백 장
가까이 되는데, 원고료는 모두 육십여 엔이다.

그러나 나는 믿고 있다. 이 단편집 ≪만년≫은 해마다
더욱더 짙은 빛깔로 당신의 눈에, 당신의 가슴에 스며들
것이 틀림없다는 것을. 나는 오로지 이 책 한 권을 만들
기 위해서 태어났다. 오늘부터 나는 완전한 시체다. 나
는 여생을 보내겠다. 그리고 내가 앞으로 오래 살아서
다시 단편집을 내더라도, 나는 그것에 '카루타'라는 이
름 붙이려 한다. 카루타란 원래 유희다. 게다가 전 재산
을 거는 유희다. 우습게도 그로부터 더, 더 오래 살아서
세 번째 단편집을 낼 일이 있다면, 나는 그에 '심판'이라

는 이름을 붙이지 않으면 안 될 것 같다. 모든 유희에 발
기불능이 된 내게는 모든 생기가 결여된 자서전을 찔끔
찔끔 써 내려가는 것 말고는 다른 길이 없으리라. 여행
자여, 이 길을 피해 지나가라. 이 길은 분명 허망한 길이
니. 심판이라는 등대는 이 세상에서 가장 엄숙하게 말해
주리라. 그러나 오늘 밤 나는 그리 오래 살고 싶지 않다.
제 스파르타를 더럽히기보다는 차라리 닻을 몸에 감고
물에 빠지고 싶다는 생각마저 든다.

어찌할 수 없는 일이지만, ≪만년≫이 그대의 손때로
검게 빛날 때까지 반복해서 사랑받으며 읽힐 것을 생각
하면, 아아, 나는 행복하다. ……한순간. 인간이 평생 진
정한 행복을 맛볼 수 있는 시간은, 백 미터를 십 초에 뛰
는 것보다 훨씬 더 짧은 것 같다. 이런 목소리도 들린다.
'거짓말이야! 출판을 불행하다고 느낀다면 그만두도록.'
대답하기를, '나는 현세에 둘도 없는 아름다운 존재다.'
메디치의 비너스 상. 현세의 진정한 아름다움을 이 세상
에 증거로 남기기 위한 출판이다.

보라! 비너스 상의 색이 드러날 정도로 수치스러워하
는 모습. 이것이 내 불행의 시작이다. 또한, 춘하추동 항
상 나체로, 영원토록 침묵하는, 다소 서늘한 얼굴이야말

로(미인박명이라) 하늘의 이 냉혹하기 짝이 없는 질투의 채찍을 그 고아한 눈으로 그대에게 조용히 가르치는구나.

염려라는 것에 대하여

염려에는 흑과 백, 두 종류가 있다는 걸 알았다. 나니와부시(샤미센 반주에 따라 서사적인 내용의 이야기를 가창과 말로 전달하는 일본의 전통 음악—옮긴이 주)의 어구인 '내일이 기다려지는 보물선', 그리고 푸시킨의 시구인 '나는 내일 살해될 것이다'는 가슴이 두근거린다는 점에서는 똑같아 보이지만, 반나절 곰곰이 생각해 보았더니, 흑백처럼 명확하게 분리되어 있었다.

숙제

'체크 지퍼에 대하여', '책략에 대하여', '말의 절대성에 대하여', '침묵은 금이다에 대하여', '야성과 폭력에 대하여', '댄디즘 소론', '사치에 대하여', '출세에 대하여', '선망에 대하여', '원시의 센티멘털리티에 대하여', '원초적 감성에 대하여', 그 밖에도 다소 인색해 보이지만, 제목을 밝힐 수 없는 것들이 열일고여덟 항목 정도. 조금씩 노트에 쓰고는 있는데, 지금 문예 잡지 창간호에 글을 써 달라는 제안을 받고, 무엇을 쓸까 고민하며 노트를 두세 권 꺼내 이리저리 들여다보느라, 저녁부터 아침까지 걸렸다. 이것도 저것도 가슴에 걸려서 잘 풀리지 않았다. 우유를 마시고 조간을 읽다가 깨달았다.

내 마음은 천리 밖 바닷가에 있어 파도에 빙글빙글 휩쓸리고 있던 것이다. 나의 첫 책 출판. 그것으로 모두 납득이 됐다. 숙제. 공교롭게도 스나고야 출판사 사장, 야마자키 고헤이 씨에게 바통을 넘기게 됐다. 내 책이 얼마나 팔릴까. 내 책의 장정은 잘 나올까. 물때와 갈매기와 파도의 관계.

부기(附記). 이 글은 반 이상이 내 책의 광고를 위해 쓴 것이다. 나는 쇼와 11년(1936년)부터 원고료를 아예 받지 않거나, 아니면 소설 한 장에 오 엔, 그 밖의 잡다한 글은 한 장에 삼 엔으로 정했다.

올해 신년호에는 내 피 한 방울이 섞여 있다는 생각까지 들게 하는 편집자의 편지를 위해. 혹은 작년 설날에 쓰겠다고 약속하고, 그로부터 일 년 동안 자진해서 더욱 굳게 약속해 버리고, 종국에는 미쳐 버리는 지경에까지 이르렀기 때문에. 나를 늘 다정하게 위로해 주는 데다 내용 또한 한없이 깔끔한 편집부의 편지 때문에. 그 밖에도 좌우지간 한번은 써야만 하는 사정이 있어서, 단편적인 글을 스무 장 남짓 썼다. 모두 원고료는 거절하고 쓴 것이다. '사람은 각자 제 일에만 힘쓰는 것이 제일이지만, 가끔은 이웃의 슬퍼지도록 강한 자존심을 모른 척하고 따뜻하게 대해 주도록 하자.'

옮긴이의 말

訳者あとがき

이 단편집에 수록된 열두 편의 작품은, 다자이 오사무의 작품 중에서도 '청춘'을 테마로 한 단편들을 모은 것이다. 작가 다자이 오사무와 그의 작품을 표현하는 수많은 수식어들이 있지만 그중 단연 눈에 띄는 것이 '청춘의 열병'이다. 그의 작품에 이런 수식어가 붙은 것은 1948년 6월 13일, 서른여덟의 젊다면 젊은 나이에 연인 야마자키 도미에와의 동반 자살로 세상을 떠났지만 75년이 지난 지금에 이르기까지 끊임없이 새로운 독자들을 얻으며 널리 읽히고 있는 데다 특히 청년 시절 다자이 작품에 빠져들었다고 고백하는 이들이 많기 때문일 것이다. 또한 '부끄럼 많은 생애를 보냈습니다.'라는 문장으로 유명한 대표작 <인간실격>이 상징하듯, 특유의 요설체와 일인칭 고백체를 이용해 '나'의 자의식과 자기혐오를 장황하고 집요하게 묘사하는 한편, 심각한 소재를 다루면서도 해학과 난센스를 섞어 웃음을 유발하는 그의 작가적 특성이 섬세한 감수성을 가진 청년 세대에게는 내 이야기처럼 받아들여지기 때문이기도 하다.

실제로 다자이 오사무의 청춘은 파란만장했다. 아오모리 현 쓰가루의 부유한 명문가에서 태어났지만, 대학 시절 좌익 운동에 참가했다가 좌절한 경험, 예술과 생활 사이에서의 갈등, 지방 출신으로서 고향에 대해 느끼는 복잡한 감정, 약물 중독, 두 번의 결혼과 복잡한 이성 관계, 생애 여덟 번에 걸친 자살 시도 등 그의 짧은 생애를 장식한 사건과 감정들은 그를 절망으로 몰아갔으나 그는 이 고뇌를 문학 속에 녹여 냈다. 때문에 그의 문학은 흔히 '사소설(私小說)—작가가 직접 체험한 일을 소재로 삼아, 경험을 그대로 쓴 소설—로 여겨졌고, 그렇게 읽혀 왔다.

하지만 이 단편집에 수록된 <부끄러움>에서도 알 수 있듯, 다자이는 '사소설=작가가 경험한 일을 그대로 쓴 것'이라 여기며 소설 속 세계와 작가의 실생활을 혼동하는 읽기 방식을 정확히 인식하고, 그것을 교묘하게 비튼 소설을 쓰고 있다. <어릿광대의 꽃> 역시 다자이 자신의 동반 자살 사건을 소재로 하고 있지만, 삼인칭으로 서술되는 이야기 중간중간에 이 소설을 쓰는 작가 '나'가 등장해(물론 이 작가 '나' 역시 다자이 본인이라고는 할 수 없다.) 메타 레벨에서 소설의 방법론에 관해 이야기하는 등 작품을 작가의 경험 그 자체로 읽는 흐름을 방해하고 상대화한다. 물론, 여기서 말하고 싶은 건 작가의 사생활이나 사상 등을 작품에 투영해 읽는 방식이 잘못됐으며, 철저하게 작품을 내재적으로만 읽는 것이 바람직하다는 건 아니다. 작가의 실생활과 말로 구축된 허구의 소설 세계가 교차하거나, 또는 어긋날 때 나타나는 새로운 리얼리티가 주는 깨달음과 감동이 있다. 작가 다자이 오사무가 오랫동안 사랑받는 이유는, 물론 소설을 방불케 하는 그의 파란만장한 생애가 반영된 작품 내용이 읽는 이들에게 공감을 불러일으키기 때문이기도 하지만, 작품 내적 세계와 외적 세계의 낙차를 이용하는 전략을 효과적으로 구사하는 작가적 역량에 있기도 할 것이다.

각 단편을 간략하게 소개하면, 1934년에 발표된 <그

는 예전의 그가 아니다>는 집주인인 '나'와 그의 집에 세 들어 사는 세입자, 세이센의 특이한 관계를 그린 작품으로, 천재를 동경하는 '나'와 그런 '나'의 성격에 맞추어 자기를 변화시키는 세이센의 얽히고설키는 과정이 실소를 자아내지만, 주체로서의 나와 근대인의 자의식에 대해 생각하게 하는 구절도 많다. 메이지 이후 '입신양명'을 목표로 인격을 갈고닦는 '청년' 상이 세계대공황으로 인한 취직난 등으로 점차 성립하지 않게 된 동시대적 상황을 연상케 한다. 작품의 서두는 서술자가 '자네'에게 말을 거는 형식으로 이야기가 진행되는데, 이인칭 소설을 연상케 하는 실험적인 형식도 눈에 띈다.

1935년 발표된 <어릿광대의 꽃>은 1930년, 카페 직원이었던 다나베 아쓰미와 가마쿠라 해안에서 약을 먹고 동반 자살을 기도했다가, 여성만 죽고 다자이만 살아남은 사건을 소재로 한 작품으로, 작가의 대표작 중 하나다. 다자이 본인의 실제 경험이 투영되어 있지만 사이사이에 소설을 쓰는 작가 '나'의 고백을 넣은 형식이 인상적이다.

<한심한 사람들>은 1937년에 발표됐으며, '나약하고 한심한 이들이 살아가는 모습 세 가지'를 늘어놓은 작품

이다. 소박하지만 때로는 남루한 평범한 사람들의 일상의 단면을 '한심한' 것으로 묘사하면서도, 마지막에 그들을 '한심하다'라고 묘사하는 작가 자신을 돈 때문에 매문하는 파렴치한 시정잡배로 위치 지음으로써 묘한 여운을 남기는 수작이다.

<한심한 사람들>과 같은 해에 발표된 <등롱>은 다자이 특유의 여성 일인칭 고백체로 진행되는 작품이다. 가난한 나막신 가게의 딸인 '나', 사키코는 사랑하는 남자 때문에 절도를 하게 되고, 결국 감옥에 갇히기까지 하지만, 그렇게까지 헌신했던 남자는 그녀를 가차 없이 버린다. 이해타산적인 사랑에 버림받은 사키코가 가난하지만 사소한 행복에 충족감을 느끼는 아름다운 가정으로 돌아오는 결말이 인상적이다.

1938년 발표된 <우바스테>는 두 남녀의 동반 자살 여정을 그린 이야기로, 1937년 첫 아내였던 하쓰요가 자신의 사돈인 화가 고다테와 부정을 저지른 사건에 충격을 받아, 하쓰요와 동반 자살을 시도한 사건을 소재로 하고 있다. 애증과도 같은 부부의 관계와 삶에 대한 애수가 감도는 가운데도 위트를 잊지 않는 어둡고도 밝은 작품이다.

1939년에 발표된 <여학생>은 여성 일인칭 고백체로 진행되는 작품으로, 중기를 대표하는 작품이다. 열네 살 여학생의 일상을 의식의 흐름에 따라 그리고 있는데 사춘기 특유의 자의식과 섬세한 내면 묘사가 눈에 띈다. 보수적인 사회 분위기와 불화하는 여성의 자아를 읽어 낼 수도 있을 것이다. 다자이의 애독자였던 아리아케 시즈가 자신이 쓴 일기를 다자이에게 보냈고, <여학생>은 이 일기와 상당 부분 중복된다. 독자의 일기를 그대로 인용, 붙여 넣기 한 소설이라는 혹독한 비판을 받기도 했지만, 패러디, 번안을 문학적 수법으로 이용했던 다자이 문학의 특성을 고려할 필요도 있을 것이다.

1940년 발표된 <젠조를 그리며>는 소설가인 '나'가 고향 신문사에서 도쿄에서 활약하는 동향 출신 예술가들의 좌담회의 초대장을 받으며 생긴 내면의 갈등을 그린 작품이다. 일본 북부 쓰가루 출신의 다자이가 고향과 집안에 대해 느끼는 복잡한 감정이 잘 묘사돼 있다. 결국 망쳐 버린 좌담회에 절망한 '나'를 위로해 준 건, 속아서 산 줄 알았던 장미나무였다는 결말의 소박한 아름다움이 인상적이다. 작중의 좌담회는 실제 개최됐던 모임을 모델로 했는데, 탁한 목소리로 소리친 예술가는 유명

판화가인 무나카타 시코로 추정된다고 한다. 제목의 젠조는 쓰가루 출신의 선배 작가이자 1928년에 세상을 떠난 가사이 젠조를 말한다.

<젠조를 그리며>와 같은 해에 발표된 <달려라 메로스>는 일본 교과서에도 실리는 유명한 작품이다. 마지막에서 밝히고 있듯 프리드리히 실러의 시, 정확히 말하면 시의 일본어 번역을 원전으로 하고 있다. 우정과 믿음이라는 고전적인 주제를 현대적으로 변주해 다시 쓴 다자이의 대표작이다.

1942년에 발표된 <부끄러움>은 여성 독백체 작품으로, 허구의 소설을 작가의 실제 경험이라 굳게 믿었던 '나'가 작가에게 편지를 보내며 벌어지는 창피한 일화를 그리고 있다. 다자이 문학을 대표하는 '부끄러움'이라는 키워드는, 이 작품에서는 다자이 문학을 사소설로 읽는 독자의 것으로 그려진다.

<부끄러움>과 같은 해 발표된 <기다리다>는 무언가를 하염없이 기다리는 여성 일인칭으로 진행되는 짧은 단편이다. 전시하의 불안을 그린 작품이라고 해석될 수도 있지만, 무엇을 기다리는지, 구체적인 내용은 명시돼 있지 않고, 작품 내 공백에 읽는 이의 해석을 덧씌울 여

지가 많은 작품이다.

<금주의 마음>이 발표된 1943년은 태평양전쟁으로 인해 술을 배급제로 받을 수밖에 없던 시절이었다. 이런 귀한 술을 둘러싼 인간 군상의 행태와 그럼에도 찾을 수밖에 없는 술의 매력을 유머러스하게 그린 작품이다.

<생각하는 갈대>는 1935~36년에 쓰인 에세이를 모은 것이다. 복잡한 생활 속에서도 위트를 잃지 않는 다자이류 아포리즘으로, 다자이의 생활인, 작가로서의 면모를 엿볼 수 있다.

이 단편집을 통해 작가 다자이의 '청춘'은 물론, 그의 새로운 면모를 발견할 수 있다면 옮긴이로서는 더없는 기쁨이 될 것이다.

다자이 오사무×청춘

초판 1쇄 발행 2024년 5월 30일

지은이 다자이 오사무
옮긴이 최고은

펴낸이 안병현 김상훈
본부장 이승은 **총괄** 박동옥 **편집장** 임세미
책임편집 한지은 **디자인** 서윤하
마케팅 신대섭 배태욱 김수연 김하은 **제작** 조화연

펴낸곳 주식회사 교보문고
등록 제406-2008-000090호(2008년 12월 5일)
주소 경기도 파주시 문발로 249
전화 대표전화 1544-1900 **주문** 02)3156-3665 **팩스** 0502)987-5725

ISBN 979-11-7061-138-7 (04830)
ISBN 979-11-7061-140-0 (set)
책값은 표지에 있습니다.